KALEIDOSKOP EINES LEBENS

BARBARA FRIDA HELENE ENGELHARDT

KALEIDOSKOP EINES LEBENS

Auf den Spuren einer modernen Nomadin

Bibliografische Information der Deutschen Nationalbibliothek:
Die Deutsche Nationalbibliothek verzeichnet diese Publikation
in der Deutschen Nationalbibliografie; detaillierte bibliografische
Daten sind im Internet über http://dnb.dnb.de abrufbar.

© 2019 Barbara Frieda Helene Engelhardt
Grafik: John Bill/ Elenarts/ muratart/ LeysanI/ ESB Professional/ Petr Vaclavek/ View
Apart/ esfera/ Shutterstock.com
Satz, Umschlaggestaltung, Herstellung und Verlag:
BoD – Books on Demand, Norderstedt

ISBN: 978-3-7504-8259-3

Wir sind Fremdlinge und Gäste vor dir wie unsere Väter alle.
Unser Leben auf Erden ist wie ein Schatten und bleibet nicht.

1. Chronik 29,15

Die Wildgans

Rauschend mit mächtigem Flügelschlag
grüßt sie den neu erwachenden Tag.
Stößt mit hellen Jubelschrei'n in endlose, blaue Himmel ein.
Segelt dahin, getragen vom Wind, der Sonne, den Wolken gleichgesinnt,
geht es gen Norden zu smaragdgrünen Fjorden,
deren Tiefen voller Geheimnisse sind.
Stetig weiter zieht ihre Bahn,
fernab vom menschlichen Trug und Wahn,
hinauf zu den Bergen in kristallenen Fernen,
bis sich die ewigen Gletscher nah'n.
Noch glitzert ihr blendend weißes Kleid
in der Sonnengarbe gleich Edelgestein.
Langsam ersterbend zum blassen Strahlen,
bis nurmehr hin ein stummes Ahnen
lässt gleißen und funkeln.
Oh, als Wildgans geboren, die Freiheit erkoren,
dem Lichte verschworen und fremd allem Dunkeln.

B.F.H. E.

Springe, fliege und du wirst die Welt entdecken

… da stand ich auf zerklüfteter Felskante, unsicher und verloren, vor mir der immense Steilhang und tief unter mir eine weite spektakuläre Landschaft mit Tälern, Hügeln und Berggipfeln in traumverlorenen, grandiosen Farbspektren. Verlangend und voller Sehnsucht trieb es mich dorthin, noch zögerte ich, – dann wagte ich den Sprung und urplötzlich war jedweder Gedanke hinsichtlich Ungewissheit und Gefahr gebannt und ich fühlte mich im leichten Fall wunderbar geborgen und sicher, verwoben und aufgefangen in einer anderen Welt. Wedelte instinktiv mit Armen und Beinen, um Balance und Höhe zu halten, und ruderte dann weich mit den Händen nach oben, schraubte mich sanft, aber stetig hinauf in einen durchsichtigen, blassblauen Himmel. Bäuchlings schwebte ich dann alsbald über immens grünen Tälern, schillernden Bergseen und gezackten mit Schnee bedeckten Bergwipfeln. Unglaublich, es bedurfte nur kleiner kurzer Bewegungen, und ich flog, flog dahin …

– Jäh erwachte ich.

… … und wiederholt stand ich in zweiflerischen Momenten dort oben auf Bergen, Mauern und Zinnen, in irrwitzigen Träumen, und wagte ihn dann stets erneut, den Sprung ins Ungewisse und belohnt mit diesem unglaublichen Gefühl der Erleichterung und des Glücks, landete ich nach leichtem Flug weich abfedernd und sicher auf festem Grund.

Inhalt

I. Kinderszenen

Schönau (Thüringen) und Solingen, 1943–1949

Es war Krieg. Inzwischen war ich geboren und wuchs heran und verreiste schon mit jungen Jahren. Frühe Fotos ein Beweis. Und noch war es möglich. »Tiefgründig und mystisch, aber auch lebensfroh und genussvoll präsentiert sich das Salzkammergut mit seiner traumhaften Seenlandschaft.« Wohl kaum die Wahrnehmung eines Kleinkindes. Aber ich war in Österreich. Träumend und an einer prächtigen Birne lutschend, zeigt mich ein Bild in Babypose am Ufer des Traunsees, auf dem Arm der Tante im schwarzweiß gepunkteten Sommerkleid und erstaunlich zum Turban gebundenem Tuche. Meine Eltern, der Vater in schmucker Offiziersuniform und Mama im geblümten, eleganten Seidenkleid, lehnen am Geländer und vorbei zieht ein Schwanenpaar. Und das ist Krieg? Ja, doch und er sollte bitter, eiskalt und grausam werden.

Inzwischen hatte auch meine Schwester das Licht der Welt erblickt und so lebten wir dort im fernen Thüringer Wald, abgeschirmt von den Grausamkeiten des Krieges und so fern vom tiefen Russland, wo unser Vater vor Stalingrad mit seinen Kameraden auf verlorenem Posten kämpfte.

Im Nebel der Erinnerungen sehe ich meine Oma Thüringen, wie die Großmutter mütterlicherseits genannt wurde, im Hausflur zum Garten hin sitzend, die Gans rupfen. Dunkel war der riesige Flur und dort oben in einem kleinen Alkoven stand sie, die geformte Butter, kühl, goldgelb, in Muster geformt, hinter Glas. Entzückt von den kleinen Gänslein, die in der Wärme hinter dem großen Holzofen raschelten, grapschte ich sie am Hals und zeigte sie freudestrahlend umher. Oh weh, ein Gezeter hob an. – Das war wohl nicht rechtens! Fotos zeigen den Garten im Frühling, Verwandtschaft aus dem Rheinland, Oma Helene, die Mutter meines Vaters, sowie einige seiner Geschwister.

Stolz zeige ich der neuen Großmutter, dort im Liegestuhl, die prächtige Kastanienkette, die mir um den Hals baumelt und lasse den Papa meinen Keks kosten. Bilder des irrealen Friedens. 1944. – Mama hatte mich im Garten unten am Bach unter den Kirschbäumen im Laufställchen zur Siesta abgestellt. Nun, davon ging sie aus. Wie groß muss ihre Aufregung gewesen sein, als ihre kleine Tochter samt Laufstall später verschwunden schien. Doch die Abenteuerin hatte es nicht allzu weit geschafft mit dem Geschiebe, pausierte hinter der nächsten Ecke unterm Fliederbusch. Hatte ich damals schon das Entdecker-Gen in mir aktiviert?

Meine frühe Abenteuerlust brachte aber nicht nur Schönes – wie ich erfuhr. Denn ich rutschte auch volle Fahrt voraus in die dampfende Mistgrube im Hof, doch wurde hier rechtzeitig entdeckt und wieder herausgefischt. In welchem Zustand? Hola, man mag es sich vorstellen. Vielleicht erwuchs aus dieser Erfahrung mein so spezieller Geruchssinn, der streng hin nur zu den angenehmsten Aromen tendiert.

Unser Vater entkam der Hölle von Stalingrad wohl durch seine schlimme Verletzung, einen Bauchschuss, – und das Vaterland dankte es ihm mit Orden und Ehrenbezeichnungen wie Tapferkeitsmedaille, Eisernes Kreuz und so fort. Wenig jedoch erzählte er uns Mädels von den tragischen und furchtbaren Ereignissen des Krieges. In meiner Erinnerung seine Erwähnung der riesigen Spritze, die man ihm ohne Narkose verpasste. Was mich später verwunderte: Wer machte die trostlosen Fotos der geschändeten, verwüsteten Dörfer und Landstriche? Mein Vater konnte es nicht gewesen sein, war er doch auf den Bildern im Kreise seiner Kameraden, auf dem Pferderücken oder auch beim Marschieren zu sehen. Doch nie wagten wir später Fragen zu stellen, eine unsichtbare Wand schien in dieser Hinsicht um meinen Vater gespannt.

Die Familie väterlicherseits wohnte, wie erwähnt, im Rheinland. Der Krieg war inzwischen vorüber und Deutschland wurde aufgeteilt. Wir, meine Mutter, Schwester und ich, wohnten noch immer in

Thüringen im Haus meiner Großmutter Frieda, einem riesigen, alten Bauernhaus, umrundet von Gärten, Äckern und Wiesen. Großvater Gustav, damals Bürgermeister des Ortes, war im Ersten Weltkrieg gefallen. — Und noch war die Grenze offen. Und mein Großvater Gustav (gleicher Name) riet seinem Sohn, uns alsbald nach Solingen, in den Westen zu holen, bevor die Grenzen geschlossen würden. Da begann die dramatische Odyssee. Unser Vater mietete einen Pferdewagen und bat Schwager Hugo und Schwester Hanna um Begleitung und Hilfe. Nie sprachen übrigens meine Eltern über diese Epoche mit uns, nur etliche Fragen meinerseits an meine Tante ergaben Einzelheiten der Flucht. So blieb also der Onkel mit Pferd und Wagen im amerikanischen Sektor zurück, während Vater und Tante per Zug nach Unterneubrunn weiterfuhren und anschließend von dort aus weiter nach Schönau wanderten. Ihr plötzliches Erscheinen verursachte dann größte Bestürzung und Erschrecken, hatte ja eine vorherige Absprache aus Sicherheitsgründen nicht stattgefunden. Wie Tante Hanna später erzählte, brauchte es viel gutes Zureden, flossen viele salzige Tränen, bis endlich meine Mutter zustimmte. Aber wo kam sie hin? Wie sah die Zukunft aus? Ein Umzug mit zwei winzigen Kindern in eine fremde Umgebung! Auch für Großmutter Frieda muss dies ein herber Schlag gewesen sein. Sie zerbrach daran.

Bündel wurden also gepackt und uns Beruhigungstropfen eingeträufelt und dann wurden wir Meter per Meter – Gepäck, dann Kinder, Kinder, dann Gepäck und so fort – entlang den russischen Linien vorwärts transportiert. Ein junges Mädel hatte sich unserem Konvoi anvertraut und passte auf Schwester und mich, die ich wohl immer wieder unruhig wimmerte, auf. Diese Anspannung, diese Ungewissheit, unglaublich auch der Orientierungssinn meines Vaters. Und dann erreichte man Hersfeld, den Grenzort, wo Onkel Hugo noch immer mit Pferd und Wagen harrte. Seine Unruhe war von Tag zu Tag gewachsen und lange, wie er später offenbarte, hätte er diesen Zustand nicht mehr ertragen. Im späteren Verlauf der Reise wurden, den Erzählungen meiner Tante nach, Mama, Inge und ich auf einen Zug, einen Kohlewaggon, der Richtung Rheinland fuhr, verfrachtet. Und ich erkundete mein Umfeld. Ein Kriegsveteran, kriegsversehrt und nur noch einbeinig, wurde von mir interviewt und gefragt, wo sein zweites Bein wäre. Die Frage war gestattet, ich war zwei Jahre alt.

Angekommen in Solingen, wohnten wir in einer Zweizimmerwohnung in einem alten Fachwerkhaus gegenüber der Kirche. Jeden Morgen und jeden Abend um sieben Uhr und mittags um zwölfe läuteten die Glocken. Im Hause wohnten viele Leute. Unten das Ehepaar Ohliger, ihnen gehörte das Haus, und eine Katze. Vorne zur Straße hin wohnte Familie Pehlke. Wilfried, der Sohn, und ich wurden Freunde. Wir wohnten im ersten Stock. Wenn Wilfried spielen wollte, tönte es von unten herauf: »Birbel!« – Ich heiße Bärbel. – Neben uns im ersten Stock wohnte Frau Schreiber, eine verhutzelte, uralte Dame, die in ihren Schränken Unmengen von Lebensmitteln gehortet hatte. Mama hatte dies festgestellt, als Frau Schreiber sie einmal um Hilfe bat. Auf unserem Flur gab es eine schöne, geschnitzte, alte Holzgarderobe, in deren Schublade stets unser großer, verschnörkelter Schlüssel zur Wohnung deponiert wurde. Der Schlüssel, ob seiner Form, barg die Illusion zur Öffnung eines Schlosses, jedoch hinter der Türe unserer Wohnung befanden sich nur zwei einfache Zimmer. Doch meine Märchen, in den dicken bunten Büchern zu lesen, bargen wunderbare Welten und dazu passte dieser riesige Schlüssel perfekt. Glaubte wieder einmal mein neues Buch gut verborgen in der Garderobe, um zu geeigneter Zeit mit ihm auf das geheime Örtchen zu entfleuchen. Nun, das klappte diesmal nicht. Auch als die kleine Leselampe zu nahe an die Bettdecke geraten war und diesen hässlichen, schwarzen Fleck ins Gewebe brannte, wurde meiner Leidenschaft, nach dem Nachtgebet unter der Bettdecke zu schmökern, Einhalt geboten. Das abrupte Ende weiterer heimlicher Bettgeschichten.

Unsere Mutter konnte uns wunderbar Gedichte, Märchen und selbst erfundene Geschichten abends vor dem Einschlafen deklamieren und erzählen. Es war ein Genuss, ihrer Stimme zu lauschen. Wie geheimnisvoll zum Beispiel die Geschichte der einsamen Schneekönigin dort hoch oben im Norden, eingeschlossen im glitzernden Eispalast! War dann aber Schlafenszeit oder Mama hatte keine Lust mehr, erschallte plötzlich: »Es war einmal ein runder, bunter Mann, der wohnt in einer runden, bunten Stadt, wo es viele runde, bunte Kinder gab …« – und das fanden wir nun wirklich dämlich. Hier auch ein besonderes Kuriosum. Gebürtig aus Thüringen, wo sprachlich die Tücken mit d und t auftreten, hörten wir folglich die Geschichte so: »Es war einmal ein runter, bunder Mann, der wohnt in einer runten, bunden Stadt …« (Mama, verzeih!)

Zu diesem Sprachphänomen fällt mir noch folgende lustige Episode ein. Wir waren zum Einkauf in der Stadt. Man benötigte eine neue Butterdose. Mama sagte immer »Buddertose«, so übten wir mit ihr endlos, bis der Satz saß. Und dann standen wir vor der Verkaufstheke, die Verkäuferin fragte: »Wie kann ich ihnen helfen?« Gespannt blickten wir zu Mama hin und hörten: »Ich bräuchte bitte eine Buddertose.« Kann man sich die Mimik der kleinen Töchter vorstellen, zumal die Verkäuferin irritiert fragte: »Wie bitte?« Doch wir erreichten unser Zuhause später mit einer neuen, bildschönen Butterdose.

Auf dem Speicherboden des Hauses wohnte Frau Heimann mit Tochter Elisabeth. Liebenswerte Leute, die einen vornehmen, älteren Maler kannten, ein Abbild von Einstein, der uns Kinder in Rötel porträtierte. Trotz langem Stillsitzen und Einschlafen von Gliedmaßen wurde das Bildnis vollendet und Mama hatte ihr Weihnachtsgeschenk für Papa. – Das Bild wanderte mit uns ins neue Haus und hängt heute noch im Esszimmer.

Hinten, tief unter dem Dach des Speichers, stand unsere weiße Spielkiste. War Mama unterwegs oder regnete es in Strömen, wurde die Kiste herabgeholt und wir erfreuten uns wieder all der Dinge, die inzwischen in Vergessenheit geraten waren. Zofften wir uns dann zu stark, verfrachtete uns die Mama hoch oben auf die Schränke, jedoch stets voller Angst, wir könnten herunterpurzeln. Ah, ich genoss es sehr, von dort oben auf die Welt da unten herabzublicken. Schwester Inge war immer ein bisschen ängstlich, doch auch neugierig, steckte sie doch ihren kleinen Finger in die Steckdose. Hui, da trug sie aber einen kleinen, prallen Schock davon. Und hallo, wie ärgerte sie sich, sang Onkel Karl, der Zahnarzt: »Ingelein hat Floh am Bein, abgeleckt hat gut geschmeckt.« Bei mir sang Onkel Karl nämlich: »Barbara, Barbara, komm mit mir nach Afrika, wo die kleinen Negerlein tanzen Ringelreih'n.« Und das fand ich damals schon aufregend. Doch ahnte der liebe Onkel wohl kaum, dass ich viele Jahre später viele Jahre in Afrika leben würde. Onkel Karl schien mir damals schon gewogen, eine wunderschöne, goldene Brosche erhielt ich von ihm zur Konfirmation. Obwohl, er war Zahnarzt und es war fürwahr stets eine furchtbare Fahrt nach Düsseldorf, wenn bei mir ein Zahnschmerz akut wurde. Auch sein wunderschönes Wartezimmer mit einem riesigen Aquarium beruhigte mich kaum, stets bebte mein Herz und weder die freundliche, hübsche Zahnarztgehilfin Fräulein Magdalena noch meine Tante Lene konnten meine Angst lindern. Der Äther wurde in Form einer Maske auf meine Nase gesetzt und fern, ferner und unendlich fern sah und registrierte ich das weitere Geschehen. Später, ich noch leicht in Trance, saßen wir an Tante Lenes Abendbrottisch, es wurde geplaudert und geräucherte Rinderwurst verspeist. Rolf, der Sohn des Hauses, zeigte mir anschließend seine Meerschweinchen, die mich aber nicht die Bohne beeindruckten. Apropos Bohnen: Die konnte ich nicht ausstehen. Und doch gab es sie am nächsten Tag zum Mittagstisch und auch ich sollte sie verspeisen. Nun, ich verweigerte diese wertvollen Vitamine und saß am frühen Nachmittag folglich noch mutterseelenallein vor dem Teller mit diesen scheußlich grünen Bohnen und meditierte trotzend vor mich hin. Und da regte sich wohl leichtes Mitleid bei der Dame, meiner Erzeugerin. Oder war es Resignation? Nun, ich durfte aufstehen und bekam wahrhaftig eine Stulle. Eine Graubrautschnitte, mit Butter bestrichen und mit Zucker beträufelt. Es schmeckte köstlich. Grüne Bohnen scheinen nicht gerade das Lieblingsgericht kleiner Jungen und Mädchen zu sein. Mein Cousin, drüben im Westerwald, Sohn eines gestrengen Försters, hatte dasselbe Dilemma. Doch er schaffte es, wie auch immer, die Bohnen während des Essens in seine Hosentasche zu befördern.

Heute war Waschtag. Unten im Waschhaus wurde gefeuert und geheizt. Oma Helene würde kommen und Kartoffeln schälen und Erbsensuppe kochen. Um uns zu zerstreuen, liefen wir Kinder hinunter in den Garten und reizten den Puter. Ich trug mein rotes Kleid. Und schwups, plusterte sich der Kerl auf und trullerte laut hinaus in die Welt. Weiter unten im Garten zupften wir am Sauerampfer und der schmeckte großartig. Dann geschah Schlimmes. Aus meinen Augenwinkeln sah ich Schwester mit Wilfried im Einklang grinsen und erblickte an ihrer Hand eine Maus. Lebte sie, war sie tot? Sie, die Maus, schlingerte da an ihrem Schwanz im Nichts. Und da rannte ich, rannte um mein Leben, ins Haus, die endlosen Stiegen hinauf und hinein ins Zimmer, verschloss die Türe und atmete erschöpft und gerettet auf.

Die Katze von Familie Ohliger war niedlich. Braungelbes Fell und bernsteinfarbene Augen. Sie wusste leider nicht, dass sie mit uns spielen sollte. Wir platzierten sie in ein Bänkchen, das wir umgedreht als komfortables Bettchen mit Tüchern für sie drapierten. Doch die Undankbare war nicht geneigt, darin länger Platz zu nehmen und versuchte immer wieder auszubüxen. Trotz mehrfachen Drucks und Überzeugungskünsten gelang ihr letztendlich die Flucht.

Im Alter von gewachsenen drei und vier Jahren marschierten wir im Sommer viele Male die Landstraße hinauf zu den Großeltern. Die Straße zog sich aus unserer Zwergenperspektive schier endlos dahin, doch wir wanderten froh gelaunt, entlang der Strommasten, an die wir ab und zu unsere kleinen Ohren pressten, um dem Lied des Windes zu lauschen, wie mit unserer Mama praktiziert, vorüber am Friedhof, unserer späteren Schule Ketzberg, den Feldern von Bauer Mainka, der niedrig putzigen Bäckerei von Lohmeiers, wo Oma immer ihr Brot holte und sich kleine Mäuslein im Mehl tummelten, dem winzigen Fachwerkgehöft kurz vor dem Ziel, bis hin zum Eckhaus unserer Großeltern dort an der großen Linkskurve. Selten übrigens begegneten wir jemandem. Manchmal vielleicht einem Radfahrer, einem Mann oder einer Frau mit Aktentasche oder Einkaufsbeutel, die uns zuwinkten, wie das nette, kleinwüchsige Fräulein Schnabel, das stets eilends des Weges dahin tippelte, auf kleinen hochhackigen Schuhen, mit hochgetürmter Haartolle, und uns lächelnd grüßte: »Hallo Bäbbelchen, hallo Ingelein«, dem Bauern auf seinem Gespann – doch Autos nie. Wenige Meter vor dem Haus der Großeltern und rechts neben dem Lebensmittelgeschäft von Frau Ohliger war ein großer, klarer Wassergraben. In ihm schwammen die Gräser und der Himmel und die Wolken brachen sich darin in wundervollen Blau-, Grün- und Weißtönen. Hier machten Schwester und ich regelmäßig Halt. Das Wasser muss wohl eine besondere Wirkung auf uns ausgeübt haben. Die Eltern erfuhren von unserem Stopp und unserer Pipi-Sektion durch Frau Ohliger, eine Nachbarin unserer Großmutter, die uns wohl stets schmunzelnd beobachtete. Frau Ohliger, eine nette, ältere, grauhaarige Dame mit Knoten und stets properer, steifer, weißer Schürze stand tagtäglich hinter dem blitzblanken Tresen ihrer Verkaufstheke, so auch sonntagmorgens. Denn dann war es mir später stets zur Aufgabe geworden, bei ihr per Fahrrad oft die köstliche Servelatwurst einkaufen zu müssen. Den Namen der Wurst konnte ich partout nicht behalten und murmelte ihn während des Radelns stets vor mich hin, mit dem Fazit, dass schlussendlich doch immer ein anderes Wort herauskam. Doch, die werte Frau wusste im Laufe der Zeit, warum es an diesem Tag um diese Zeit ankam. Und so schnitt sie alsbald mit scharfem, großem Messer hauchdünne Scheiben auf das Pergamentpapier. Frau Ohliger war wohl mehr mit ihrem Laden verheiratet als mit ihrem Ehemann. Denn als sie ihn wieder einmal fragte: »Wohin gehst du?«, antwortete er: »Nach Norden.« Habe als Kind nie begriffen, was damit gemeint war.

Ulrike, unsere Kusine vom Weinsbergtal, war bei uns zu Besuch und Pläne wurden geschmiedet, zwecks Unterhaltung. Ein Blumenladen wurde beschlossen. Vor unserem Fachwerkhaus gab es einen kleinen Vorgarten mit schönem, verschnörkeltem Eisengitter. Wir sammelten also Gänseblümchen, Margeriten, Maiglöckchen, grüne Gräser und Wiesenschaumkraut und banden kleine Sträuße. Und diese wurden nun dekorativ in die Nischen des Gitters platziert. Die Preise für diese bildschönen Gebinde lagen eigentlich relativ günstig bei 10 und 20 Pfennigen. Dann wagten wir jedoch den großen Coup. Klauten im Pfarrgarten eine prächtige Dolde des Rhododendron in wunderbarer violetter Farbe und dieses Bouquet, elegant verziert mit rosaroter Schleife, war teuer. 50 Pfennige notierten wir auf dem kleinen Preisticket. Inzwischen hatten wir auch den kleinen Spatz, der da tot und steif im Graben lag, mit Kreuz und Blumen unter den Sträuchern von Frau Ohligers Vorgärtchen bestattet und saßen nun an der wenig belebten Straße vor der Kirche und warteten auf Kunden. Und da erschien ein freundlicher Herr im Anzug mit Hut, der sich nach unseren Sträußen erkundigte und uns dann mit ernster Miene den teuersten Blumenstrauß abkaufte, die geklaute, violette Dolde für 50 Pfennige, und sich dann freundlich verabschiedete. Später erfuhren wir, dass Monsieur oben an der Kurve der Landstraße neben den Großeltern wohnte und Familienvater von fünf Kindern war. Ein Engel hatte ihn geführt.

Und dann konnte es passieren, dass – inmitten des Spiels, im Hüpfkasten, beim Seilchenspringen, beim Versteckspiel – die Großmutter Helene auftauchte und Schwester und mich einsammelte. »Kommt, wir wollen den alten Tanten am Bimerich ein Ständchen bringen.« Das hieß, wir mussten wieder mal »Im schönsten Wiesengrunde …«, »Wahre Freundschaft …«, »Pass auf kleines Auge, was du siehst …« oder ähnliche Weisen zweistimmig vor grauen Häuptern singen. Und wer hätte da gewagt, sich zu sträuben, nicht wir, immer trotteten wir brav der Oma hinterher.

Gesungen und musiziert wurde übrigens viel in unserer Familie. Besonders auch, wenn der große Familienclan zusammenkam. Bei Geburtstagen und an Feiertagen. Auch sangen oftmals Inge und ich abends noch im Bett. Da hätten wir wohl bis Mitternacht singen können, keiner störte uns oder pochte an die Wand, aber wehe, kicherten und lachten und erzählten wir, dann war Schluss mit lustig. Erst wurde an die Wand geklopft, dann laut und kräftiger, und dann, half auch das nichts und heizte unsere Fröhlichkeit nur mehr auf, erschien plötzlich der Vater mit gestrenger Miene in der Tür. Er war wohl auch wütend, weil er aus dem warmen Bett von der Frau Mama hinausgeordert wurde. Und oh weh, er machte nicht Halt vor dem Bett, das der Tür am nächsten stand, nein, er umrundete Inges Bett und kam schnurstracks auf mich zu. Hoch die Decke, Nachthemd in die Höhe und flapp, flapp. Nun, das war gemein. Doch ich schwieg trotzig. Als die Gefahr abgezogen war, flüsterte ich kühn hinter meinem Erzeuger her: »Hat mir gar nicht weh getan« und brüstete mich kühn vor der in den Kissen verschwundenen Schwester. Sie staunte, doch feixte dann frech: »Und deine Tränen?« Ich wandte mich schweigend ab. »Dumme Pute«, dachte ich und erinnerte mich an ihr triumphierendes Gesicht, als ich da vor den Eltern zu Gericht saß. Sie, die kleine Hexe, daneben, das Urteil erwartend. Was hatte ich verbrochen? Konnte nicht ins Haus und war in größter Not. Es war grausam kalt und ich kauerte auf der Hauskante und hatte die Hosen voll. Später also stand ich vor der Familie und sollte mich verantworten. Warum, warum geschah es? Ich schwieg aus Scham und als weiter die dummen Fragen auf mich einschlugen, wurde ich einfach ohnmächtig. Fiel um und die Sache war gelaufen. Vergessen, vergeben. Doch wohl irgendwie klang dieses Erleben in mir nach. Auch später, in Angstsituationen endete ich erst einmal in dieser eigenartigen Situation, fiel einfach um und war für kurze Zeit »weg«. Und dann hatte ich die Sache wieder im Griff.

Mein Cousin Günther hatte Geburtstag. Hier erfolgte eine besondere Einladung hin zur Fauna. Fauna? Meine Güte, dachte ich, du hast doch keinen Badeanzug dabei. Und staunte dann nicht schlecht, als sich herausstellte, dass die Fauna der kleine Tierzoo im Klosterbusch war und nicht die Sauna bei Bruder Schmidt im Vorort Wald. Dieser Cousin übrigens war wenig Gastgeber. Wie es sich ergab, war ich eines Tages alleine mit ihm in der Wohnung. Und – hoch oben unter dem Dach des Hauses – schmierte er sich ein Brot. Mit voller Akribie schnitt er sich zarte Seiten von Tomaten und Zwiebeln. Köstlich sah es aus und mir zuckte der Gaumen, als er noch alles gefühlvoll mit Salz und leichtem Pfeffer beträufelte. Ja, und dann begann er, alles zu verspeisen, genussvoll und alleine.

Doch Günther konnte großartig im Winter den Bob hinunter zur Wupper lenken. Er saß stets vorne mit seinen Schlittschuhen und führte unsere Schlittenkolonne. Erstaunlich, er guckte doch mit dem einen Auge immer leicht schräg. Jedoch, nie landeten wir im Graben. Scheußlich, den langen Weg wieder hinauf zu trampen. Da wurde man sich bewusst, wie kalt es war und wie dunkel. War man dann am Abend zu Hause steckte unsere Mutter unsere Füße stets in heiße gesalzene Fußbäder. Puh, brannte es anfangs auf unseren kleinen Fußsohlen, aber fürwahr ein effektives Hausmittel. An Schnupfen und derlei kann ich mich nicht entsinnen. Nur an die Masern und Spulwürmer. Letztere kamen mir aus sämtlichen Löchern heraus, wo die nur herkamen. Doch Dr. Hermes, der Kinderarzt, der stets im Notfall ins Haus eilte, errettete uns immer wieder lächelnd aus derartigen grässlichen Tiefen unserer Kindheit.

Dann der Tag im späten Sommer, da ich alleine vor Körben von rotgelben, reifen Pfirsichen im kleinen Küchenraum saß und sie schälen sollte. Warum dieser Fluch auf mich zukam, war wohl mein Schicksal, die Ältere zu sein. Eine Folter. Das Fazit, ich wurde dermaßen trunken von diesem Pfirsichgeruch, dass ich ins Tal der Träume entglitt und da muss mich wohl jemand entdeckt haben. Seit diesem Tag mochte ich jahrelang keine Pfirsiche mehr sehen, noch essen. Auch blieb mir als die Ältere nicht erspart, im tiefen Winter an der Kirche entlang hinüber zu unserem Garten am Saam's Teich zu wandern, um dort einen Kohlkopf fürs Mittagsmahl zu schneiden. Eingemummt gegen die Kälte, versehen mit einem kleinen Küchenmesser, das durch jahrelanges Benutzen einer Neumondsichel glich, stapfte ich wütend durch den Schnee an der Kirchenmauer entlang. »Immer ich«, maulte ich still vor mich hin, hier hörte mich ja keiner. Und es war gar nicht so einfach, den steifen Kohl unter der Eisdecke herauszusäbeln, dort im winterkalten Garten, da draußen am Teich. Im Sommer jedoch zeigte sich dieses Stück Natur völlig anders. Riesig wucherten die Himbeer- und Stachelbeersträucher und üppigst das Erdbeerfeld. Auch in der Sommerzeit wurde im Familienverbund die Himbeer- und Waldbeerlese in den nahe liegenden Wäldern wieder aufgegriffen. Und das war stets ein Gaudi, wenn hier alle Tanten und Kinder unterwegs waren. Natürlich ohne die Herren Väter und Onkel. Welcher Mann pflückt schon Beeren? Der Geschmack der eingesammelten, später im Napf zerstampften Beeren mit Milch und Zucker war einfach köstlich.

Ein düsteres Kapitel blieb in meiner Erinnerung an den drüben neben den Gärten still von Büschen und Lehmrändern umsäumt liegenden Saam's Teich. Wir Kinder trieben uns wieder einmal unerlaubt dort herum und wurden dann Zeugen einer Tragödie. Ein Geschwisterpaar war im Teich ertrunken. Feuerwehrleute trugen zwei kleine, starre Körper zum Ufer. Wir begriffen zuerst gar nicht, was da passiert war. Unserem Haus gegenüber liegt der Friedhof. Tagtäglich besuchten fortan die trauernden Eltern das Grab ihrer Kinder.

Dackel Alf war unser erster Hund und wurde zum Familienmitglied Nummer fünf. Saß er da auf Vaters Knien, war es ratsam, sich ihm nicht zu nähern. Er hatte seine ganz speziellen Launen, aber ließ diese nur an uns, den weiblichen Mitgliedern der Familie aus. Dann kam Axel hinzu, ein Münsterländer, ein herrlicher, freundlicher Bursche, jedoch mit wildem Jagdtrieb. Sprang stets hoch über die Mauer und trieb sich im Walde herum. Wir waren immer voller Angst, dass der Förster ihn erwischen und mit Schrotkugeln niederstrecken würde.

Unser häuslicher Tierpark hatte sich inzwischen erweitert. Ein Zwerghahn, bunt und fröhlich, mit Namen Anton flanierte im Garten. Zu ihm gesellte sich alsbald Normalhenne Anna, weiß und gewichtig, um Hähnchen Anton zu beflügeln. Das Federpaar teilte sich das von unserem Vater erbaute wunderhübsche Fachwerkhäuschen mit nach außen aufklappbaren Legenestern. Doch dann der Morgen der Tragödie! Anton im Liebesrausch hatte Anna in der Nacht bedrängt und diese, anscheinend geschockt im Morgengrauen beim Anblick des winzigen Galans, rastete aus. Als wir später die Pforte öffneten, torkelte uns ein malträtierter Anton mit herabhängendem, blutendem Kamm und ausgerupften Federn entgegen. Ein weiteres Zusammenleben mit Frau Anna mochten wir ihm nun nicht mehr zumuten, zumal er auch unsere werte Frau Nachbarin linkerhand erzürnt hatte. Er krähte ihr zu laut und zu fröhlich und zu früh sein Kikeriki. So musste auch er uns verlassen, doch Anton hatte seinen Akt vollbracht, Anna gebar eine Schar niedlicher Zwerghühner, farblich das Abbild von Papa. Die Eier, die später dort in den Nestern lagen, waren putzig klein, doch schmeckten großartig. Übrigens lebte unser kleiner Zoo friedlich nebeneinander her. Alf und Axel ließen Frau Anna und ihrem Nachwuchs gentlemanlike stets den Vortritt am Futternapf.

Doch inzwischen war es mit Axels Wilderei sehr schlimm geworden und die Eltern hatten ihn in die nächste Stadt, dort drüben über der Wupper gelegen, verkauft. Wir Kinder waren untröstlich. Sonntagmorgen, wir saßen beim Frühstück, da plötzlich ein Kratzen und Jaulen an der Haustür. Und unglaublich, es war Axel, der zu uns zurückkehrte. Diese unbändige Freude auf beiden Seiten. Doch dann die grausame Entscheidung, er musste zurück über die Wupper. Ich weiß nicht, für wen es schmerzlicher war, für Axel oder uns Kinder.

Heute gab es wieder eine Überraschung, unser Vater brachte eine Dohle nach Hause. Keck und frech äugte sie uns mit ihren schwarzen kleinen Knopfaugen an und hüpfte ohne Scheu auf der Terrasse hin und her. Theo wurde sie genannt. Dann aber wurde vergessen, ihr die

Flügel zu stutzen. Ergebnis: Sie flog hinüber zu Frau Nachbarin und diese Dame, man kennt bereits ihre Reaktion auf Anton, den Zwerghahn, war höchst indigniert. Fazit: Auch Theo musste uns verlassen. Übrigens, Theo, männlich oder weiblich? Egal, der Name war Theo.

Dina, eine wunderschöne, stolze Schäferhündin, folgte auf Alf und Axel. Sie lebte draußen im Zwinger und wir hatten stets Mitleid mit ihr. An Fest- und Feiertagen aber war sie unter uns und wenn im Winter der Kamin flackerte, war sie diejenige, die am nächsten der Wärme lag. Doch aber, wenn sie pupste, holla, die Gerüche waren unglaublich. Der Grund: Mutti hatte wieder Lunge für sie gekocht.

Später, die Zeit der Hühner war längst vorbei, saßen wir Kinder, viere an der Zahl, Schwester Inge, Cousine Ulrike, Cousin Günther und ich, im Hühnerhäuschen – wie das möglich war, ist mir heute noch ein Rätsel – und berieten neue Spielweisen. Hatten bereits per Rasenmäher Straßen im Garten markiert und Günther an der Kreuzung als Polizisten stationiert, während wir drei Mädchen munter mit den Rädern herumkurvten. Heute Abend wollten wir das Zelt aufbauen und dort nächtigen. So geschah es. Doch dann, der Abend war fortgeschritten, hörten wir plötzlich ein schauriges »Huuhuuu« und als wir aus dem Zelt lugten, huschte ein weißes Gespenst am Gartenzaun entlang mit flatternden Armen und Beinen. Günther verließ fluchtartig die Szene, und dann stellte sich heraus, dass der Opa von Ulrike sich diesen Spaß erlaubt hatte. Nun, unser Mädchengrinsen hat Günther dann doch recht hart getroffen.

Und immer wieder gab es wunderbare Überraschungen. Ob zu Weihnachten, zu Geburtstagen, in den Ferien. Das großartige Kasperletheater, die Gleitschuhe und der tolle Roller, von unserem Vater gebastelt, der Tag mit den Freunden, um das neue Lebensjahr zu feiern, so außergewöhnlich gestaltet von unserer Mutter, und auch die so aufregenden Reisen an die See und in die Berge.

II. Schulzeit

Ab 1949

Dann begann der Ernst des Lebens, versüßt durch diese mit Überraschungen gefüllte, bunte Tüte. Und die Schwester, obwohl noch nicht schulfähig, bekam wahrhaftig auch eine. Doch die war beruhigenderweise kleiner, die Tüte.

Ab sofort saßen wir, die I-Dötzchen, nun an kleinen Holzpulten und lernten das ABC und das Einmaleins. Lasen später in Fibeln und wurden in Heimatkunde unterrichtet, besichtigten den mittelalterlichen Wehrturm in der nächsten Ortschaft und machten die Bekanntschaft mit Kaulquappen, die munter in der großen Pfütze auf dem Feldweg vor dem Acker von Bauer Mainka umherflitzten und sich nach einiger Zeit in Frösche verwandeln würden. Hatte man Geburtstag, durfte man sich ein Lied wünschen. Mein Standardlied: »Im Märzen der Bauer die Rösslein einspannt ...«, fand ich toll, hatte ja im März Geburtstag.

Zur Weihnachtszeit veranstaltete die Schule ein Krippenfest und ich durfte hier in der zweiten Klasse die Maria darstellen und musste dem Jesuskindlein ein Wiegenlied singen. Ein Highlight, Achim, mein Schwarm aus der siebten Klasse war der Joseph. Das war aufregend.

Unsere Volksschule lag nur hundert Meter die Straße hinauf. Und so marschierten wir jeden Morgen um viertel vor acht, mit Tornister und Blechtrommel versehen, den Weg zu Fuß. Die kleine Blechtrommel war für die Schulspeise bestimmt, die uns in der großen Pause offeriert wurde. Nun, das Essen war nicht immer nach unserem Geschmack. Besonders die dicken Nudeln. Sie wurden dann nach Hause transportiert und durften fast immer auf dem Heimweg die Karussellfahrt erleben. Das hieß, man schleuderte die gefüllte, offene Büchse im hohen Bogen durch die Luft, stets bedacht, in der richtigen Geschwindigkeit nichts zu verschütten. Ein Mordsgaudi. Die ab und zu offerierte Ka-

kaobrühe mit frischer Semmel war hingegen beliebt. Da raste jedoch so ein Idiot der Oberklasse durch den Flur, rempelte mich und die köstliche Brühe schwappte über den Boden und, schlimmer noch, bekleckerte mein schönes, blaues Kleid, das ich durch ein Care-Paket erhalten hatte.

Der Unterricht begann manchmal erst um zehn Uhr. Die Zeit von Bauer Mainka, der mit Pferd und Wagen die Milch verkaufte. Und immer und immer wieder hatte ich den Wunsch, einmal dort oben auf dem Bock zu sitzen und mitzufahren. Aber der Herr Milchmann war stur. Nein, nein, keine Chance. Wahrscheinlich bangte ihm auch davor, gab er einmal nach, wollen sämtliche Gören der Straße dieses Vergnügen genießen. Und dann schaffte ich es doch einmal. Welch ein erhabenes Gefühl. Gleich einer Königin thronte ich dort oben. Doch leider war es das erste und letzte Mal und ich sah auch nie andere Kinder dort auf dem Bock. Die Äpfel seiner Pferde durften wir zwar immer einsammeln für unseren Garten dort draußen am Saam's Teich. Reicher, guter Dünger. Auch Frau Pehlke unten im Haus hatte einen Garten und es schien stets ein kleiner Konkurrenzkampf zwischen ihr und meiner Mutter zu sein. Doch Mama eilte nie auf die Straße, nein, sie bewaffnete stets Inge und mich mit kleinem Spaten und Schüppe zum Gefecht.

Und die Jahre gehen auf und ab. Inzwischen lernte ich das Klavierspiel bei Herrn Ohliger. Er war der Kirchendirigent der örtlichen Gemeinde. Immer freundlich, immer nett, jedoch auch mit Glatze und dickem Bauch. Wenig konnte ich ihm abgewinnen. Doch bescherte er mir kostbare Noten, die ich heute noch mit Freude spiele. Der gute Mann hatte aber nicht den notwendigen Impuls auf seine Schülerin. Ich streikte und so kam ich zu Fräulein Seidel, eine Journalistin des hiesigen Tageblattes und eine geschulte Klavierlehrerin. Diese Dame, hager und klein mit unendlicher Nase, riesiger Brille und glatten strähnigen Haaren, kam jedoch stets zu spät und schlief auch immer fest und tief ein, hörte sie meinen Bartok, Telemann oder

Bach. Und wieder kam ich aus einer gestressten Stunde heraus und da stand auch noch Axel vor der Haustür neben meinem Fahrrad. Axel, unser schwarzweißbraun gefleckter Jagdhund. Und es geschah auch zur selben Minute, dass Frau Seidel Senior die Stufen fegte und mich sichtlich irritiert und vorwurfsvoll fragte: »Ist das dein Hund?«, als Axel sich, schmutzig wedelnd, freudig vor mir hin und her bewegte. Kaum konnte ich das bei diesem Freudentaumel leugnen, doch es war mir so peinlich, wie es wohl nur einem jungen Mädchen peinlich sein kann, wenn da ihr wild verschmutzter Hund eben geputzte Steinstufen wieder besudelt. Ich murmelte meine Entschuldigung, schwang mich kleinlaut aufs Rad, strampelte von dannen und Axel trabte fröhlich hinter mir her. Der über ihm schwelende Zorn schien ihn nicht die Bohne zu tangieren.

Der Wechsel zum Lyzeum stand an, zur August-Dicke-Schule, damals noch eine reine Mädchenoberschule. Der erste Tag und mein Herz pochte stark. Mein Vater hatte mir eine wunderschöne, hellbraune Lederaktentasche geschenkt. Sie roch neu und aufregend und auch die wundervolle, grüne Griffelmappe war ein Gedicht. Ansonsten war die Tasche eigentlich fast leer neben der silbernen Aluminiumbox mit dem Pausenbrot. Früh um sieben nach dem Glockengeläut marschierte ich zur Bushaltestelle neben der Kirche. Oben im Schieferhaus gegenüber der Kirche wohnte die Großmutter. Und jeden Morgen stand sie mit wallenden, grauen Haaren – sie trug tagsüber stets penibel, fein mit Heizstab in Form gebracht, ihre Hochfrisur – und warf mir in Backpulververpackung ein kleines Päckchen selbstgemachter Bonbons herab. Vielleicht erinnern sich einige Herrschaften an diese köstlichen Rahmdragees, gefertigt aus Butter und Zucker auf dem Feuer.

Die Schule war nicht gerade mein liebster Aufenthaltsort, zumal die Lehrer doch recht respekteinflößend und wenig entgegenkommend waren. Die Herrschaften waren fast alle gereift und gealtert und schienen sehr weise, nannten sich Doktor, Studienrat oder Studienrätin.

Frau Dr. Mehlis war wohl die einzige der etwas jüngeren Generation und hier fing das Lebensalter bei Ende vierzig an. Und man macht sich schon das rechte Bild. Ein kleiner Sextaner, verloren in einer Klasse mit fast dreißig kleinen Mädchen vor diesen älteren, gewichtigen Respektspersonen, da hatte man noch keine Lust auf Späße. Man hieß damals Ursula, Christel, Dorothee oder Ute, hatte Zöpfe, blond braun, Pagenkopf oder Pferdeschwanz.

Der Pedell, der Hausmeister der Schule, war Herr Baumeister, ein freundlicher, großer, hagerer Hornbrillenträger, der mir ab und zu das vergessene Pausenbrot in die Klasse brachte. Und das war mir immer äußerst peinlich. Trotzdem reagierte meine Mutter nie auf meine Einwände, ich käme auch ohne Frühstücksbrot über die Runden.

Sexta, Quinta, Quarta –– kaum kennt noch jemand die Namen der ersten drei Klassen eines Gymnasiums oder Lyzeums. Uns, die 6 b, unterrichtete als Klassenlehrerin Frau Altona, eine liebenswerte, ältere Dame, im Englischen und Deutschen.

Gesine, die Tochter des renommierten Blumengeschäfts der Stadt, wurde aufgerufen, ihren Aufsatz zu verlesen. Sie las und las, stockte plötzlich und las weiter. Frau Altona bat Gesine ruhigst, ihr das Heft doch bitte einmal zu zeigen. Und die Grande Dame hatte die richtige Ahnung. Denn da stand nichts. Im Nachhinein empfinde ich diese Aufführung als Bravourstück von Gesine. Aus dem Nichts solch einen Vortrag zu halten, ist doch superb. Doch leider gab es hierfür keine Pluspunkte, nur einen Eintrag ins Klassenbuch.

Die Schlafstunden übrigens von Madame Seidel, meiner Klavierlehrerin, hatte ich inzwischen meiner Mutter offenbart und wir betraten neue Wege. Angemeldet wurde ich nunmehr bei Fräulein Pack, die nicht weit entfernt vom Lyzeum wohnte. Weite Strecke – jede Woche donnerstags musste ich nun die vielen Straßen mit dem Rad hinauf zur Kranhöhe radeln. Schlimm, wenn man leicht ermüdet immer wieder in die Rillen der Straßenbahn glitt. Und diese Dame anschließend war streng, hola, da wurden andere Töne laut. Doch trotz meiner Faulheit lernte ich hier viel. Sehe und höre heute noch ihre tänzelnden Finger mit den kurzen, rotlackierten Fingernägeln leicht und tönend über das Piano gleiten.

Heute hatten wir wieder Französisch und Religion. Es unterrichtete unser Direktor, Herr Dr. Geller, kurz Direx genannt, ein leicht gealterter, manikürter, stets mit auffallenden Hemden und Schlipsen drapierter Adonis. Bedacht, im Französischen das verneinende Verb im »non ... pas« zu platzieren, wurden wir verdonnert, unsere Stühle zu erklimmen, »non« zu brüllen, dann herunterzuspringen, um dann wiederum das »pas« zu schmettern. Die 3 b unter uns erlebte dann stets ein tolles Poltern über ihren Häuptern. Doch Monsieur le Directeur lächelte nur überlegen, da unten wüsste man Bescheid.

Um eine »Eins« in Religion zu erlangen, genügte es, den Psalm 23 auswendig zu deklamieren. Ich schaffte es. Und somit war mir zumindest eine »Eins« auf dem Zeugnis sicher.

Frau Dr. Willner folgte als Französischlehrerin in der Quarta. Sie war eine wenig liebenswürdige Person. Prall verschnürt, klein und giftig. Sie wagte doch wahrhaftig zu erfragen, wessen Eltern Akademiker waren. Ola, da gab es Stunk innerhalb der Elternschaft und sie bekam ihren Verweis.

Drall und füllig schlängelte sie sich stets durch die Tischreihen und versuchte, unangeeckt den Weg zu finden. Beim Rückwärtsgang war aber stets ein Engpass vorprogrammiert. Inge, die Kesse oben am Gang, hatte ihren Tisch in die Mitte geschoben und somit stupste sich die kurvige, ungeliebte Frau Doktor stets ihren Allerwertesten. Hei, machte uns das ein Vergnügen, doch sie ließ es uns spüren, mit einem neuen Diktat über Matteo Falcone, den Rebell aus Korsika, oder mit einem Gleichnis des Fuchs und des Hasen aus der Fabel von La Fontaine. Und dann hatten wir das Nachsehen. Sie hatte einen Sohn in unserem Alter, einen Strebersohn, gegelt und unangenehm höflich. Er war drüben auf der Schwertstraße, im Gymnasium. Und so nebenbei erwähnte sie ihn stolz.

Dann, in der Quarta, begann Latein.

Gaudeamus igitur iuvenes dum sumus,
post iucundam iuventutem, post molestam senectutem
nos habebit humus, nos habebit humus.

(Stundentenlied, zit. nach C. W. Kindleben, 1781)

Unsere Lehrerin hieß Dr. Quentin. Schon ein recht lateinischer Name, wie ich finde. Sie sah aus wie ein dürres Brett, blass, mit grauem, glattem Kurzhaarschnitt, stets in überlangen, grauen Pullovern und grauem, schmalem Glockenrock. Und kam sie in die Klasse, erklang es stets nach der Klassenarbeit im sonoren Gleichklang bei der Rückgabe der Hefte bei vielen von uns: »Und wieder mal ›ne Fünf. Leider war ich oft unter den »wieder mal ...«. Weiß auch nicht, warum die Logik der Lateiner bei mir nicht Fuß fassen konnte.

Die Punischen Kriege und Ablative verfolgten mich. Um nicht erneut den Refrain »Wieder eine Fünf« zu hören, hatte ich mir einen Spickzettel unter die Strumpfhose geheftet. Und als ich da so verstohlen »spickte«, fühlte ich plötzlich bedrohliche Nähe und da stand sie schon vor mir und die Hitze in mir wallte und tobte, – doch sie schaute nur intensivst und ging vorüber. Eine Lähmung in Hirn und Körper setzte bei mir ein und so hieß es später erneut: » Wieder mal ...«

In der Untertertia unterrichtete uns Frau Dr. Kairies in Französisch und Englisch. Sie war die neue Direx und eine tolle Frau.

In Dublin's fair city,
Where the girls are so pretty,
I set first my eyes on sweet Molly Malone.
As she wheeled her wheel-barrow,
Through streets broad and narrow,
Crying, «Cockles and mussels, alive, alive, oh!"

She was a fishmonger,
And sure it was no wonder,

For so were her mother and father before,
And they both wheeled their barrow,
Through the streets broad and narrow,
Crying, «Cockles and mussels, alive, alive, oh!"

She died on a fever,
And no one could save her,
And that was the end of sweet Molly Malone.
Now her ghost wheels her barrow,
Through streets broad and narrow,
Crying, «Cockles and mussels, alive, alive, oh!"

«Alive, alive, oh,
Alive, alive, oh", –
Crying «Cockles and mussels, alive, alive, oh".

(The Dubliners)

… so sangen wir mit ihr.

Im Französischunterricht erwischte mich ein Lachanfall. Es war fürchterlich. Ich konnte ihn einfach nicht mehr stoppen. Eigentlich ziemlich banal, wir nahmen einen Stoff durch mit »fromage« (Käse) und dem »berger« (Schäfer) Gérome. Und irgendwie beschrieb ich Gerhild, meiner Nachbarin, wie Gérome auf dem fromage reitet. Völlig absurd, völlig lächerlich. Doch wir lachten und lachten und Frau Dr. Kairies lachte wahrhaftig mit, obwohl, sie doch gar nicht wusste, worüber wir uns so freuten. Das nenne ich echte Pädagogik.

Musikunterricht wurde uns zuteil durch die Herren Jöppi und Mekki. In echt: Herr Jörges und Herr Melchior. Bei diesen Herren schmetterten wir die Fahrtenlieder von der ersten bis hin zur letzten sechsten Strophe, während die Herren das Klavier droschen, und machten unterdessen unsere Schulaufgaben. Doch manchmal stach

Herrn Mekki der Hafer, dann mussten wir die Tonleitern und ganze Musikpassagen wiedergeben. Meine arme Freundin Gerhild zitterte dann stets wie Espenlaub. Ja, und Jöppi dirigierte in diesem Jahr den Chor für die Abschlussfeier der Abiturienten. Er stand dort, klein, moppelig und stramm auf dem Pult und gab den Ton an. Leider zu hoch. Und dann ging es los. Und wir sangen und sangen und es wurde immer höher und sein Dirigieren wurde immer empathischer und die Gesichter der Sopranistinnen immer röter, bevor sie die noch höheren Sopranstimmen erschallen ließen – und dann kippte Herr Jörges vom Pult. Das Desaster war perfekt.

Elegant und salopp kam Herr Dr. Hansmann daher. Er war unser Mathematiklehrer ab der U 3. Hatte uns nach Herrn Dr. Stoffregens Ausscheiden übernommen. Zum Glück kam er nicht herein mit der freundlichen Frage nach den Divisoren wie sein Vorgänger. Doch er schreckte uns mit seinen Klassenarbeiten. Annegriet stand an der Türe auf Posten, würde er heute mit Heften erscheinen? Monsieur kam um die Ecke und Annegriet schoss in den Raum und schrie erleichtert: »Ohne!« Und schon kam auch Monsieur durch die Türe und grinste: »Was heißt, ohne? Ohne Schlips?«

Frau Dr. Philippi unterrichtete Geographie und Frau Zander Geschichte. Auch hier handelte es sich um ganz spezielle Personentypen. Frau Philippi glich einer eleganten Giraffe. Sie hüpfte stets vom Podest herab in unseren Raum wie ein Hochsprungathlet, rieb ihre langen, schlanken Hände und zeigte uns dann an der Karte die Welt. Ulrike hatte sich im kleinen Kartenkasten versteckt. Und als nun die Stunde im Gange war, da klopfte sie plötzlich an die Pforte ihres Kastens. Madame Philippi, in der Annahme, es hätte an der Türe geklopft, rief: »Herein!« Keiner erschien. Ulrikchen klopfte erneut, Madame rief wieder »Herein!« und lief dann hin zur Türe. Öffnete sie und sah natürlich niemanden. Und in diesem Moment klopfte Ulrikchen erneut. Und schwups wurde sie erwischt. Und wieder einmal ein Eintrag im Klassenbuch.

Frau Zander lehrte Geschichte. Hatte ein rundes, fleischiges Brillengesicht und einen Pagenkopf. Ihre Figur war kräftig und groß. Sie litt stets unter Atemnot und trug daher ihre Pullover seitenverkehrt, das heißt, vorne war hinten und hinten war vorne. Das hat sie uns so erzählt. Immer war sie mit mehreren Taschen unterwegs. Warum und was sie darin verbarg? Diesem Rätsel kamen wir nie auf die Spur.

Die Geschichtsstunde war stets die letzte und sechste des Vormittags. Madame, ab zwölf Uhr dreißig wohl zu ermüdet, hier noch wach zu bleiben, stiefelte dann auch mit ihren vielen Taschen nach Hause. Wir verfolgten es hinter unseren Klassenfenstern, feixten und machten uns dann auch auf den Heimweg. Doch irgendwann flog das auf. Frau Zander wurde ermahnt und wir wieder in die Geschichte der verflossenen Welt zurückgeholt. Erstaunlich war, wie Madame sich in die damaligen Zeitgeschichten versetzen konnte. Sie lebte förmlich darin auf. Zum Beispiel hier die Epoche Theoderichs, die Glanzzeiten des blonden Ostgotenkönigs. Und da rief sie Brigitte Zimmermann mit ihren flachsblonden Zöpfen und kornblumenblauen, großen Augen vor die Klasse. »So meine Lieben, so blond und schön war Theoderich, der junge König der Ostgoten.« Und die arme Brigitte klapperte verlegen mit ihren blonden Wimpern.

Frau Büßer unterrichtete Kunst und sah aus wie ihr Name. Mit Kutte hätte sie ohne Weiteres eine buddhistische Nonne abgeben können. So auch ihr Wesen, stets freundlich und still. Mein Vorteil, ich malte nicht schlecht. Wieder ein Einser mehr!

Frau Eisengarten, passend der Name zum Fach, unterrichtete auch Biologie. Sie war die Vertreterin unserer eigentlichen Lehrerin auf diesem Gebiet, nämlich Frau Dr. Gerster. Letztere Dame, eine gedrungene, kleine Person mit dunklem Herrenschnitt, versank stets völlig tief in ihrem Sessel vorne am Pult und erzählte uns dann von Bienchen und ihrer Fortpflanzung und von Wald und Flur. Verlangte von uns Blätter- und Gräsersammlungen, korrekt eingeordnet in Heften und Kladden. Außerdem eine bewegliche Katzenkralle, und hier konnte ich triumphieren dank der Hilfe meines Vaters. Wunderbar gelang ihm das Modell.

Wir hatten Wandertag und Herr Dr. Rudolf, ein dem Pensionsalter entgegenstrebender, etwas zerstreuter Oberstudienrat, nahm uns mit in die Ohligser Heide. Und die Wanderung begann. Interessiert anfangs ließen wir uns einführen in die Natur der Heide, ließen uns aufklären über Gräser, Beschaffenheit und Eigenheiten dieser Gegend. Doch langsam ermüdeten die eintönigen Referate und auch das Wandern. Und plötzlich schienen Richtung und Ziel verloren. Endlos irrten wir herum. Nach einer Irrfahrt von durchlaufenen 27 Kilometern kamen wir letztendlich wieder am Ausgangsort an. Erleichterung vor allem bei Herrn Dr. Rudolf, denn inzwischen waren aufgeregte Anrufe von besorgten Eltern an der Schule eingegangen.

Unsere Sportlehrerin, Frau Richter, war eine drahtige Person, die stets im »dernier Cri« von Trainingsanzug und knarrenden Marken-turnschuhen im Schulgebäude herumlief. Ihr wippender Gang war ihr Markenzeichen und die vollen Lippen, die stets die Trillerpfeife bestens beherrschten, waren immer leicht aufgerissen. Grausig, der morgige, bereits um acht Uhr stattfindende Schwimmunterricht. Ich liebte das Schwimmen, war auch begeistertes Mitglied im Städtischen Schwimmclub, aber morgens vor dem Hahnenschrei und vor dem Schulbeginn, das war ›too much‹.

Dann auch noch mit feuchten Haaren – man trug Zöpfe zu der Zeit und die Badehauben waren konstant undicht, außerdem funktionierten die Föns nur schwach – später sechs Stunden die Schulbank zu drücken, war echt hart. Ich hasste es einfach.

Ja, und da ist noch der Herr Knepper, der flotte Klassenlehrer ab der Untertertia. Stets erschien er im weißen Kittel, unterrichtete Chemie und Physik und verstand es blendend, uns, die junge Damen, ein bisschen zu verblenden. Nachdem er seinen Pflichtlehrgang (man er-spare mir die Einzelheiten, die außerdem in einer meiner abgetrennten Hirnschichten lagern), absolviert hatte, liebte er es, uns ein bisschen zu provozieren. Die gereifteren Mädels der wiederholenden Klasse waren wohl weit kesser und parierten nicht schlecht. Meinen winzigen Pferdeschwanz nannte Monsieur respektlos einen »kupierten Hundeschwanz«. Was mich allerdings wenig entzückte.

Und dann war ich auf dem Sprung zur Höheren Handelsschule am Vorspel-Park. Das Wirtschaftsabitur stand an.

III.Rückschau

Still war es dort unten im Garten. Traumverloren wippte die Kleine auf der Schaukel und hing wieder ihren Märchen und Fantasien nach. Heiß und voller Aroma quoll sommerlicher Duft aus dem Erdreich, Sonnenstrahlen funkelten, glitten irisierend durch grünes Blattwerk und streiften den kleinen, gelben Falter, der da gleich einem goldenen Opal erglühte. Hoch oben wölbte sich der blaue Himmel, an dem leichte Windböen weiße Wolkenflocken vor sich hertrieben. Plötzlich durchbrach, laut gurrend und flügelschlagend, eine Taube die Stille. Doch die Kleine auf der Schaukel ließ sich nicht schrecken, sie flog mit den Wolken dort oben um die Welt, über die Täler, über die Höhen, über die Meere und über die Berge.

Jahre vergingen, Träume blieben. Vieles hatte sich ereignet, an Neuem, an Aufregendem, an Schönem und weniger Schönem. Abenteuerliche Reisen mit Eltern und Freunden, erlebnisreiche Fahrten als Schülerin mit Aufenthalten in ausländischen Gastfamilien und Entdeckerreisen als Studentin in fremden Landen. Und es waren unvergessliche, beeindruckende Momente. Hier die Unendlichkeit der Ozeane, die Majestät der Alpengipfel, dort die Dichte grünender Wälder, die sich lang erstreckenden, sanften Ebenen sowie das pulsierende Leben in prächtigen Metropolen wie Prag, Wien, Paris oder London und immer wieder die Vielfalt der Menschen, geprägt durch ihre Familien, Traditionen, Sprache, ihr Umfeld und Milieu. Doch auch die schmerzlichen Augenblicke, in denen Trauer und die Unfassbarkeit des Todes und der Vergänglichkeit eines Lebens erschrecken lassen, hinterließen ihre Abdrücke. Wie fern, wie fremd, kalt und unantastbar schien plötzlich ein vertrauter Mensch, der da schweigend in eine andere Welt entglitten war.

Das Verlangen, auszubrechen, wurde unbändig. Heraus musste ich aus diesem Alltag der Routine, wo alles inzwischen zu geordnet, zu organisiert dahinfloss. Und dann hatte es sich ergeben; ein Jahr Frankreich als ›Au pair‹-Studentin, mit Möglichkeiten zum Französisch-Studium an der Universität Grenoble. Ideal oder nicht, diese Entscheidung war eine Möglichkeit, davonzufliegen. Und meine Eltern zeigten Verständnis, gaben mir sogar Geleit zum neuen Wohnort, und erst im Nachhinein wurde mir ihre Besorgnis ob dieser meiner Entscheidung bewusst. Ist man dann vor Ort und wird mit den Realien konfrontiert, folgt der Euphorie die Ernüchterung auf den Fuß. Schwer, sehr schwer fiel es mir letztendlich, mich in einem fremden Haushalt zu bewegen, weniger schwer, mich mit der kleinen Tochter des Hauses, Florence, zu beschäftigen; glücklicherweise die Hauptaufgabe meines Seins im Hause der Familie Epinard. Meine Pflichten umfassten leichtes Staubputzen, Bettenmachen und die Zubereitung des Mittagmahls sowie Begleitung und Abholung von Florence zum Kindergarten. Doch auch hier spielte sich alsbald der Alltag ein und alles wurde erneut zur Routine – nur eben in anderer Färbung.

Man weiß, dass unsere werten Nachbarn gerne und ausgiebig speisen. So war es für mich stets eine besondere Herausforderung, das Mittagessen schnell und gut zu servieren, die Küche in Ordnung zu bringen, um dann pünktlichst an der Vorlesung teilnehmen zu können. Auf diesem Wege zur Uni passierte ich übrigens auch täglich die schmale Rue de la Citadelle, in der die Schönen der Nacht auch am Tag ihre Dienste anboten. Und gerade verhandelte wieder einmal ein gealterter, schlampig-bärtig aussehender Clochard mit einer jungen, bildhübschen Person und verschwand dann schlurfend hinter ihr im Hausgang. Das traurig gequälte Gesicht der jungen Frau verfolgte mich lange an diesem Tage.

Um stets pünktlich im Hörsaal zu sitzen, war es nun leider vonnöten, dass ich dem armen Monsieur oftmals den Teller bei seinem letzten Bissen unter der Nase fortziehen musste. Mais, quelle chance, on n'y a jamais protesté. – Ja, und was stand da so auf dem täglichen Speiseplan? Gesund, sehr gesund. Jegliche Art von Gemüse wie Bohnen,

Möhren, Erbsen, Artischocken (bei letzterem Gemüse – man kennt es? – blieb weit mehr Abfall auf dem Teller, als verspeist wurde) und weiteres mehr und das in gegarter, gedünsteter und gekochter Form. Dazu Kartoffeln und Fleisch. Nun, das Kochen war überhaupt nicht mein Ding. Kartoffeln und Gemüse im heißen Wasser zu garen, ging ja noch an, aber bei der Fleischzubereitung begann das Dilemma. Wahrscheinlich wurde mir der Fisch erspart, weil hier die Gräten einen Gefahrenspot für den Nachwuchs bildeten. Doch allein schon der Gedanke an glitschige Schuppen und starrende Fischaugen, lässt mich schaudern. Nun, wie dem auch sei, an diesem Tag vertraute man mir ein großes Stück Kalbsbraten an. Weiß und stattlich lag der Brocken dort auf dem Küchenbord und wartete auf meine Initiative. Doch ich war ratlos, hatte nicht die geringste Ahnung, wie man so etwas in einen essbaren, köstlichen Braten umwandelt. Im Topf, in der Pfanne, auf dem Rost oder steckte ich den Fleischkloß einfach auf einem Blech in die Röhre? Nun, letzteres erschien mir passend. Wie gedacht, so getan, – dann noch einen Hitzegrad einschalten und ich konnte mich beruhigt wieder anderen nutzbringenderen Tätigkeiten hingeben. Hatte ich doch noch die Übersetzungsarbeiten zu erledigen.

Aber dabei schien mir die Zeit davongeschwebt zu sein. – Plötzlich schwante mir Übles. Ich lief in die Küche und schon trafen mich dichte, schwarze Schwaden aus der Röhre. Voll böser Ahnungen öffnete ich die Backofentüre und war geschockt. Was ich da herauszog, war ein schwarzverkohlter, in sich geschrumpfter Kalbsbraten, der eher einem zu klein geratenen Schrumpfkopf glich. Halleluja, wie sollte ich das den Herrschaften beibringen? Der Kommentar von Madame blieb nicht aus: »Barbara, wollen Sie uns vergiften?« Nun, das hatte ich wahr- und wahrhaftig nicht vor. Doch meine Küchenerfahrung sollte sich auch danach leider nicht wesentlich verbessern.

Es standen Möhren und Kartoffel auf dem Plan. Von der Fleischbraterei hatte Madame infolge der letzlich eingetretenen misslichen Ereignisse Abstand genommen. Ich brauchte nur noch leichte Steaks, die ich von einer runden Fleischkeule scheibenartig abschnitt, in einer Art von Toaster zu rösten. Nun, das konnte ich. Doch auch hier sollte das Missgeschick nicht ausbleiben. Das Papier um den Rest des Fleisches, natürlich inzwischen klamm und feucht geworden, hatte ich verwechselt mit der bereits entfernten leeren Folie und so landete diese mit Inhalt irrtümlich im Müllschlucker. Gnade mir der Himmel, so meinte denn auch Madame: »Aber hatten wir nicht noch Fleisch übrig?«

Heute also Möhren. Ich stellte sie auf die Herdflamme. Die Kartoffeln hatte ich bereits vorgekocht. So geschehen, ging ich wieder in mein Zimmer und brütete über meinem Aufsatz »Une vie, comme il faut«. Alors, da musste man schon ein kleiner Philosoph sein, und das braucht eben auch seine Zeit. Plötzlich klingelte es an der Haustüre. »Nanu«, dachte ich, »wer mag das sein?« Da stand vor mir ein Herr im weißen Kittel –- hierzu muss man wissen, dass es in der Etage über uns ein technisches Labor gab – und fragte irritiert an, ob es bei mir brennen würde, da Rauch aus dem Fenster über seinem Büro aufstiege. Ich wurde blass, raste in die Küche und gewahrte – dort war wieder einmal die Hölle los. Denn erneut war alles verraucht und neblig grau verqualmt und aus einem schwarzverkohlten Topf schienen mir die restlichen, tiefschwarzen zu Asche geschmolzenen Möhren in sadistischer Manier entgegenzugrienen. Was der gute Mann, mein Retter, bei jenem Anblick, denn er war mir gefolgt, wohl gedacht haben mag, entging meiner Wahrnehmung, denn großartig hatte er seine Mimik im Zaum. Nun, jedenfalls dankte ich ihm überschwänglich.

»Was mache ich nun mit dem Topf«, rätselte ich, »der wird doch auch mit größter Anstrengung und einer Ladung ›le blanc canard‹ (in etwa ein Äquivalent zum deutschen weißen Spül-Riesen) nie mehr blank und sauber.« Also warf ich ihn kurzerhand mit den verkohlten Resten der einstmals rubinroten Möhren in den Müllschlucker dort in der Küchenwand und hörte ihn die sieben Etagen voller Getöse munter hinunterhopsen. Die neuen Möhren im neuen Topf ließ ich nun aber nicht mehr aus den Augen.

Der Mittag kam, die Familie erschien und wollte speisen. Die Kartoffeln wärmte ich noch kurz im heißen Wasser auf und servierte das Essen. Doch diesmal waren sie es, die ›pommes de terres‹, die sich gegen mich verschworen hatten. Als Monsieur seine Gabel in eine dieser kleinen, gelben Kartöffelchen hineinstechen wollte, flog auf einmal die geschasste in hohem Bogen über den Tisch. Ich merkte, wie mir das Blut aus dem Hirn rann, und hoffte und wünschte, niemand nähme davon Notiz. Denn das war wohl kaum die Art und Weise – wie ich verfahren hatte –, um Kartoffeln wieder zu erhitzen. Nun, im weiteren Prozedere am Mittagstisch wurden diese anschließend mit dem Messer zerteilt. Von Monsieur, Madame und von mir. Nicht die feine englische Art, aber wir waren ja auch in Frankreich und die Handlung in diesem Moment von Nöten. Den Trick, wie es zu der Akrobatik der Kartoffeln kam, verriet ich natürlich nicht. Ob man übrigens künftig eine andere Sorte von Erdäpfeln kaufte, ist mir nicht bewusst geworden – fragte natürlich auch nicht nach –, doch unterließ ich fortan tunlichst ein zweites Aufwärmen.

Gerard Junior, der elfjährige, verzogene Bruder von Florence, liebte über alle Maßen seinen ›flan au chocolat‹, zu Deutsch: Schokoladenpudding. Übrigens, ist »Urian« erst einmal zu Gast, so verbleibt er auch gerne länger, das wurde mir während meiner Küchentätigkeit zur Genüge vor Augen geführt.

Ich hatte also für Gerard den Flan vorbereitet und komme mit diesem stolz aus meinem Küchenrevier, eile über die Schwelle des Esszimmers und – quel malheur – bleibe irgendwo hängen und fliege der Länge nach hin, und mit mir natürlich in fröhlicher Eintracht der Flan. Fazit: Wir beide liegen platt am Boden. Schnell rappele ich mich auf, zum Glück ohne verrenkte Gliedmaßen, – doch das gelang dem Flan leider nicht. Der klebte weiter munter auf dem schönen Parkett und Gerard wehklagte seinem dahingeflossenen Pudding nach. Wie gerne hätte ich das kleine Kerlchen geschüttelt und ihm einige Worte erzählt, musste aber logischerweise schweigen. Madame und Monsieur trösten ihren plärrenden Stammhalter und ich biss die Zähne zusammen. Florence, die Süße, mit gerade mal fünf Jahren, grinste mir verschwörerisch zu.

Nun, meine Kochkünste waren einfach nicht da. Und das mussten auch die leidgeprüften Herrschaften der Grande Nation alsbald schmerzlichst erfahren. Anfangs übten sie sich zwar noch in Geduld und gaben mir immer wieder die Chance, in die Kunst der ›haute cuisine‹ Eingang zu finden. Doch vergeblich. Letztendlich resignierten sie. Adieu, ihr »Sterne des Michelin«!

Florence, dieser süße, kleine, schwarzhaarige Engel konnte leider auch ein Hexlein sein. Jedoch bei mir wagte sie ihre jähzornigen Auftritte nicht. Ab und zu neckte sie mich zwar mit ihren steten Begleitern in Form von zusammengeknoteten Windeln, die nach Käse und allem Möglichen dufteten und farblich den Malerpaletten von Cézanne oder Gauguin glichen. Der Grund hierfür: Madamchen saugte permanent an den Zipfeln. Und es machte ihr ein diebisches Vergnügen, mich mit diesem eklig feuchten Lappen zu berühren, was ich nun aber partout nicht ausstehen konnte. Ich rannte ihr davon, sie wie ein wilder kleiner Kobold hinter mir her, und nachdem ich mich erschöpft in einer Ecke niederwarf, kam sie mir nahe und – spitzbübisch grinsend – schwenkte diesen widerlichen, odeurdurchtränkten Lappen vor meiner Nase und berührte mich. Ich brach zusammen. Und meine kleine Heldin genoss wie ein weiblicher Napoleon ihren Triumph. Ihre Maman jedoch durchlebte oftmals Alpträume. Im Besonderen, wenn es ihrem Prinzesschen nicht nach der Nase ging. –Dann warf sich die kleine Diva mit Wucht auf den Boden und schrie und strampelte wild kreischend umher. Und Madame war völlig hilflos. Nur mit großen Versprechungen gelang es, das Töchterchen zu besänftigen.

Ein kleines Problem mit Florence ergab sich jedoch anfangs zur Zeit des Bades. Sie brüllte immer schon los, bevor sie überhaupt im Wasser saß. Und da muss ihr wohl vorher irgendetwas Unangenehmes untergekommen sein, so meine Vermutung. Vielleicht war ihr die Seife beim Haarewaschen in die Augen geträufelt oder das Wasser zu heiß gewesen? Nun ich wusste es nicht, war jedoch sehr vorsichtig, dennoch krakeelte sie permanent und jaulte erbärmlich vor sich hin. Da musste Abhilfe geschaffen werden und ich versprach ihr fortan stets einen wunderbaren Lolli, wenn sie still und mutig wäre. Und das klappte. Sie ließ ihre gelbe Schwappente munter summend schwimmen und sich sogar die Haare waschen. Und eines Tages dachte ich mir, das müsste doch eigentlich auch ohne Lolli funktionieren. Nicht, dass es mir um den Lolli leid tat, nein einfach um zu sehen, ob Madamchen sich gefangen hatte. So saß sie also wieder in der Wanne und wartete auf ihren Lolli, »Non, cherie«, rief ich »Pas aujourd'hui. C'est fini maintenant, tu n'es plus un bébé.« Na, da protestierte aber meine kleine Prinzessin und war so gar nicht einverstanden. Doch ich blieb hart. Da maulte sie noch ein bisschen vor sich hin und plantschte wild mit ihrem Entchen, gab aber ansonsten Ruhe. Ihren Lolli hatte ich übrigens oben in der Dusche versteckt. Wir unterhielten uns dann fröhlich und ich begann, ihre Aufmerksamkeit peu à peu nach oben zu richten. Et, quel bonheur, da sah sie urplötzlich den bunten Lollipop und das Strahlen in diesen herrlichen Kinderaugen war gleich einem Sternenregen. Mit ihren nassen Ärmchen umfing sie mich und rief entzückt: »Merci, oh ma chère belle Barbara, merci!« So war es fortan eine Einheit. Florence, Lolli, Bad und Ente.

Madame und Monsieur bewunderte ich ob ihrer Geduld mit mir. Vielleicht war mein Pluspunkt der wunderbare Draht zu Florence. Wir harmonierten einfach perfekt. So durfte ich auch herrliche Ferientage mit der Familie in ihrem Sommerhaus in Châtillon, in den französischen Alpen, und in der Bretagne beim urigen Camping erleben.

Châtillon ist ein romantisches kleines Bergdorf, in den französischen Hochalpen, umgeben von Apfelplantagen, Hochalmen und gewaltigen Gipfeln. Hier versammelte sich die Großfamilie in den Ferienmonaten Juli und August, um sich fernab von Staub und Hitze der Stadt zu erholen. Die Jugend wanderte, machte Bergtouren und feierte Feste und ich wurde stets willkommen geheißen. Ein Highlight, auf einem dieser Bergrücken pflückte ich mein erstes Edelweiß.

Monsieur, alors, hatte einen besonderen Zeitvertreib: Er sammelte Schnecken. Und dies bereitete mir größtes Unbehagen. Hatte ich zuvor Schnecken aus der Dose schon einmal verspeist, war ich ab diesem Zeitpunkt für immer kuriert. Denn was sich da vor meinen Augen abspielte, war pure Folter. Diese Viecher lagen in einem Eimer und wurden Tag für Tag mit Salz und Wasser begossen und beträufelt. Und so sonderte sich tagtäglich ihr Schleim ab. Und dann war kein Schleim mehr da. Und da nahm Monsieur die gebeutelten Kreaturen und ließ sie in einen knoblauchdurchtränkten Sud gleiten und dieser wurde dann stolz serviert. Alors, bon appétit.

Der Vollmond schien und ich konnte nicht schlafen. Wir waren noch in Châtillon. Mich hatte ein unbändiger Appetit auf Äpfel übermannt. Und waren da nicht vor Ort die köstlichen Plantagen? So kletterte ich also mitternächtlich aus meiner Koje im Kellerraum und wanderte die mondbeschienene Bergstraße hinauf bis hin zum Baum der Erkenntnis. Klaubte mir gleich Eva im Paradies den schönsten Apfel und vertilgte ihn mit größtem Gusto ohne Reue.

Die spätere Ferienfahrt en famille über Paris und Reims in die Bretagne war ein Märchen. Welch eine Landschaft! Überhaupt, dieses Frankreich, das reinste Bilderbuchland. Viele dieser Schönheiten sollte und durfte ich während meines damaligen Aufenthaltes kennenlernen. Und hier nun Brest, diese pittoreske Hafenstadt am Ende der Welt, au Finistère. Irgendwo vergessen und verzaubert lag sie da, entrückt in einer alten Welt. Hier dominierten die Wolken, das Licht, das endlose Meer. Der salzige Geruch. Der Wind und der Regen. Und mit letzterem wehten die Zeilen des Liedes »Barbara« von Jacques Prévert heran:

»Rapelle toi, Barbara. Il pleuvait sans cesse sur Brest ce jour-là.
Et tu marchais souriante, épanouie, ravie, ruisselante sous la pluie.
Rappelle-toi, Barbara …«

Zauberhafte Eindrücke von Saint-Malo und Mont-Saint-Michel bildeten den Abschluss dieser märchenhaften Reise.

Und nun war ich zurück in Grenoble. Hatte inzwischen auch Françoise kennengelernt, eine flotte, sportliche Französin, die mit Eltern und Schwester nicht weit entfernt vom Jardin de Ville wohnte. In ihrer Familie durfte ich bald heimisch werden und wurde mit größter Wärme und Freundschaft aufgenommen. An den Wochenenden lief stets ein Programm. Entweder ging es auf Wanderschaft im Kreise anderer Jugendlicher in die herrliche Umgebung von Grenoble, in das herbstlich bunte Massiv der Grande Chartreuse oder auf eine spontane Fahrt durch die Schweiz bis hin ins mozartinische, verregnete Salzburg oder im Winter zum Skifahren in die Berge, nach Alpe d'Huez, Deux Alpes oder auf die Morte. Hierzu hatte ich meine alten Skier aus Deutschland erbeten. Und würde mit diesen Monstern dann noch mein wahres Wunder erleben. Denn hier handelte es sich um handverlesene Langlaufskier, die wir von unserer lieben Tante Else aus Thüringen zum Weihnachtsfest in jungen Jahren erhalten hatten. Mit Befestigungen, die damals schon antik erschienen. Ja, und damit bin ich den flotten Slalomläufern und –läuferinnen stets munter und mutig hinterhergefahren, ob dort in Deux Alpes, auf der Morte oder aber auch später in Chamonix auf einer Abfahrt im Mont Blanc-Massiv. Und keiner hatte mich gewarnt, dass man mit diesen verschnörkelten Brettern weder eine astreine Abfahrt hinlegen noch elegante Kurven wedeln konnte. Fazit: So setzte ich auch oftmals mit kleinen Bocksprüngen zirkusreif über verborgene, intrigante Hügelchen oder landete mit einem fast 50 Meter weiten, bildschönen Abflug eines Salto mortale in den Schneewehen des majestätischen Mont Blanc. Doch der Himmel schien mir gewogen, keine Knochen, keine Sehnen kamen zu Schaden. Stets landete ich wie eine Katze heil auf weichen Pfoten. Und wahrscheinlich schmunzelten sie dort droben beim Anblick dieser Akrobatik, – Petrus im Kreis meiner Schutzengel.

Das erste Semester war zu Ende. Und trotz Küchen- und allem weiteren Stress hatte ich das Examen, Degrée I, mit »Bien« bestanden. Nun, das war doch ein Grund zur Freude; so wurde ich zur Belohnung von meinen Freunden zum ersten chinesischen Dinner eingeladen – mit Stäbchen. Doch, quel horreur, beim Hantieren mit diesen kleinen Stöckchen wurde ich von Bissen zu Bissen hungriger und letztendlich nicht satt, – aber, tant pis, das war das kleinste Übel. J'étais heureuse.

Dann begann der Wechsel. Und tatsächlich war es nicht fair von mir gewesen, die Vereinbarung mit der Familie Epinard aufzulösen. Doch ich drohte in diesem Alltagspool zu veröden, wollte mich nunmehr ganz auf das Studium ausrichten und den zweiten Semesterabschluss mit Erfolg absolvieren. So entschuldigte ich mich Madame gegenüber. Sie war traurig. Und erst Florence. Und ich fühlte mich miserabel.

Inzwischen wohnte ich nun schon zwei Monate bei Madame Fayen, die hier in der Rue de Canard ihre Wohnung an junge Studentinnen vermietete. Wir waren ein lustiges Haus. Zwei putzmuntere Amerikanerinnen, Jutta, meine Zimmergenossin und ich. Und Madame! Eine beeindruckende Persönlichkeit, wie sie da – leicht grell geschminkt, mit gefärbt-gescheckten Haaren –, eine Zigarette schmauchend, eingehüllt in Qualm und zerfranste Federboa auf schmalen Storchenbeinen groß und breitbeinig in ihrer Küche hantierte und es immer wieder verstand, uns mit ihren »histoires« zu faszinieren.

Kurze Semesterferien standen an und ich hatte schon wieder einen Plan. Jutta, meine Zimmergenossin war wenig unternehmenslustig und sehr vorsichtig und so musste ich alle meine Überredungskünste aufwenden, um ihr meinen Reisevorschlag schmackhaft zu machen – und der klang wahrlich superb. Auf nach Megève, Annecy, Chamonix durch den Mont Blanc-Tunnel hinüber ins Aosta-Tal, über Turin in den Frühling nach Ventimiglia an die italienische Riviera. Dann entlang der Küste über Saintes-Maries-de-la-Mer, den jährlichen Treffpunkt der Ciganos, und die Route Napoléon zurück nach Grenoble. Und das per Anhalter, was für uns letztendlich hieß: zum Billigsttarif eine kleine Traumreise. Sie biss an. Gestiefelt und gespornt in tiefwinterlichem Dress standen wir an der Route und warteten auf Mitfahrmöglichkeit. Doch unser alleiniges Dastehen half wenig, wir mussten wohl etwas dafür tun und es fiel uns tonnenschwer. Sah ich den zaghaften Daumen von Jutta, machte mich das wütend. Und ich wedelte dann alsbald ostentativ kräftig den meinigen. Und wir hatten Erfolg. Dann spielte sich das System langsam ein, obwohl – oftmals wanderten wir erst Meilen, bevor wir unserer Daumen gedachten. Übrigens hatten wir uns strikte Regeln gesetzt, nie in einem Auto mit mehr als einer Person und nie in der Dunkelheit zu reisen. Hatten wir doch kurz vor unserer Abfahrt in Grenoble vernommen, dass zwei junge Amerikanerinnen an der Côte vergewaltigt und getötet wurden. Doch, hier muss erwähnt werden, dass diese beiden Ladies in Superminis trampten. Und wir sahen nun wirklich nicht aus wie Baby Dolls mit unseren Rucksäcken und in derber Winterkluft. Doch auch Madame hatte klar ihre Befürchtungen geäußert und mahnte zur äußersten Vorsicht. Unsere Familien hatten wir erst gar nicht über dieses Vorhaben informiert. Sie wären doch nur völlig geschockt, entsetzt und dagegen gewesen.

Unterwegs stellte ich fest, dass den Autos und ihren Fahrern stets ein spezieller Duft, somit eine persönliche Note anhaftete. So sollten wir unter anderem die Aura des Eau de Cologne-duftenden Diplomaten, den scharfen Geruch des Schafzüchters sowie den nach Seife und Lauge, der im Camionette des Waschsalonbesitzers umherwaberte, kennenlernen. Noch waren wir allerdings auf dem Weg nach Megève und versanken im Schnee. Würde uns überhaupt jemand mit unserem winkenden Daumen in dieser tiefen Wehe wahrnehmen? Ja, man hatte uns erblickt, ein Landcruiser mit Skiern auf dem Wagendach, und so landeten wir an diesem Tag in einem wunderschönen Chalet, wo uns Logis und ein köstliches Fondue geboten wurden. Nach Annecy und Chamonix kamen wir auch ohne zu vieles Daumenwedeln, dann jedoch folgte eine schwierige Etappe. Wir hatten den Mont Blanc-Tunnel zu nehmen, quasi die Grenze hinüber nach Bella Italia. Und da wollte sich keiner mit irgendwelchen jungen, fremdländischen Abenteuerinnen belasten, die außerdem noch ihren Pass vergessen hatten. Doch irgendwann und irgendwie saßen wir dann eng zusammengekauert auf einem Lastwagen, umrundet von vielen erstaunten Schafen, und erreichten dann »safe and sound« die andere Seite des Tunnels. Und waren entzückt. Hier schien wahrhaftig schon der Frühling zu knospen. Zarte Mimosensträucher und hellgrüne Triebe reckten sich in einen zwar noch etwas blassblauen Himmel, aber die Anzeichen waren da und unmissverständlich.

In Turin, Stunden später, es war ein Sonntag, schien der Frühling fortgeschritten. Hier flanierten die modebewussten, eleganten Italiener mit ihren Familien über die Avenidas und schnupperten intensiv die delikate Luft. Und wir nun, beladen mit unseren Rucksäcken, aus denen noch die leeren Bananenschalen hervorschauten, und noch in dunkler Winterkluft kamen uns dekadent und »out of space« vor, was die wenig entzückten Blicke der Turiner nur bejahten. Unser Fahrer hatte uns ein Domizil im Stadtzentrum genannt. Beim Betreten des altehrwürdigen Hauses fanden wir einen antiken, gläsernen, mit schönem Schmiedewerk verzierten Lift vor, der uns nun in die dritte Etage brachte. Als wir dort zögerlich die Türglocke an einer wunderschönen Türe erklingen ließen, öffnete uns ein hübsches Wesen in schmucker, schwarzer Uniform mit weißen Spitzenhäubchen und winzig weißem Spitzenschürzchen. Der Blick dieser Person hätte uns nun eigentlich warnen und uns veranlassen sollen, schnurstracks auf dem Absatz kehrt zu machen. Trotz alledem sagten wir unser Sprüchlein auf und erbaten Herberge, nur um dann von ihr völlig indigniert und abrupt verabschiedet zu werden. Hola, das war eine klare Absage gewesen. Auf diese Ohrfeige hin labten wir uns erst einmal in einem kleinen Ristorante an einer wunderbaren Pasta, schleckten voller Begierde das XXL-Gelato und fühlten uns anschließend dann wieder fit fürs nächste Abenteuer.

Und da hatte Jutta ihren großen Auftritt. Sie schien mit ihrer etwas verklärten Erscheinung einem jungen Turiner das Blut in Wallung gebracht zu haben. Und so wurden wir alsbald als seine Gäste in einem wunderschönen weitläufigen, palastähnlichen Appartement in der Altstadt empfangen. Das Interieur erstrahlte im Glanze diverser Murano-Kronleuchter und zahlreicher Spiegel, und Reichtum offenbarte sich im antiken, goldverzierten Mobiliar sowie in kostbaren, erlesenen Teppichen. Wir wurden zum Apéritif geladen und nippten daran dezent gleich einer echten Contessa.

Später, auf der Fahrt entlang der Riviera, waren wir Passagiere in stolzen Limousinen der Upper Society, versanken in weichen Polstern und atmeten den Duft des VIP-Status und Kapitals. Und dann – wieder völlig konträr – durchquerten wir die Camargue in einem Camionette, diesem typischen französischen Kleinlastwagen, vollgepackt mit riesigen Wäscheballen, in die wir uns hineinzwängen durften, und das erforderte reinste Akrobatik. Durch winzige Fenster nahmen wir da draußen eine völlig andere Seite des französischen Landschaftsbildes am Mittelmeer wahr. schilfumsäumte Strände, weite Felder und Weiden, auf denen schwarze, kleine Stiere und knuffige, weiße Steppenpferde ihr Leben zu genießen schienen. Monsieur le Chauffeur ließ uns in St. Maries de la Mer aussteigen, doch leider waren wir vor der Zeit des alljährlichen großen Treffs da und trafen nur wenige der Mitglieder des fahrenden Volkes an. Aber auch ohne die bunten Menschenmassen – oder vielleicht gerade deswegen – strahlte die weite, verlorene Landschaft einen besonderen melancholischen Reiz aus. Langsam schraubten wir uns von der Küste wieder hinauf ins Land. Bestaunten die Brücke in Arles, so traumhaft gemalt von van Gogh, tanzten auf der Brücke in Avignon – »Sur le pont d'Avignon, on y danse, on y danse …« –, kosteten auf felsigem Gestein in Châteauneuf-du-Pape den leichten Landwein der Region.

Und weiter zogen wir durch die Provence hinauf nach Gap, entlang an glühend violettfarbenen, duftenden Lavendelfeldern unter endlosem, mediterranem, azurblauem Himmel. Welche brillanten Vorlagen für ein Malerherz. Schwer nachzuempfinden die wild wirren Gedanken eines Süskind und seines Romans »Das Parfum«.

Es war wieder einmal spät geworden. Ein Kloster war in der Nähe und wir glaubten an christliche Ideale. Standen also vor der Pforte und klopften. Da öffnete sich hoch über uns in der Klostermauer eine Luke und eine ältere Nonne neigte ihr Haupt vor und fragte nach unserem Begehren. Als sie die Bitte nach Herberge vernahm, winkte sie kalt ab und schloss die Luke. Zut alors, war das etwa Nächstenliebe? Und so standen wir wieder auf der Straße. Und es war dunkel und wir waren allein und fremd.

So pilgerten wir den dunklen Weg zurück zur Hauptstraße. Auch der Mond und die Sterne hatten uns verlassen. Die Nacht war rabenschwarz. Nach Ewigkeiten, wie es uns erschien, näherte sich dann auf leerer Landstraße ein Citroën mit einsamem Fahrer und hielt an, als wir zögerlich unsere Daumen erhoben. Und hier war uns wieder einmal das Glück hold. Ein netter, älterer Herr nahm uns mit bis hinauf nach Gap.

Unterwegs, anderntags, Richtung Hautes-Alpes, beschenkte uns ein Bauer mit riesigen Bündeln Spargel. Erst wussten wir nicht, wohin damit, dann kam uns der Gedanke, ihn als Mitbringsel für Madame hinauf nach Grenoble zu schleppen. Momentan saßen wir aber noch in Châtillon, in dem Ort, den ich schon aus meiner Au pair-Zeit kannte, am Marktbrunnen und genossen in der milden Frühlingssonne unsere Mittagsjause. Köstlich, das knusprige Baguette, der frische Brie und der kühle Blanc aus der Region. Wir fühlten uns prächtig und mussten wieder herzhaft kichern über unser Abenteuer beim italienisch-französischen Grenzübergang. Ohne Pass wussten wir einfach nicht, wie wir uns richtig verhalten sollten. So pirschten wir uns heimlich, krauchend, am Kiosk der Grenzbeamten vorbei. Passten nur einfach auf, dass diese uns nicht erspähten, und hatten schon einige Mühe uns zu ducken und zu kriechen mit unseren Rucksäcken auf dem Buckel. Doch wir schafften es.

Und nun, zurück in Grenoble, gab es natürlich ein tolles Hallo mit Madame und unseren amerikanischen Freunden beim großen Spargelfestessen.

Das zweite Examen war geschafft, trotz ausschweifender Ski- und Erlebnisfahrten. Ich war glücklich. Auch diesmal war das Resultat »bien« und erlaubte einen Grund zum Feiern. Françoise lud mich ein, mit ihr und ihrem Freund nach Spanien und Portugal zu fahren. Und das in ihrem ›Deux Chevaux‹ und mit Zelt. Nun, wie man sich lebhaft vorstellen kann, wurde das eine echte Zigeunerfahrt. Unser kleines Auto, vollgestopft mit Utensilien zum Schlafen, für die Küche, den täglichen Gebrauch und, und, und – und das für drei Personen. Françoise kannte kein Geschwindigkeitslimit, unglaublich, wie sie ihre Ente scheuchte, und diese lief und lief.

Inzwischen hatten wir die Pyrenäen überwunden und Barcelona erreicht. Im Stadion, gegenüber von unserem Zeltplatz, lief ein großes Spektakel mit einem der angesehensten spanischen Matadores. Hier stand also Juan dos Calvados in der Arena, der jugendliche, bravouröse Held, im Begriff, seinem todgeweihten Gegner den Todesstoß zu versetzen. So die Erklärung unseres Zeltnachbarn. Und die Menge johlte, schien zu brodeln und zu toben. Wir sahen das grausliche Bild des gepeinigten, mit Picadores durchlöcherten Stieres vor uns und flüchteten. Zum Strand. Und hier war Ruhe, keine Touristen, die wohl alle gerade ihre mit heißer Sonne aufgetankten Körper für den Abend stylten, und keine Einheimischen, die wohl in der Überzahl dort im Stadion ihrer Mordlust frönten. So gehörte ein weiter, leerer Strand uns alleine. Die Sonne, tief hinten am Horizont, ging langsam, sehr langsam unter, versank dann endgültig in einem tiefroten, scharlachfarbenen Meer und begrub in den Wellen, lautlos, die Tränen und das Blut eines einstmals stolzen, schwarzen Stieres.

Unsere Fahrt, an der Gold- und Sonnenküste des spanischen Mittelmeeres entlang geht durch spektakuläre Landschaften hinab ins ferne Andalusien. Die Städte Segovia, Granada, Sevilla, stolz, verträumt, verwoben in maurischen, verspielt antiken Zeiten. Die Bougainvilleen blühen verschwenderisch in den schönsten Farben, die Wasser der Alhambra glitzern in der Sonne, und überall die kunstvoll schmiedeeisernen, verschnörkelt schönen Dekore der Geländer und Balkone, die den Geist einer wundersamen, weit vergessenen, arabisch angehauchten Epoche wieder erwachen lassen. Ein spektakulärer Sonnenuntergang lockt uns hinunter zum Strand. Doch kaum hocken wir im Sand und starren fasziniert in das großartige Szenario dort am Horizont, werden sie aktiv, die Sandflöhe, frech und dreist, und verhageln uns wahrlich jeglichen Hauch von Romantik.

Wir passieren die portugiesische Grenze, fahren entlang der Algarve und langsam die wild umtoste, windverwehte Atlantikküste hinauf nach Lissabon. Flanieren im eleganten Estoril und erleben das verträumte Ambiente in Cascais, kosten in einer winzigen Strandbar die fangfrischen Krebse und träumen im Sonnenuntergang und vergessen die Zeit. – »Das Meer, die anschauliche Gegenwart des Unendlichen.« (Karl Jaspers)

Die Hauptstadt selbst scheint zu pulsieren im Überschwang ihrer Sinne, Gerüche und Geschäftigkeit und doch auch durchwoben von ‚Saudade‹, dieser unbeschreiblichen leisen Sehnsucht und Melancholie, die man nur hier und in Brasilien findet. Auch hier macht es wohl einen Teil der Sprache aus, das Portugiesische so viel weicher, verletzlicher als das herbe Spanisch. Wir sitzen in einer Kellerbar. Schlürfen einen Sangria und genießen den köstlich zubereiteten Kabeljau. Plötzlich dieser unendliche, ferne Klang, dieser schmelzende, traurige Ton eines Fadosängers, improvisiert, geboren aus momentanem Empfinden und tiefem Gefühl, schmerzlicher Ausdruck einer Art Sinnsuche des Menschen im oftmals wenig tröstlichen irdischen Dasein.

Und der ›Deux Chevaux‹ ist wieder en route. Und läuft und läuft bis hin nach Madrid. Hinein in diese großartig angelegte, park- und baumumschattete ›Capitale‹. Mächtig protzt der Prado seinen Besuchern entgegen und man wird klein und ehrfürchtig, ob all der Kostbarkeiten, die dort auf einen warten. Welche Gefühle mögen Picasso durchwogt haben, als er »Guernica«, die Zerstörung der baskischen Stadt Gernika 1937 durch den Luftangriff deutscher und italienischer Soldaten, auf die Leinwand bannte?

Auf heißer, mit Teerblasen versehener, einsamer Landstraße geht es zurück Richtung Frankreich. Bevor wir aber nun Spanien verlassen, wollen wir noch einen Abstecher nach Toledo machen. Und dann, auf dem vor Hitze wabernden, leeren Asphalt im flachen, trockenen Heideland ereilt uns das Unglück. Pluuupppsch, wir segeln sacht nach links hinein in die Campagne. ... Reifenpanne. Nun, das Problem war hier aber nicht, den Reifen zu wechseln, nein, ihn zu finden. Und alsbald steht die Straße voller Dinge. Es sieht aus wie vor der Haustür in einer deutschen Kleinstadt vor Ankunft des Sperrmüllräumdienstes. Und hier wohl noch einen Deut krasser, denn, wo in deutschen Gauen stellt man Kochtöpfe und Pfannen auf den Gehsteig?

Nachdem das Problem gelöst war, glücklicherweise fand sich der Reservereifen intakt, ging es hinein nach Toledo. Der Hauptstadt der autonomen Region Kastilien – La Mancha –, gelegen am Fluss Tajo. Toledo, einst eines der bedeutendsten wirtschaftlichen Zentren des Mittelalters, bekannt für sein Marzipan und seine Waffenproduktion, die schon die Römer faszinierte, vermittelt auch heutzutage noch dieses Flair einer unvergessenen Größe und Erhabenheit, nicht zuletzt auch durch seine Kathedrale, die zu den größten in der Welt zählt, und seine zahlreichen Klöster.

Toledo – schon der Name der Stadt lässt antiken Charme erklingen. Die Gassen hier sind oftmals so schmal, dass man mit ausgestreckten Armen die entgegengesetzten Häuserwände berühren kann. Man wird nicht müde, die mit Kopfstein gepflasterten, verwinkelten Sträßchen bergauf und bergab zu wandern. Eng an eng liegen die Handwerkergeschäfte, in denen es vibriert vor Geschäftigkeit und Redseligkeit. Es sind pure Basari-Eindrücke und -Erlebnisse – eine ferne, wundersame

Welt. Und hier passt es, dass »El Greco«, der berühmte Maler aus Kreta sich Toledo als späteren Wohnort erwählte.

Ich bin zurück in Grenoble. Und nehme Abschied von einer unbeschwerten Zeit. Dort im Stadtpark redet ein gewisser Monsieur Mitterand auf seine Genossen ein. Der Beifall braust auf. Ich kenne ihn nicht. Noch nicht. Später, viel später werde ich wissen, wer er ist. Wenn er, Hand in Hand mit unserem späteren Bundeskanzler Kohl, der Toten von Verdun gedenkt.

Glückliche Tage

Einst flogt ihr dahin mit ursprünglicher Macht,
drängtet vorwärts zu kosten des Lebens Süße,
oh, ihr Tage, voll köstlicher, sel'ger Erwartung,
in denen mein ganzes Ich sich verlor,
wie wunderbar wechselnd war euer Spiel.
Gestern noch völlig dem Zauber erlegen,
dem Glück auf der Spur wie ein Kind,
das gläubig staunend, aufjauchzend, dann schweigend
dem gaukelnden Flug des Falters nachsinnt.
Heute durchwoben vom Sonnenlicht,
goldüberhaucht, wenn der Strahl sich bricht,
das köstliche Geschenk – das Leben – erahnend,
das jetzt noch die bebenden Schleier tarnen.
Morgen vielleicht eine glückliche Braut,
die der Sommerwind streichelt, liebkost und berauscht.
Oh, ihr, die ihr reichlich vom Nektar mir gabt,
mich teilhaben ließ't an manch' üppigem Mahl,
das gemessen an schäumender Fülle und Pracht
selbst Götter in heit're Verzückung gebracht.
Oft sinnlich im Überschwang des Begehrens,
oft nur ganz zart berührend die Sphären
der wundersamen Glückseligkeit – ach, wie seid ihr weit.
Wo umspielt von der Harfe lieblichem Klang
auf Blumenmatten der Elfe sang,
wo schlürfend vom sprudelnden Kelch der Wonnen ich oft eine ferne
Weise vernommen, – doch auch sie ist zerronnen – zurück mich lassend
in Traurigkeit.

B.F.H. E.

Die Schatten wandern, und die Tiere wandern auf der ebenfalls wandernden Erde, warum sollte nicht auch ich wandern.

(Mündliche Überlieferung der Fulbe)

IV. Auf Dienstfahrt

New York

1969

Zurück in Deutschland. Hier hatte sich nach wenigen Jahren der Alltag wieder eingespielt. In der Familie wurde routinemäßig gefeiert, verlobt, geheiratet und auch im Freundeskreis dasselbe Prozedere.

Unterdes rattert mein Zug tagtäglich über die Brücke, überquert die Wupper bis hin zum Arbeitsort auf dem gegenüberliegenden Hügel. Im alten Bahnhof zuvor versuchte ich stets, das Abteil zu umgehen, in dem der kleine, jovial lächelnde Kollege aus Sachsen in seiner Ecke im Lodenlook und mit großem Hut hockte. Das Zusammentreffen, beim Ausstieg jedoch nicht zu umgehen, hatte zur Folge, dass wir dann stets gemeinsam unserer Arbeitsstätte zutrabten. Und das ging nun so tagaus, tagein. Zum eintönigen Alltag gesellte sich dann noch ein heftiger Liebesschmerz. Was blieb, war die Flucht.

Keinem verriet ich meine Pläne, die ja auch erst reifen mussten. Verschiedene Optionen hatten sich ergeben. Arbeitsaufnahme in Genf, Südafrika oder in Amerika. Und dann spulte sich alles einfach und schnell ab. Nach Erhalt einer adäquaten Adresse einer Gastfamilie in den Staaten beantragte ich das Visum, kündigte meine so sichere Stelle als angehende Abteilungsleiterin Export Frankreich ohne Bedauern auf, was natürlich in der Familie Schockwellen auslöste. War ich doch nunmehr wieder ohne Rückhalt und Sicherheit unterwegs. Doch, wie vormals in Frankreich, verfuhr ich bedenkenlos und vertraute auf mein Glück.

Ankunft im Flughafen Newark. Meine Gastfamilie war vollständig versammelt und schien freudig und natürlich auch neugierig, mich die Fremde, die nunmehr ein Jahr in ihrem Hause leben sollte, zu beäugen. Frau Doktor Karron, Psychiaterin im renommierten Hospital Whitesands, war wohl die Chefin der Familie. Tommy und Aileen sowie Mister Karron, ihre Lieben. Und zur Betreuung von Tommy, einem wonnigen, kleinen Achtjährigen, war ich über den Teich herbeizitiert worden. Die elfjährige Aileen schien mir leicht zickige Anwandlungen zu haben. Sie fühlte sich als Prinzessin und schlief, wie ich bald feststellen konnte, in einem verspielt verrüschten, rosa Himmelbett. Das Zimmer von Tommy war klarer, kleiner und voller Baseball-Utensilien. Sein Hobby. – Auch ich versuchte mich später, bewaffnet mit einem Schläger, in diesem skurrilen Spiel. Doch nie habe ich die Spielregeln begriffen und werde sie auch nie begreifen, obwohl Tommy sie mir tausendmal und mehr mit unendlicher Geduld zu erklären versuchte.

Eine der Bedingungen für den Job war der Besitz des Führerscheins. Kein Problem, dachte ich, den hatte ich. Aber, kannte ich auch die amerikanischen Straßenkreuzer mit ihren Powerbreaks und Automatikschaltungen? Nein, kannte ich natürlich nicht, doch sollte sie alsbald kennenlernen. Ich hatte den Herrn des Hauses nach Whitesands, er war Optiker und hatte dort seinen Laden, zu chauffieren und so die Gelegenheit, die Bekanntschaft des Wagens zu machen. Meine Güte, war das ein Schiff! Nun ich legte los und es bleibt natürlich nicht aus, dass man irgendwann bremsen muss. Hola, das Auto reagierte prompt. Ehe ich mich entschuldigen konnte, klebten mein Herr Nachbar und seine Brille voll in der Windschutzscheibe. Peinlich, äußerst peinlich! Schnellstens schnallte sich Mr. Karron nunmehr an, blieb aber erfreulicherweise still und ohne Vorwurf. Ja, und ich kannte nun die amerikanischen Powerbreaks. Doch auch an diese neuen Umstände gewöhnt man sich schnell. Ich liebte es alsbald, mit diesem schaukelnden Gefährt die Herrschaften zu ihren Arbeitsplätzen zu fahren, Madame zur Klinik, Monsieur zum Laden. Auf der Rückfahrt hörte ich stets einen bestimmten Sender, der ihn immer und immer wieder spielte, den damals so bekannten Song »In the year 2525 …« . Wie habe ich ihn geliebt!

Wieder ein neuer Tag. Frau Doktor hatte eine Mittagsschicht. Die

Kinder waren bereits in der Schule und der Herr des Hauses verhalf seinen Kunden bereits zum besseren Durchblick dort drüben in Whitesands. Da ich mich inzwischen den amerikanischen Gepflogenheiten angepasst hatte, ließ ich meine Lockenwickler im Haar, band ein Tuch um und setzte Mylady im Hospital ab.

Der Sender spielte wieder meine Musik. Ich summte fröhlich mit: »In the year 2525 …« Auf einmal machte es »plupp, plupp« und mein Auto gab den Geist auf. »Noooo«, stöhnte ich laut auf. Was nun? Führte nichts bei mir, weder Geld noch Papiere, noch Telefonnummern. Was blieb, war Hilfe zu finden. Also klingelte ich an der nächsten Haustüre und schilderte mein Malheur. Die Dame des Hauses war äußerst freundlich und hilfreich und ließ mich in der Klinik Frau Doktor anrufen, die nach Meldung der Lage, schnellstens ihren Ehemann verständigte, der dann auch alsbald mit einer Taxe angebraust kam. Der Grund der Panne ist mir nicht mehr geläufig. Nun, jedenfalls, ein zweites Mal wiederholte sich ein derartiges Missgeschick nicht. Zu wissen vielleicht auch, dass ich nie mehr mit Lockenwicklern im Haar und ohne Handtasche und immer versehen mit den notwendigen Daten die Garage verließ.

Meine Gastfamilie war unglaublich großzügig und freundlich. Meine Aufgaben im Haushalt waren kaum erwähnenswert. Die Großmama der Familie und eine freundliche Putzhilfe kümmerten sich hier. Meine Hauptaufgabe war das Umsorgen von Tommy. In meinen freien Stunden spielte ich Klavier und erlernte das Gitarrespiel. Aufregend war dann ein kleiner Zimmerbrand. Tommy schrie plötzlich oben in seinem Raum auf. Ich raste hinauf und da brannte schon seine Lampe lichterloh. Ich nahm kurzentschlossen seine Tagesdecke vom Bett – keine Kostbarkeit – und stülpte sie über die Flammen. Und dem Himmel sei gedankt, wir konnten das Unglück bannen. Wie es zu diesem Missgeschick kam, weiß ich nicht. Und Tommy, vielleicht! Jedoch er schwieg.

20. Juli 1969. – Und nun war Aufregung überall verbreitet, in ganz

Amerika und wohl auch in der Welt fieberten die Menschen vor dem Fernseher. Sollte doch heute die erste Mondlandung erfolgen. Vereint mit der Familie saß ich vor dem Fernseher. Unglaublich, einfach unglaublich empfand ich diese Momente. Gedachte meiner Großmutter, die stets mit erhobenem Zeigefinger sagte: »Der Herrgott lässt es nicht zu, dass der Mensch sich erdreistet, auf den Mond zu fliegen.« Nun, der Herrgott denkt wohl in anderen Dimensionen und ließ es zu. Und meine Großmutter sah wohl in diesen Momenten von fern droben dieses grandiose Ereignis, vielleicht diskutierend im Kreise der Engel und weiterer höchst erstaunter, bereits verblasster älterer Herrschaften.

Nun war ich schon einen Monat in Scarcedale, einem Vorort von New York, und hatte noch immer nicht den ‚Big Apple‹ gesehen. An diesem Wochenende sollte es aber endlich geschehen. Ich bestieg also den Zug hier vor Ort, in diesem ruhig beschaulichen, in üppigen Parks und Gärten gelegenen Vorort der Metropole, und war der Erwartung voll. Und wurde geschockt und geblendet, gebannt und fasziniert.

Über Harlem ging es hinein nach Manhattan. Und Harlem hatte sein Gesicht. Die Hinterhöfe, die Rückenansichten der verschmutzten Klinkerbauten, die dunklen Gesichter, die aus den winzigen Fenstern lugten, die Wäsche, die auf kleinen vergitterten Balkonen flatterte …

Und dann stand ich endlich in den Häuserfluchten und fühle noch heute, wie ehrfürchtig ich hinauf sah in diese endlosen Höhen. Ein unbeschreibliches Gefühl war das. Ob ein Kolumbus, Vasco da Gama oder Vespucci ebenso so empfunden haben bei der Entdeckung des Neuen? Nun, egal, ich fühlte mich großartig.

Bei späteren Besuchen in New York hatten sich Maße und Größe der Wolkenkratzer in ein normales Erscheinungsbild verschmolzen und der »Wow-Effekt« war leider nicht mehr der von damals. Und das war eigentlich schade. Und doch – die Stadt hat gegenüber den Megastädten wie zum Beispiel Dubai, Sao Paulo oder Seoul einfach Herz. Stets fühlt man sich hier dazugehörig, – das heißt, wenn man dies wünscht. Die Stadt vibriert, lebt und fasziniert auf ganz besondere Weise. Und immer wieder wird man aufs Neue überrascht. Und damals wie heute bin ich begeistert. Damals durchlief ich fast alle Straßen und Stadtteile, bedingt nicht nur durch Entdeckergeist, sondern auch durch meine dürre Geldbörse, und war so dem Pulsschlag der Stadt sehr nahe.

Sah ich damals das aufregende Musical »Hair« am Broadway, erfreute ich mich diesmal am Musical »Mamma mia«. Damals wie heute berauschte ein Opernbesuch in der »Met«, der Metropolitan Opera, und wahrscheinlich damals noch ein bisschen mehr. Lauschte ich doch erstmals und dann auch noch der legendären Sängerin Maria Tebaldi und dem großen Star Di Stefano in »Land des Lächelns«.

Der Besuch des Central Parks mit seinen vielseitigen Angeboten für Sport und Vergnügen sowie seinen diversen Vorführungen angehender Künstlernaturen entzückt damals wie heute. Voller Engagement dort die junge Artistengruppe, die Flötenspieler am Ende der Allee und hier die jungen Musiker oben am Rande der steinernen Balustrade. Auf den Treppen hinunter zum Springbrunnen, unter wehenden Trauerweiden, harren Spaziergänger, um den melancholisch traurigen Tönen der guttural weichen Klezmer-Gesänge zu lauschen. Dunkel herb ertönt der Bass, schmerzlich süß die Violine und vereinigend tröstlich der Beat der Gitarre. Der Schmelz und die verlorene Verletzlichkeit in der Stimme der jungen Frau betören. Zwei ältere Damen stehen still und regungslos mit gesenkten Häuptern an der Brüstung. Die Ältere wischt sich immer wieder verstohlen mit dem Handrücken die Tränen fort. Stumm nähere ich mich und reiche einige Tempotücher. Wohl unbewusst ergreift sie diese, tief in Erinnerungen versunken. Da erklingt das jiddische Lied »Mayn rue plats«. Und ein unendlicher Schmerz muss da in ihr hervorgebrochen sein. Erfolglos versucht die Freundin zu trösten. Langsam entferne ich mich.

Auf meinem Rückzug aus dem Park stecke ich einer älteren Obdachlosen einen Fünfdollarschein in die Hand, und gehe schnell weiter. Fassungslos schaut sie mir nach.

Und wieder laufe ich die Straßen und Avenuen entlang und komme vorbei an den so bekannten Museen wie Modern Art, Guggenheim und Metropolitan. Und nehme es wieder wahr, in diese fremden, großartigen Welten einzutauchen.

Damals wie heute hat Amerika seine Paraden. Diesmal marschierte gleich einem echten Scout Madame Hilary Clinton am Kopf der Steuben Parade. Und neben mir ulkte ein fröhlicher American Citizen: »Hey Hilary, where is Bill?« Der Amerikaner strahlt trotz aller Misere Optimismus aus. Und vielleicht ist es das Geheimnis der Stadt, denn kann nicht jederzeit ein Wunder geschehen?

Doch ich komme zurück in das Jahr 1969. Und ja, ich wollte fort aus Deutschland, aber froh wurde ich hier in den Staaten auch nicht so recht. Kannte kein Heimweh, aber eine fremde Wehmut überkam mich oft. Suchte daher wohl auch Schutz und Geborgenheit in der deutschen Gemeinde in der 80sten Straße. Und die fand ich. Die Wochenenden durfte ich stets in Manhattan verleben, großzügig und nobel waren Mr und Mrs Karron, ohne Zweifel, so verbrachte ich manch frohe Stunde im Kreise von Gemeindemitgliedern in deren Häusern und auf herrlichen Ausflügen.

Und das erschwerte immer mehr die Rückkehr nach Scarsdale. Dort empfand ich alles eng und eingeschlossen, der monotone Alltag in dieser Familie, einen anderen Zugang zu Nachbarn oder Jugendlichen gab es leider nicht. Scarsdale, bekannt als nobler Vorort Manhattans hatte wohl seine reichen Villen und Gärten, doch schienen die jungen Leute alle auf irgendwelchen Colleges oder auf Universitäten zu studieren. Das Leben hier machte mich trübsinnig und Mylady, auch in der Eigenschaft ihres Berufs, war da wohl bestens getunt. Sie glaubte irrtümlicherweise, mein Übel sei das Heimweh. Aber der Grund war die Abgeschiedenheit.

Samstagnachmittag, wieder einmal lief ich also die endlose 5th Avenue entlang, – übrigens wie viele Kilometer ich in dieser Zeit in New York abgraste, könnte sich im Guiness-Buch der Rekorde niederschlagen. Per pedes den Broadway, die 3rd, die 5th und die 42nd Street und auch die endlosen Kilometer, die ich mit der Metro unterwegs war. Manchmal fuhr ich einfach mit irgendeiner Linie und ließ mich im Irgendwo absetzen.

Und heute wanderte ich wieder mal die 5th hinunter zur Central Station, um meinen Zug nach Scarsdale zu erreichen. Ich kam aus der Kirche, in der 80th gelegen, hatte mich von den Freunden schnell verabschiedet, denn ich wollte heute leiden. Ich fühlte mich verlassen, einsam und erbärmlich. Die Avenue war leer. Es war Wochenende und die wunderschönen Geschäfte hatten geschlossen. In den Schaufenstern spiegelte sich dann der rote Spider. Er fuhr langsam am Straßenrand entlang. Ich schaute gelangweilt hin und gewahrte einen flotten jungen Herrn in seinem offenen Sportcoupé, der mir freundlich zulächelte. Nun, das passiert schon mal. Doch ich lächelte nicht zurück. Schaute streng durch ihn hindurch. Was glaubte dieser Fatzke. Sah ich vielleicht aus wie Irma la Douce?

Doch wie ich bald feststellen konnte –die Schaufenster waren der Beweis –, fuhr dieser Spider nun permanent langsam in einem Schritttempo am Straßenrand entlang und passierte gleichermaßen mit mir Block um Block der 5th. Und wurde einfach nicht müde, mir immer wieder irgendwelche freundschaftlichen Zeichen zu geben. »Was soll's«, dachte ich letztendlich, warum nicht eine Fahrt im offenen Kabrio neben einem schicken Mann durch die Metropole der Welt! Anstatt im dunklen, verpesteten Metro-U-Bahn-Loch. Und ich stieg wahrhaftig ein. Doch Glück lässt sich nicht zwingen. Der Herr Pastor wäre entsetzt gewesen. Die Fahrt führte hinaus aus der City, der junge Mann schien hier bekannt zu sein, freundlichst begrüßten ihn die Nachbarn und beäugten mich neugierig. An der Ecke ein kleiner Krämerladen, ein frisches Brot, eine Paté und wir waren angekommen. Ja, und dann welch ein Reinfall. Da landete ich also außerhalb Manhattans in irgendeinem Vorort in einem großen Bett mit einem riesigen Spiegel über mir. Und neben mir war inzwischen mein Prinz eingeschlafen – und jedwede Hollywood-Illusionen hatten sich zerstoben. Ich zwinkerte meinem Spiegelbild ironisch zu, packte dann still meine Siebensachen und verließ schweigend das schlafende Haus. Und sollte bald feststellen, dass ich partout nicht wusste, wo ich mich befand.

Nach einem halben Jahr verließ ich endlich in guter Eintracht die Familie Karron, um mich in Manhattan niederzulassen, und begann die Jobsuche. Eine gute Bekannte fand mir eine Wohnung im eleganten Appartement von Frau Jordan in Jackson Heights. Frau Jordan war eine vornehme, ältere Dame, die nach dem Tod ihres Mannes in zweiter Ehe nach Amerika übergesiedelt und, wie sich später herausstellte, in erster Ehe mit einem italienischen Grafen verheiratet gewesen war, mit dem sie bis zu seinem Tode in einem Palais am Lago Maggiore weilte. Zeugen jener Zeit, einige wunderschöne Gemälde an den Wänden im Salon. Der Augenblick des ersten Zusammentreffens bleibt mir unvergessen. Sie öffnete die Türe, stand dort grazil im gelben Twinset, mit leicht lilagetönten Haaren, manikürten, schmalen Händen und ihre großen, dunklen Augen taxierten mich kurz, aber durchdringend. Und ihre Entscheidung fiel spontan. Ich hatte das Zimmer. Und Madame sahen in mir nicht nur die Mieterin. Kam ich nach Hause, rief sie mir schon entgegen: »Barbara, bitte kommen Sie, spielen Sie eine Partie Patience mit mir.« So war ich also auch gleichzeitig als junge Gesellschafterin angemietet worden, was eigentlich nicht unbedingt meinem Freiheitssinn entsprach, jedoch fügte sich alles harmonisch ein.

Nun, von der New Yorker Luft alleine kann man nicht leben, die Miete musste gezahlt werden, auch hatte ich Hunger. War also auf der Suche nach einem Job. Und derer gab es viele, ich suchte nämlich eine Sekretärinnenstelle, zweisprachig. Doch jedes Mal, wenn alles zu meinen Gunsten sprach, kam die Frage nach meiner Aufenthaltserlaubnis. Ja, und die hatte ich ja nun leider nicht, verfügte nur über den Status »Im Au pair-Dienst«.

Verzweifelt versuchte ich, Fuß zu fassen. Ließ mich sogar vom Schild der Madame Lola locken, die da neben der Metro-Station ihre hellseherischen Fähigkeiten und guten Ratschläge anpries. Vorsichtig ging ich die Kellerstufen hinab und erreichte einen kargen, dreieckigen, kleinen Raum mit einem Kreuz an der Wand. Als keiner erschien, glitt ich vorwärts und spähte durch die geöffnete Türe in einen weiteren kahlen Raum mit einer riesigen Wanne, vor der graue Wehrmachtsdecken als Vorhang, herabhängend von der Decke. befestigt waren. Grauer Dampf stieg dahinter auf und auf einmal erschien ein weiblicher Kopf mit wirr aufgestellten, schwarzen Haaren und glühenden, dunklen Augen und rief mir zu, in Bälde bei mir zu sein. Kann man sich vorstellen, wie schnell ich die gastliche Stätte verließ?

Zur Überbrückung meiner finanziellen Misere hatte ich inzwischen alle Babysitter-Anfragen in den Zeitungen angekreuzt und, unglaublich, wo und wie ich das immer wieder schaffte, diese Familien zu erreichen, – kreuz und quer durchfuhr ich New York mit der Subway in die Vororte Coney Island, Long Island und sogar bis hinein nach New Jersey. Wahrlich keine Angst machte mir die Metro, die düster, schmutzig und garstig sich zeigte. Keine Angst machte mir der dunkle Perron, auf dem ich umsteigen musste und wo obskure Gestalten lungerten, vor sich hin dösten und recht unfreundlich ihre Umgebung taxierten. Auch ihnen muss klar gewesen sein, dass ich irgendwie zu ihnen gehörte, – hatte ja nichts, war im Moment nichts und würde also auch nichts verlieren. Das strahlte ich wohl aus, und die Sensoren der Miserablen dort in den Ecken und auf den Bänken der dunklen U-Bahn-Bahnhöfe müssen das gleichwohl empfangen haben.

Und irgendwie müssen daheim auch die Sensoren bezüglich meiner Misere ausgeschlagen haben. Ein wunderbarer Brief meines Vaters erreichte mich mit folgender Botschaft: »Bei Geldmangel hinterlasse Tintenklecks rechts oben im Brief.« Nie machte ich jedoch einen Klecks, der Stolz verbot es mir.

Weihnachten 1969. Die Miete war wieder fällig. Also verdingte ich mich wieder einmal als Babysitter in Staten Island und – ich wiederhole mich – wundere mich noch heute, wie ich damals immer wieder die richtigen U-Bahn-Linien fand. Wohl herausgeboren aus diesem meinem momentanen Elend. – Übrigens, im heutigen Verkehrsnetz hier in Deutschland macht es mir immer wieder beachtliche Mühe, die richtigen Tickets auf Bus-, und Bahnstrecken einzutippen! –

Das nette, junge Ehepaar dort in Staten Island kannte ich bereits. Sie waren zum Weihnachtsdinner geladen und meine Aufgabe, Baby Mireille zu behüten, die da aber bereits traumselig in ihrem Bettchen schlummerte. Ein Abend allein unter dem Weihnachtsbaum kann sich hinziehen, so suchte ich die Bar auf, fand dort jedoch nur ein paar verkrustete, ausgetrocknete Likörflaschen und zog mich unglücklich wieder unter den lamettaglitzernden Tannenbaum zurück, das Buch in der Hand, und schlief dann wohl ein.

Und wieder lief die Zeit. Zwischenzeitlich hatte ich mich auch bei den United Nations beworben. Einen ellenlangen Fragentext beantwortet und glaubte, dass dies wohl eh überflüssig war. Wer wartete hier schon auf mich. Aber dann bekam ich wahrhaftig eine Zusage und sollte im Unicef-Bereich tätig werden. Nun lag die Entscheidung bei mir. Ich zögerte, doch die Zeit lief. Da war mein Entschluss gefasst. Die Nacht vor dieser Entscheidung war ausschlaggebend. Inbrünstig hatte ich den Himmel gebeten, mir ein Zeichen zu geben. Und da hatte ich einen Traum. Ich schwamm langsam einen Bergfluss hinauf. Viel Wasser, Kiesel und Gestein um mich herum. Dann langsam sackte der Wasserpegel ab und das Hinaufrudern mit meinen Armen wurde immer anstrengender. Letztendlich war das Wasser verebbt und nur mit letzter Kraft angelte ich mich keuchend hinauf und saß dann erschöpft, jedoch urplötzlich mit herrlicher Leichtigkeit beseelt, auf der Felsplatte des Gipfels. Nun, das war der Traum. Der nächste Tag war ein Freitag. Und heute nun wollte ich meinen Job bei der UN bestätigen. Machte aber noch einen Umweg über die Park Avenue, denn hatte nicht der Kanzler davon gesprochen, dass eventuell Bonn sich irgendwann melden würde? Und Bonn hatte sich gemeldet, ein Fernschreiben war angekommen und der Posten wurde mir angeboten. Ich war berauscht und entzückt, ja es gab Wunder in New York!

Bei den United Nations sagte ich dankend ab und traf mich noch mit Freunden, um das Ergebnis ein bisschen zu feiern. So wurde es später als gewöhnlich. Metro-Fahren um diese Zeit ist nicht gerade ratsam, denn dubiose Gestalten schleichen in New York jederzeit herum, jedoch auffällig und gebündelt in den Metrostationen und Waggons in diesen späten Abendstunden. Nun, ich hatte aber auch keine Angst und das erscheint mir ein natürlicher Schutz zu sein. Von der Metro-Station bis hin zur Wohnung war es nicht weit und bald schon konnte ich den Schlüssel ins Schloss stecken. Die Tür öffnete sich jedoch nur zaghaft bis hin zu einem Spalt von ungefähr zehn Zentimetern. Ach, du meine Güte, dachte ich, Lady Jordan hat die Kette vorgezogen. Ich pochte also an die Tür, erst verhalten und vornehm, dann etwas lauter. Nichts rührte sich. Da kam mir die Idee, Frau Jordan aus einer Telefonzelle anzurufen. Ich tauchte also wieder in die nächtliche Straße hinab und wählte ihr Appartement. Es klingelte und klingelte, nichts tat sich auch hier. Genervt eilte ich wieder hinauf in die zweite Etage. Klingelte hier erneut und pochte nun ziemlich kräftig und polternd an die Türe. Und da gingen langsam und leise rundum die Türen der Nachbarn auf, und man wunderte sich ob dieses Gelärms am frühen Abend. Ich erzählte mein Missgeschick und nun klopfte und klingelte man gemeinsam. Ohne Resultat. Man riet, den Hausmeister zu verständigen. Inzwischen hatte man sich Stühle hervorgeholt und saß nun einträchtig im Flur beisammen, um dem weiteren Geschehen zu harren. Ich erschien mit Mr. Merrycombe, dem Hausmeister, erneut auf der Bildfläche. Doch der Hausmeister wollte hier nicht intervenieren. Falls irgendetwas passiert wäre mit Frau Jordan, gäbe es hier nur Schwierigkeiten. Sein Vorschlag also, die Cops zu rufen. – Und Mr. Merrycome entschwand. Die Lage wurde immer aufregender. In den Gesichtern der Nachbarn spiegelte sich Erwartung, Ängstlichkeit und Spannung. Zwei der Damen hatten ihre Lockenwickler im Haar und andere hatten sich in ihre warmen, wildgemusterten Hausjacken und Hausschuhe gepackt. Es war ja auch Winter. Inzwischen hatte ich nochmals meine Ruf- und Klopfzeichen an Frau Jordans Zimmertür erschallen lassen, ohne Echo. So harrten wir nun stumm der Dinge, die da kommen würden. Und die kamen in Gestalt von Mr. Merrycombe, im Gefolge zweier wuchtiger Constables. »Meio«, dachte ich, »wenn die vor Frau Jordan stehen, öffnet die arme Frau vor Schreck erst gar nicht die Augen.« So bat ich, vorangehen zu dürfen, wurde jedoch darauf verwiesen, dass dies laut Gesetz nicht erlaubt sei. Okay, da sahen wir nun zu, wie sie mit ihren breiten Schultern einige Male vor die Türe bretterten und diese sich dann mit Knarren und Splittern öffnete. Nach kurzer Zeit erschienen die Helden wieder und sagten, alles wäre in Ordnung, Frau Jordan säße heil im Bett, sie hätte nur zwei Schlaftabletten eingenommen. Erleichtert eilte ich zu ihr und sie jammerte und entschuldigte sich ganz erbärmlich. Mit warmer Milch und Honig versuchte ich, sie zu beruhigen, und verschloss die Türe von innen mit einigen beweglichen Möbelstücken, nachdem ich mich von meinen Nachbarn freundlichst verabschiedet hatte. Nun, die Kette legte Mrs. Jordan nicht noch einmal vor.

Da hatte ich also meinen Job im GIC – im German Information Center, dem Pressebüro der deutschen Botschaft in Washington. Exklusiv waren wir gelegen, in der schicken Park Avenue, und meine Zeit wurde schön und aufregend. Aufregend auch durch meine Tätigkeit. Ich löste nämlich eine Kollegin ab, die hier vorher an der Telefonzentrale gearbeitet hatte. Und was für eine Anlage. Man kennt die braunen, schäbigen Holzkästen mit ihren vielen Schläuchen und Schlitzen, die das Fräulein vom Amt dereinst im Nachkriegsdeutschland zu betätigen hatte. So sah es hier aus. Und das war nun meine Profession. Dazu die verschiedenen Dialekte der Anrufenden. Hatte ich glücklichst eine Verbindung mit einer Person entweder dort an der

Uni im fernen Texas oder auch hier in der siebten Etage des GIC mit einem Kollegen geschafft, konnte es geschehen, dass ich irrtümlich zwei Stecker in die Schlitze eingeschleust hatte und – Fazit – auf einmal hatten die Herrschaften im Hause ein Dreiergespräch. Und das ungewollt und dazu noch mit einem Fremden. Da eilten dann nicht wenig aufgebracht und konsterniert meine werten Kollegen auf mich zu und monierten vehement die Lage. Na, ich schien das irgendwie zu erdulden, kann mich nicht entsinnen, hier besonders tragisch in meiner Seele in Mitleidenschaft gezogen worden zu sein. »Du wurdest ins Wasser geschleudert, also schwimme«, ermunterte ich mich.

Um den verschiedenen Dialekten auf die Spur zu kommen und meinem Englisch mehr Schliff und Reife zu geben, hatte ich mich zum Seminar angemeldet. Die Weiterbildung wurde in der 70sten Straße in einer uralten Schule abgehalten. Der Weg dorthin war stets ein Abenteuer. Spät schloss das GIC. Die Abendschule begann aber auch erst um 20.00 Uhr. Die Fahrt mit der Metro ängstigte mich nicht, nur der dunkle Weg zur Schule war ein bisschen gruselig. Duster, ohne Straßenlaternen lief die schmale Straße an unbeleuchteten, unfreundlichen Häusern und verlassenen Plätzen vorbei. An der Ecke zur Schule gab es einen Pizza-Kiosk und dort nahm ich mein Abendbrot, Pizzaschnitte und Root Beer, ein. Leider nicht gerade eine Diät, was sich dann leider auch an gewissen Rundungen offenbaren sollte.

Erleichtert atmete ich dann stets auf, als ich das alte Gebäude betrat. Höre heute noch die dunklen Holzdielen unter unseren Schritten knarzen und knarren. Wir waren eine Gruppe diverser Weltenbürger, die sich hier schulen ließen, mehr oder weniger bestrebt, das Ziel zu erreichen. Am Ende des Seminars jedoch, verblieb nur ein kleiner Kreis, der hier das Diplom in Empfang nehmen konnte.

Alles war neu im Auswärtigen Dienst. Der Chef des Hauses, der mich eingestellt hatte, wurde versetzt und lud zur Abschiedsparty in das legendäre Waldorf-Hotel ein. Auch erfolgte eine spezielle Einladung an die Angehörigen der Vertretung in seine Residenz. Wunderbar aufgemacht, seine Karte – sein adliger Titel in golddurchwirkten Buchstaben stilvoll auf eierschalenfarbenen Bütten prangend. Nun, auch ich diese Einladung in Händen, verfasste vollendet per Etikette, mit sämtlicher Erwähnung von Titeln und Namen meine Danksagung und Annahme und hinterließ dieses Exposé im Vorzimmer, offizieller Name des Sekretariats eines Botschafters oder Leiters einer Vertretung.

Viele Jahre später, in Nairobi, traf ich diesen adligen Herrn auf der nordafrikanischen Botschafterkonferenz wieder. Und leicht amüsiert, erinnerte er sich schmunzelnd meiner damaligen verfassten Dankesantwort. Das wäre einmalig gewesen in seiner Dienstzeit. Na, immerhin, habe ich so meine Marke hinterlassen, raunte ich mir zu. Inzwischen war mir wohl bekannt geworden, dass derartige Einladungen Routine sind und einfach nur ein Ja oder Nein im Vorzimmer benötigen. Wie viele dieser Einladungen hatte ich im Laufe meiner Dienstzeit dann selbst in den diversen Vorzimmern geschrieben. Oh ja, da wird es wohl zur Routine, schreibt man pro Event ca. 300 bis 600 Einladungen.

Ich kam gerade von einem Botengang zu den United Nations zurück und fand den Prospekt über Sunshine Tours in meinem Postfach. Ein verlängertes Wochenende in Caracas – das klang verführerisch und augenblicklich rotierten meine Gedanken, wie kann ich das realisieren. Verrückt, aber auch in New York gibt es den Alltag, der durchbrochen werden muss. Eine Freundin konnte ich begeistern. Doch anscheinend geht bei mir selbst nichts ohne Schwierigkeiten. Denn meinen Geldbetrag für die Tour konnte ich nicht einfach an der Chase Manhattan hier unten am Square abholen, nein, ich musste zur Zentrale in der 60sten tigern. Und das alles am Freitag. Samstagmorgen wollten wir fliegen. Doch irgendwie hat es dann noch geklappt und wir sind bei strahlendem Sonnenschein in Venezuela gelandet. Meine armen Eltern im fernen Deutschland erhielten eine Versicherungspolice, auf der vermerkt war, dass ihre Tochter auf dem Weg nach Venezuela war.

Man kann sich vorstellen, in welcher Verfassung sie sich befanden. Anschließend dann klärte eine wunderschöne Ansichtskarte aus Caracas meine besorgten Eltern auf. Nun, sie waren ja schon so einiges von mir gewöhnt.

Vom Flughafen aus ging es an die Küste, circa 30 Kilometer entfernt von Caracas. Dort in Maracanau lag ein wunderschönes Hotel am Strand. Und hier wohnten wir. Ich war am Nachmittag mit Carlos hinausgeschwommen bis hin zum Riff. Ungeachtet der Sonne, Wasser und Wind tummelten wir uns in den Wellen und verbrachten herrliche Stunden. Am nächsten Morgen wollte ich mit Lisa die Caracas-Rundfahrt starten, jedoch – ich konnte mich nicht bewegen. Unglaublich, ich konnte nur in aufrechter Haltung etwas mit höchster Anstrengung sagen. Und dann erfuhr ich mein Leiden. Ich hatte einen Windbrand, Sonnenbrand mit fünf Sternen. Nie zuvor hatte ich von so etwas gehört. Da muss ich nach Venezuela fliegen, um diese Bekanntschaft zu machen. Einen Tag war ich unbeweglich und außer Konkurrenz. Unsere Caracas-Rundtour holten wir allerdings am nächsten Tag nach und wurden nicht enttäuscht. Doch – wie alle anderen großen lateinamerikanischen Städte – hat auch diese Stadt neben ihren gewaltigen Plätzen, Gebäuden und Denkmälern dort auf ihren Höhen die Favelas, die Gececondos, die Armenviertel.

Ein Ereignis in New York machte mir dann wirklich Angst. Wir kamen zurück von einer grandiosen Show im Madison Square Garden. Ein ziemlich heftiger Unfall hatte sich im U-Bahnverkehr von Jackson Heights nach Manhattan ereignet und ich sah, wie man die Verletzten und Toten auf den Bahren und Tragen aus dem Loch heraustrug. Seit dieser Zeit fuhr ich einige Wochen mit dem Bus über die Queensborough Bridge nach Manhattan hinein. Aber dies nahm derart viel Zeit in Anspruch, dass ich bald wieder zur Metro zurückfand. So ist der Mensch, getragen von Bequemlichkeit.

Ein weiterer Besuch im Jahre 2003 in der imposanten Stadt wurde durch ein besonderes Ereignis gekrönt. Ich hatte am großen Marathon-Lauf der Stadt unbeabsichtigt teilgenommen. Durch eine Kollegin wurde ich Teilnehmer, und hier beileibe nicht als Läufer, nein als Helfer, Sanitäter oder auch dergleichen. Nun, es war nicht meine Ambition gewesen, aber da trabte ich auch schon mit einem blinden ghanaischen Marathoni durch die Straßen Manhattans, um ihn heil in sein Heim zurückzubringen. Dieser Mann raste wie eine Rakete an meiner Seite durch die Menschenmassen und ich konnte nur immer wieder »sorry« rufen in Anbetracht der unzähligen vorwurfsvollen Blicke, die uns trafen. Denn wer wusste schon, dass ich mit einem Blinden durch die Stadt eilte. Meine einzige Sorge, nicht seinen Arm zu verlieren. Und wie dankbar war ich dann meinem Himmel, als ich Ahmed heil im Foyer an Freunde übergeben konnte.

Am nächsten Tag entschwebte ich in einem der legendären Vögel, einer Concorde, dieser Königin der Lüfte, der quirligen Metropole. In drei Stunden und 40 Minuten flogen wir in spektakulärer Höhe von 18.000 Metern aus der Neuen in die Alte Welt. Neugierig spähte ich durch mein kleines Bullfenster und starrte fasziniert tief hinein in einen endlosen, riesigen, blauen Schacht und sah dort unten irgendwo unsere Erde.

Sudan

1970–1974

Noch wohnte ich im Deutschen Club, dort wo die Ratten unter dem Dach jede Nacht ihre Kriegstänze aufführten. Deutscher Club in Afrika – die Vorstellungen, die ich hatte, als ich mich dort von New York aus einquartieren ließ, konnten wohl kaum entgegengesetzter gewesen sein. Dieser Club hier bot einen einfachen, gesellig-schlichten Raum mit rotgestrichener Theke, niedrigen Sesseln und Tischen aus Rattan und Holz, in dem der kleine Musa und sein lahmender Kollege Mohamed das Zepter führten. Eingehüllt die beiden in weiße Gallabijas, eine Art langärmeliger, weißer Nachthemden, mit roter Schärpe, und auf dem Kopf die Emma, den kunstvoll gebundenen, weißen Turban, und hier handelte es sich nicht, wie vielleicht vermutet, um eine schöne Ausstaffierung, nein, das war die gängige Tagestracht der Sudanesen. Die Gallabijas gab es auch in allen Blau- und Grautönen mit entsprechender Emma und Gürtel für den Alltag. Übrigens spielten, so angetan, auch die Youngsters draußen vor den Toren im Staub Fußball. Zu den Festtagen allerdings überboten sich die Herren der Schöpfung, da waren sie eingehüllt in edelste Stoffe und übertrumpften oftmals ihre Weiblichkeiten, die da von Kopf bis Fuß verschleiert ihre schönsten »Topes« präsentierten. Doch der Damen Triumph blieben ihre kokett mit Henna gefärbten Nägel und kleinen wunderschön gemalten Arabesken auf zarten Händen und Füßen. Der sudanesische Mann übrigens ähnelte in seiner Eitelkeit und Zurschaustellung absolut den Paradiesvögeln der Tierwelt. Schön, stolz und – eben Herr der Dinge.

Zurück zum Club. Vier kleine Gästezimmer lagen rechts hinter der braunen Türe und ich bewohnte das erste auf der linken Seite. Die anderen waren nicht belegt. Im Nachhinein verständlich. Denn sie glichen denen in einer Anstalt der Jugendjustiz. In einer solchen saß ich zwar noch nicht ein, stellte mir das aber so vor. Hinter dem Klub schloss sich die Lehrwerkstatt der GTZ an, ein Hilfsprojekt der

Deutschen Entwicklungshilfe. Diese Institution lag ausschließlich in Händen deutscher älterer Experten, hier unter anderen den Herren Thielman, Turban und Brünnen, jeder einzelne unbescholtener Meister seines Fachs. Das hatten wohl auch die Verantwortlichen des Gastgeberlandes erkannt und schenkten folglich diese Örtlichkeiten der GTZ-Werkstatt mit großzügigem Umfeld der deutschen Regierung. Daraus entstand der Deutsche Klub. Die Küchenverwaltung hinter der Bar oblag den Damen der deutschen Herrenriege und garantierte lukullische, germanische Gerichte.

Der große Garten vor dem Klub wurde für Feste und Treffen genutzt und hinter diesem lag sogar ein Schwimmbad. Ein Schwimmbad, das sich auf natürliche, bioeigene Weise selbst reinigte, und somit stets grünlich vermoost und veralgt war. Doch nie kam jemand zu Schaden, außer mir. Denn eines Tages erwachte ich und hatte ein entsetzliches Brennen in den Augen und konnte auch nichts mehr richtig wahrnehmen, alles war verschleiert und vernebelt, meine Augen waren verklebt und verdunkelt. Panik und ein Gefühl großer Hilflosigkeit überkamen mich. Von Freunden wurde ich schnellstens zum Arzt geführt und der stellte fest, dass ich die »Pool-Krankheit« hätte. Fast hätte ich nunmehr gelacht, so absurd, war ich denn die einzige, die dort im moorigen Bad Schaden genommen hatte? Nun, ich bekam Tropfen und nach einiger Zeit kam mein Sehvermögen ohne Juckreiz zurück und ich ging auch wieder, allen Unkenrufen zum Trotz, ins Algenbad zum Schwimmen. Denn, andere großartige Plätze, um in ein erfrischendes Nass bei über 40 Grad trockener Hitze einzutauchen, gab es im Khartumer Wüstenkraal nicht. Nun, vielleicht noch im Hotel Oasis, jedoch das Wasser des dortigen Pools war auch nicht wesentlich klarer und – ein nicht unbedeutender Faktor, dieses Wasser zu meiden, – dort verkehrten die Kollegen aus dem östlichen Teil deutscher Lande und deren Freunde aus der sowjetischen Republik. Auch wenn es nicht offiziell mit Verbotsschildern gekennzeichnet war, sah man eine Verbrüderung seitens aller Beteiligten nicht gerne. Nun, ich suchte trotzdem einmal das Gespräch. Doch der Herr aus Sachsen, der sich dort im trüben Nass müde strampelte, wunderte sich zwar, dass ich aufgrund seiner Aussprache auf die Stadt Leipzig als Geburtsort tippte, war andererseits jedoch wenig mitteilsam. Der gutaussehende, blonde Wladimir, Sekretär an der russischen Botschaft, war jedoch weitaus weltoffener. So lud ich ihn neben den Franzosen Helga und Pierre und Tom und Vivian vom British Council zu meinem Geburtstagsfest ein. Und wir alle waren überrascht, er kam, der »Spion, der aus der Kälte kam«. Und alles war so absolut normal. Wir aßen und tranken und lachten. Eine weitere Einladung von meinen Freunden und mir an Wladimir erfolgte später zu einem Fest im Deutschen Club. Und unser Freund erschien wieder. Doch das ging wohl den Herren im Kreml zu weit. Von seinem Heimaturlaub kehrte Wladimir leider nicht mehr nach Khartoum zurück.

Erwähnenswert als weitere Badequelle wäre da der Blaue Nil. Dort draußen an seinen Ufern gibt es wunderhübsche, kleine, weiße, feine Sandstrände, jedoch zu weit entfernt. Es dauerte immer Ewigkeiten bis dorthin, und das quer durch die Weite und Öde der Wüste, vorbei an traurigen kleinen Dörfern und Zelten. Erquickend zwar dann der schattige Ort unter der Akazie und auch der Anblick des Flusses –so blau, so rein und so klar. Doch unternahm man eine derartige Strapaze nur, um lieben Freunden und Besuchern das Besondere zu zeigen, und wurde dann doch jedes Mal erneut überrascht ob dieser raren, schönen Möglichkeit, zu entspannen. Aber bei diesen Gedanken blieb es. In der Hitze wird man ein bisschen faul und phlegmatisch. Und trotzdem spielte ich schon um 15.00 Uhr Tennis. Es war nicht einfach gewesen, jemanden um diese Zeit für Sport zu begeistern. Da hatte ich wohl jemandem Hoffnung gemacht und ihm war kein Schweißtropfen zu viel.

Einen eigenen Pool hatten nur auserkorene Herrschaften mit langen Amtsjahren im Dienste des Vaterlandes. Neben dem Deutschen Club hatten auch alle anderen hier vertretenen Länder ihre Klubs in unmittelbarer Nähe. Und so wurde man fast täglich am Abend von irgendeiner Ecke aus beschallt, denn in Khartoum wurde laut gefeiert, ohne Rücksichtnahme auf empfindliche Ohren. Und heute erklang es wieder lautstark von Osten her – der griechische Klub hatte geladen.

Ich komme zurück zu den Ratten und meinen Träumen. Durch die letzteren eilten sudanesische Truppen mit lautem Säbelgerassel und Getrampel die Wüstenpfade entlang und ich versuchte, mich irgendwie in Deckung zu bringen, um dann abrupt zu erwachen. Das Herz schlug rasend, doch ich lag heil in meinem Bett und nur einer dieser Bastarde vom Oberdeck lugte da frech durch das kleine Loch in der Decke. Der Tag begann, und die vermaledeite Bande dort oben wurde still; sich selbst bei Tageslicht zu sehen, muss sie halt schrecken und verstummen lassen.

Wieder hatte ich also einen kontrastreichen Wechsel erlebt. Aus New York, diesem Whirlpool des Lebens, nach der stillen Wüstenstadt Khartoum, Anfang des Jahres 1970. Nun, auch dies hatte ich so gewollt, liebe ich doch die Kontraste. Und derer gab es hier nicht gerade wenige. Da sind die Habubs, die gelbroten urplötzlichen Staubstürme, die das Sichtvermögen gleich einer Nebelfront abblocken, oder das Linksfahren nach altem englischem Gesetz. Eine wahre Umstellung für den Europäer. Zumal die Ziegen und Esel sich keineswegs danach richten. Ich war auf dem Heimweg. Vor mir eierte ein ungemein mitgenommen aussehender Bus, bis zum äußersten vollgepackt mit Fahrgästen und deren Taschen und Zubehör. Pass auf, sagte ich zu meinem Kollegen, den ich an Bord hatte, das hintere Rad, das hält es nicht allzu lange aus! Und kaum hatte ich das gesagt, schlingerte uns auch schon das rechte zweite Hinterrad entgegen. Dank einer schnellen Reaktion, der man in solchen Momenten oftmals fähig ist, riss ich mein Steuer herum und so landeten wir zwar im Graben, aber der Reifen rollte vorbei und der Bus weiter.

Ein dritter großer Kontrastpunkt, die Gluthitze. Übrigens, und das ist einer Erwähnung wert, regnete es während meines vierjährigen Aufenthaltes in Khartoum nur ein einziges Mal. Man sah plötzlich eine Wolke. Sie wuchs, wurde größer und grauer und dann fielen, erst unendlich langsam, dicke, schwere Wassertropfen herab, die sich dann plötzlich kräftig, stark und erfrischend in einen kräftigen Guss verwandelten. Herrlich, dort draußen zu stehen und den Regen an sich herabfließen zu lassen. Und jedermann schien aufzuleben, auch die Natur dort draußen am grünen Gürtel zeigte sich erfrischt und geläutert. – Doch zu schnell war dieser Zauber wieder vorbei.

Das Leben im Sudan hatte ich mir einfacher und romantischer vorgestellt. War ich doch endlich in Afrika gelandet, meinem Traumziel. Aber Afrika hat viele Aspekte. Und hier war ich im Norden des Kontinents, außerdem zum ersten Mal in einem Botschaftsbetrieb gelandet, war doch das GIC, German Information Center in New York, mein vorheriger Posten, nur eine Filiale der Presseabteilung der Botschaft Washington gewesen. Der freundliche Empfang der Botschaftscrew hier in Khartoum war erstaunlich, alle waren da, und irgendwie kam ich mir vor wie ein Außerirdischer. Und die Frage drängte sich mir auf: Wen hatte man wohl hier aus New York erwartet?

Khartoum war für mich nicht nur auf Grund der Lebensbedingungen eine große Umstellung, auch durch meine Position. Inzwischen hatte ich meine Prüfung in Bonn erfolgreich absolviert und war zur Entsandten bestellt. All diese Ausdrücke, die mir hier nun begegnen sollten, waren Fremdvokabular, da ich ja nie zuvor eine Standzeit im Mutterhaus, im Auswärtigen Amt, absolviert hatte. Entsandte, um Himmels willen nicht zu verwechseln mit Gesandten, letzterer ist nämlich der Zweithöchste Vertreter einer Botschaft nach seiner Exzellenz, dem Botschafter, und ich als Entsandte bin eben nur eine vom deutschen Außenministerium ins Ausland entsandte Bedienstete. Und noch ein Kuriosum: Wir hier in den Botschaften erhalten Erlasse, das heißt klar Deutsch: Befehle, und wir senden nach Bonn Berichte über alles Nennenswerte oder auch nicht. Glaubt Herr Botschafter, der Bericht ist wichtig, macht er ein Fernschreiben daraus, ist es sehr wichtig, folgt dem cito ein citisime. Und hier im Sudan gab es noch das uralte

System der Codierung. Hattest du glücklich den Text verschlüsselt, folgte nun aber die Durchgabe nach Bonn. Und dann konntest du oftmals stundenlang vor der laut ratternden, uralten Maschine hocken, weil der Strom fehlte. Übrigens, das Entschlüsselungsverfahren lief für mich anfangs ab wie im Hexenlabor. Da saß ich isoliert in einem kleinen, dunklen Bunker, vor einer uralten, dubiosen Maschine, aus der aus Bonn eine weiße, endlos lang punktierte Papierschlange quoll, – ja, und jetzt bitte schön, den Text, verehrte Kollegin! So hatte man mich dahinein verabschiedet. Doch keine Menschenseele hatte mich vorab auf Derartiges vorbereitet und es brauchte schon starke Nerven, um hier nicht die letzten endgültig zu verlieren, die sowieso schon recht blank lagen nach diesen wenigen Wochen im heißen Land.

Und das sollte alles noch wilder werden. Wahrlich, auch die Kollegen schienen hier irgendwie anders zu ticken. Und wahrscheinlich gehöre auch ich zu eben diesen oftmals recht skurrilen Personen, denn warum sonst traf ich immer auf solche Ausnahmetypen und geriet in solche irrealen Situationen? Es mag auch an der Auswahl der Posten liegen, folgerte ich so vor mich hin.

Da traf ich also auf den Kanzler der Vertretung. Wieso Kanzler, dachte ich, einen Kanzler kenne ich aus der Bundeshauptstadt Bonn und nicht hier in der Wüste. Ja, da fehlte mir eben noch das Wissen der grünen GOC-Fibel, darin steht unter vielem anderen geschrieben, dass der Kanzler den Verwaltungstrakt einer Vertretung regiert. Hallo, und ich hatte für diesen Herrn zu schreiben. Gott bewahre. Eine etwas seltsame Erscheinung. Wirkte stets leicht entrückt. Jeden Morgen lagen auf seinem Schreibtisch acht verschiedenartige Pillen, jeglicher Formen, jeglicher Farben. Und ich, voller Neugierde, fragte, wozu das alles gut sein sollte. Und er erzählte es mir. Die rotweißen Dragees gegen Kopfschmerz, die grünen, ovalen zum Entspannen, die blassblauen gegen Stress und so weiter und so fort. Übrigens war er zum Islam konvertiert und nannte sich Mohamed Ali. Aber so heißen sie ja fast alle, die Moslems, neben den Ibrahims und Ahmeds. Jedoch für uns war er der Herr Kanzler. Früh morgens, zu Dienstbeginn, stand er Punkt 7.45 Uhr vor der Pforte und notierte sich in ein kleines rotes Büchlein die Namen der Spätzügler. Ich wagte zu protestieren, schließlich blieben hier einige Kollegen wie auch ich stets länger als Dienstschluss im Hause, bedingt eben auch durch das Durchgeben der Telegramme, Vertretungsarbeit und so weiter. Aber das ließ er nicht gelten. Morgens hätte man pünktlich zu sein. Punkt.

Nun, dieses Spektakel gab er aber bald auf. Ihm behagte auch nicht, dass ich stets widersprach und unter anderem nach der Bedeutung der komischen Beamtenvokabeln fragte wie zum Beispiel Erlasse, Verbalnoten, Gesuche etc. und folglich übergab er mir zum Studium die grüne Fibel und trug mir auf, die darin verankerten Gebote und Gesetze zu lernen. Hallo, wo war ich nur gelandet! Am nächsten Montag wolle er sich dann mit mir darüber unterhalten. So schaute ich also die Fibel durch und strich alles rot an, was unser guter Kanzler unterließ oder anders, demnach falsch machte. Na, das wurde dann ein ausgesprochen lebhaftes, kurzes Tête-à-Tête. Entrüstet eilte er von dannen und beschwerte sich anschließend über diese junge Person, die da rebellierte, bei Frau Elvira im Vorzimmer, einer flotten, älteren Kollegin mit einer hinreißenden Berliner Schnauze. Nun, sie fand wohl die rechten Worte. Die Spannung zwischen Herrn Kanzler und der neunmalneunklugen jungen Kollegin basierte nunmehr in vertretbaren Zonen. Souverän nahm ich alsbald auch die Einladungen zu seinen diversen Filmabenden an. Was kaum einer der anderen Kollegen verstand oder tat. Na, auch egal. Irgendwie war Herr Ali auch interessant, doch die Filmabende waren langweilig. Es gab stets dieselben Gäste, junge, schöne Männer, Graubrote, hauchdünn bestrichen mit einer rosafarbenen Paste aus der Dose, geschmacklich variierend, mal hin zur Wurst, mal hin zum Käse. Seine Wohnung ist jedoch erwähnenswert. Weite Räume, weinrot gestrichene Wände und gleich im Entrée prangte ein riesiger, goldverzinkter Gong. Nicht schüchtern, ergriff ich den Klöppel und schlug ihn leicht an. Oh, das war ein Fehler. »Nein, o nein«, rief er klagend, »bitte unterlassen Sie das!« Und dann erfuhr ich des Gongs Geschichte, in ihm verzaubert lebt eine indonesische Prinzessin und die dürfe man nicht schrecken. Hallo, wo war ich denn nun schon wieder gelandet? Im nächsten Zimmer lagen ein paar Teppiche. Ich schritt voran und darüber, doch schon wieder ertönte klagend sein Ruf: »Nein, das sind doch Gebetsteppiche, bitte nur ohne Schuhwerk!« Also langsam wurde mir die Sache unheimlich.

Da stand ein Gamelan in der Ecke, man kennt diese Musikbank aus Indonesien. Hatte ich ihn nicht in einem seiner Filme sogar im Verbund mit mehreren Personen das Instrument spielen sehen? Ja, dort in Jakarta, war es gewesen, wo er Jahre auf Posten war. Indonesien, seine zweite Heimat. Dorthin kehrte er auch jährlich zurück, um seinen Kris, der ihn gegen alles Böse abschirmt, von seinem langjährigen Guru »besprechen« zu lassen.

Und jetzt wollte ich sie live hören. Auch um abzulenken von meinen kleinen Fehlpässen, meinem törichten Übertreten der Gebote. Die Gamelan-Musik. Und erstaunlicherweise brauchte ich nicht lange zu bitten. Das Instrument stand am Ende eines Gebetsteppichs, Fazit: Auch Sir Ali musste sich die Schuhe ausziehen. Und das tat er, saß alsbald verschränkt, hingebungsvoll klöppelnd vor seinem Instrument. An den Füßen wunderbare, kornblumenblaue Stricksocken, mit wundervollen, dicken Löchern, aus denen der kleine und große Zeh neugierig lugten und lauschten. Aufmerksam lauschte auch ich den Klängen. Doch auch hierzu muss man geboren sein. Meine Welt war es augenscheinlich nicht, wurde es auch nicht, als ich später fünf Jahre lang auf Posten in Indonesien war.

Sir Ali sollte mich immer mehr überraschen. Durch ihn lernte ich auch die Mutter der Tauben kennen. Eine kleine, kugelige Wahrsagerin, die draußen in Wad Medani, circa 60 Kilometer vor den Toren Khartoums im blauen Tope, dem verschleierten Umhang der Sudanesinnen, drapiert, malerisch auf ihrem Diwan lehnte und aus

Kauri-Muscheln jedwedem Besucher, der es wünschte, einen Blick in die Zukunft gewährte.

Auch ich war neugierig. Doch irgendwie schien wohl die Übersetzung vom Arabischen ins Deutsche nicht so gelungen, ich hatte außer dem Warnsignal vor einem Unfall nichts verstanden. Und dann auf der Rückfahrt packte mich plötzlich ein dramatisches Schwindelgefühl. Ich hielt an, rief mich zur Raison. –Dann war der Spuk vorbei.

Inzwischen war ich Besitzer eines entzückenden kleinen Bungalows geworden und hatte auch, nach vielen Monaten, meinen Volkswagen erhalten. Ein herrliches Auto, eierschalenfarben und von einem wundervollen Lack übergossen, ein Gedicht – und es war mein erstes Auto. Und inzwischen war schon das Jahr 1971 angelaufen. Oberst Dschafar Muhammad an-Numairi regiert das Land nach dem Vorbild seines ägyptischen Vorbildes Gamal Abdel Nasser. Nun, das gefiel den Kommunisten nicht und sie putschten. Sofort fiel mir mein Traum ein. Am nächsten Tag in der Botschaft hörte man so allerlei Gerüchte, dass Numairi über die Mauer seines Palastes geflohen sei, blieb aber doch sehr im Unklaren über Details und seinen Verbleib. Ich fand das alles aufregend und wollte sehen, wie die Lage am Palast und den Ministerien sich zeigte. So fuhr ich also nach Dienstschluss hinein zum Stadtkern und sollte es alsbald bereuen. Von Soldaten wurde ich angehalten und gebeten, den Kofferraum zu öffnen. Und jetzt mein Problem. Man kennt aus früheren Zeiten die Fahrradschlösser, ein Schloss am Ende eines roten Schlauchs. Nun so war also mein Kofferdeckel gesichert. Doch der Schlüssel lag daheim auf dem Küchenbord. All meine Beteuerungen, dass weder Waffen noch gefährliche Utensilien sich dort unter der Haube des Wagens befänden, waren nutzlos. Ich riet den Herren, den Schlauch zu durchtrennen, aber das wollten sie nicht. Letztendlich riefen sie mir ein Taxi und ich sollte den Schlüssel von daheim holen. In dem Moment ging drüben am Innenministerium eine Schießerei los. Schnellstens sprang ich wieder auf die Straße und stellte mich schützend vor den Beetle. »Sorry, ich bleibe hier, ansonsten schießt man mir noch mein Auto zusammen!«, giftete ich drohend meine Umwelt an. Und die Herren waren ratlos. In diesem Moment schoss ein Jeep heran, und zwei – wohl Offiziere, wie die Uniformen mit ihren Schulterdekorationen vermuten ließen – entstiegen dem Gefährt und fragten, was hier los sei. Nun, sie wurden mit der Lage vertraut gemacht. Doch auch sie wollten das Schloss nicht durchschlagen. Sie winkten kurz ab und befahlen mir, schleunigst zu verschwinden. Tja, und das brauchten die Herren mir nicht zweimal zu sagen. Als ich mein Erlebnis am nächsten Morgen den Kollegen erzählte, waren sie nicht gerade erheitert. Nun, sprachen sie, wenn du dann im Gefängnis in Khartoum-Nord einsitzt, glaube bitte nicht, wir bringen dir Brot. Hallo, das war ein hartes Urteil. Übrigens saß in Khartoum-Nord später der Legionär Steiner ein, dem der Prozess gemacht wurde, weil er im Krieg Nord gegen Süd den Rebellen im Süden Unterstützung gab. Und mit ihm wollte ich nicht unbedingt eine Nachbarzelle teilen.

Doch irgendwie hatte ich wohl den Geruch des Abenteuers in der Nase. Ich überredete einen guten Freund, mit mir anderntags den Palast abzufahren, um zu sehen, ob sich die Lage entschärft hatte. Der schien mich zum Zeitpunkt seiner Zusage zu lieben, also fuhr er mit und hat dies wohl alsbald schwer bereut. Aber noch pirschen wir ja langsam an der linken Palastmauer entlang, und da steht plötzlich ein Soldat vor uns, reißt das Gewehr aus der Hüfte, richtet es auf uns und herrscht uns an: »Stopp, zurück!« Elektrisiert rissen wir unsere Arme in die Höhe und dann wissen nur der liebe Himmel, mein Freund und der Soldat, in welchem Blitzmanöver ich den Rückwärtsgang fand und den schmalen Erdweg zurücksetzte. Zurück auf »safem« Terrain atmeten wir tief durch, dann hörte ich Alex grummeln: »Liebe Barbara, erspare dir bitte weitere derartige Eskapaden mit mir als Beifahrer.« Voilà, das war eine klare Aussage. – Das erzählte ich am nächsten Tag natürlich nicht in der Botschaft.

Der Alltag floss dahin. Noch waren wir Interessenvertretung, das heißt, wir standen unter der Ägide der Franzosen. Hatten also keinen Botschafter, sondern nur einen Geschäftsträger. Und das war ein junger, kluger, netter Herr, der leider stets Nyltest-Hemden trug und sich permanent mit Deo einsprühte. Quel malheur, der so hervorgerufene Duft war leider nicht cool und seine Sekretärin, diese nicht eben auf den Mund gefallene, jedoch äußerst kulante, ältere Berlinerin, ließ ihn das wissen. Und hatte Erfolg. Übrigens waren seine Open-Air-Konzerte mit der Musik Mozarts und Beethovens wunderbar. Sein Garten war prächtig erleuchtet, die exotischen Pflanzen dufteten und festlich gekleidete Gäste sahen erwartungsvoll dem Event entgegen. Und dann perlte und durchschwang luftig und leicht die Musik Mozarts die Nacht, die Lichter im Park wurden gedimmt, nur der Mond und hohe Sterne gaben himmlisches Licht. Alles schien zu vibrieren, zu schweben, um dann leise zu verebben.

Und doppelt genießt man Dinge, die rar sind. So wurde ich zum Klavierkonzert ins Goethe-Institut geladen. Sehr heiß war es an diesem Tage und der Saal draußen vor Khartoum war von einheimischen Besuchern randvoll gefüllt, vorwiegend von jungen Leuten. Ich durfte vorne auf der Ehrenreihe Platz nehmen, neben Mahdi, dem Direktor des Goethe-Instituts, dem ich die Einladung verdanke. Mahdis Frau Ellen und ich sind Kolleginnen. Neben uns saß eine weitere Europäerin. Der Pianist begann sein Spiel. Trotz nicht funktionierender Klimaanlage saß man stumm und gebannt, wollte sich nicht rühren, um nicht zu schwitzen, und konnte nur staunen über den Künstler, der da in Gelassenheit sein Spiel spielte. Im Piano rieselten die Töne und verzauberten den Augenblick. Plötzlich Bewegung im Hintergrund der Bühne, und da schlurfte von rechts hinter dem Vorhang hervor ein alter Sudanese, angetan in blütenweißer Gallabija und Emma, in der rechten Hand ein bis zum Rande gefülltes Glas Wasser und stellte dies auf dem Flügel ab. Der Mann war im Gleichgewicht, kein Tropfen entglitt. Man merkte schier, wie das Publikum den Atem anhielt und wahrscheinlich auch unser Pianist. Doch das merkte man ihm nicht an. Leicht gebeugt, spielte er mit Hingabe nunmehr sein Allegro. Alle Achtung! Denn Karajan, im fernen China, wartete eine Dreiviertelstunde, bis die Herrschaften sich dort beruhigt hatten, nicht mehr rülpsten, nicht mehr husteten, nicht mehr spuckten.

Die Dame neben Direktor Mahdi war die Gattin des englischen High Commissioners. Es ergab sich ein nettes Gespräch und in den nächsten Tagen erhielt ich, neben unserem Kulturreferenten, eine Einladung zum Dinner.

Zurück aus dem Heimaturlaub gibt es immer wieder diese Phase, die man überwinden muss, um wieder ins Lot zu kommen. Besonders natürlich die Umstellung betreffend Klima. Du verlässt den Flieger und glaubst, in einen Glutofen zu treten. Unweigerlich stellte ich mir da jedes Mal Daniel im Feuerofen vor. – Das Schöne hier: Du wirst von Freunden und Kollegen empfangen und bist gleich wieder integriert. Mein Auto jedoch hatte seinen Geist aufgegeben. Die Batterie. Also ließ ich mich von den Nachtwächtern der Straße anschieben und sie schoben und schoben und schwitzten und stöhnten – da merkte ich, dass die Handbremse noch gezogen war. Heimlich, still und leise lockerte ich sie und plötzlich liefen der Motor und mein schöner Volkswagen und die lachenden Ahmeds, Hassans und Ibrahims hinterher.

Ein neuer Kollege war angekommen. Er hieß Gerard. Und unglücklich, wie es schien. Seine beste Ehefrau der Welt wollte ihn nicht begleiten. Da auch ich mich zu der Zeit im Liebeskummerbereich befand, verstand ich ihn bestens und irgendwie verstanden wir uns. Er mochte mich, ich ihn auch. Er mich vielleicht etwas mehr, ich ihn eben neutral. Er war mir ein Freund. Und das registrierten auch meine Kollegen, dann geschah es urplötzlich, dieser Neuankömmling drehte durch. Er legte sich mit Sudanesen an, warf aus seiner, schönen Wohnung seine Möbel auf die Straße und raste mit seinem Motorrad in der Nacht durch die leeren, stillen Straßen Khartoums und klingelte die Leute aus dem Schlaf. Plötzlich schien bei ihm ein Bann gebrochen zu sein.

Der Kollege verkehrte mit obskuren sudanesischen Gestalten, ging mit ihnen in Bars und feierte dort wild und daheim.

Und natürlich wollten alle an der Botschaft ihm helfen. Ein Krankenpfleger sollte ihm die Beruhigungsspritze setzen, jedoch man kam nicht an ihn heran, – er war immer unterwegs. Da hatten die Kollegen der Botschaft den unglaublichen Gedanken, mich zu fragen, ob ich bereit wäre, ihn zu einem Stelldichein zu vergattern, um ihm dann die Beruhigungsspritze zu setzen. Bitte? Ich glaubte mich in einem schlechten Film. Ich, die Angst vor Blut und Spritzen hat, sollte hier aktiv werden? Vehement winkte ich ab. Doch wieder und wieder beschrieb man mir eindringlich die Notlage und irgendwann gab ich klein bei. Der Kollege tat mir leid.

Ich rief ihn also an und verwies darauf, dass er mich doch immer schon ins Oasis an die Bar einladen wollte. »Wie wär's heute?« Na, der war nicht auf den Kopf gefallen und meinte gleich: »Hola, das ist eine Finte, ihr wollt mich nur reinlegen.« »Okay«, meinte ich, »vergiss es, dann eben nicht.« Da schwenkte er um und machte den Vorschlag, sich gegen 21.00 Uhr im Oasis zu treffen.

»Okay, mal sehen«, meinte ich und legte auf. – Alleine wollte ich diesen Angang nicht vollziehen, bat also einen Freund, mich zu begleiten. Fuhr anschließend in meinem schönen Beetle zum Hotel, rechts neben mir Giscard, ein Freund, links hinter mir auf dem Rücksitz die ovale Schüssel mit der riesigen Spritze. Mir war gar nicht klar, wie ich das Ding handhaben sollte. Malte mir viele Dutzende Male aus, wie ich da so neben ihm in der Bar hocken und ihm dann, irgendwann, die Nadel einstechen würde. Idiotisch, ich wusste auch gar nicht, wohin.

Wir erreichten den Parkplatz des Oasis. In dem Moment kam mein Kollege großherrlich wie Helmut Berger mit einem sudanesischen Freund aus dem Hotel, sah mich, kam auf uns zu und ließ seinen Spazierstock auf mein Auto trommeln. »He«, rief ich, »vergiss es!« und wendete mein Auto. Da rief er mir zu, ich sollte mit ihm nach Hause kommen, aber ohne Giscard, meinen Begleiter. Am liebsten wäre ich nun auf und davon gefahren. Da ich aber wusste, dass es eine weitere Strategie war, ihn ins Haus zu bringen, da dort Krankenwärter mit entsprechender Beruhigungsspritze auf ihn warten würden, gab ich klein bei. Giscard stieg aus. Und ich fuhr dann hinter seinem Motorrad her. Wir erreichten sein Haus. Stiegen die Treppen hinauf und ich war bemüht, nicht vor ihm das Haus zu betreten. Das gelang, denn er schloss auf, trat ein und in dem Moment umspannten ihn die muskelbepackten Arme der beiden Wärter, gaben ihm die Beruhigungsspritze und dann traf mich sein Blick, der mich fast ohnmächtig machte. Gerard schien wie getroffen von einem tödlichen Pfeil, seine Augen gleich einem waidwunden Tier. »Verräterin«, signalisierte sein Blick. Oh weh, war mir übel. Er raste noch die Treppe hinauf, wollte sich aus dem Fenster stürzen, hatte jedoch nicht mehr die Kraft dazu und brach vorher zusammen.

Am nächsten Tag flog er nach Deutschland zurück und später, viel später, suchte ich ihn in seinem Büro im Auswärtigen Amt auf. Er hatte mir verziehen und sagte: »Ich weiß jetzt, dass du mir helfen wolltest.« Er dankte mir sogar mit einem wundervollen Geschenk. Doch noch heute lastet dieser Verrat auf mir.

Die Klimaanlagen der Botschaft wurden gewartet, auch die in den Privathäusern. So hatte ich nun ein riesiges Loch im Schlafzimmer, dort, wo der alte Apparat entfernt wurde, und verbarrikadierte es mit Pappkisten. Denn solche eine Kampagne geht nicht im Schnellverfahren vonstatten. Hallo auch, wir sind hier in Afrika.

Ich träumte, träumte von einem Tumult – und plötzlich wurde dieser real. Ich schrak hoch, da schoss über meinen Kopf hinweg eine riesige, getigerte Katze durch das Papploch quer hinein in mein Zimmer. Ich schüttelte mich schlaftrunken, um dann hinter diesem vermaledeiten Viech herzukriechen. Eine heillose Jagd begann durch das Haus. Ich öffnete die Haustüre und versuchte, die Kreatur hinauszuscheuchen. Drama pur. Hassan, mein Wächter auf seinem Ankarep, der sudanesischen Liege, hier vor meiner Haustür sperrte nur Mund und Nase auf, ob dieses heillosen Tohuwabohus. Und wieder ist das blöde Viech an der Türe vorbeigeschrammt und zurück ins Wohnzimmer gehuscht. Doch ich gab nicht auf, und endlich, endlich war es vollbracht: Die Katze war draußen, ich geschafft und sah wohl aus wie die Hexe von Endor, so jedenfalls sah mich Hassan an.

Erschöpft kehrte ich zu meinem Rosenbett zurück. So wurde es getauft. Hierzu folgende kleine Erläuterung. Mein entzückender, kleiner, spanischer Bungalow war unmöbliert angemietet. Zwar war mir von der Kollegin angeboten worden, ihren Hausstand zu übernehmen, aber das wollte ich nicht. Fürchtete mich vor Schulden. Nun, daher suchte ich mir peu à peu das Mobiliar zusammen. Kaufte aus den von Gefangenen da draußen im Gefängnis vor den Toren Khartoums gefertigten Mahagonimöbeln die mir passend erscheinenden Sitzgelegenheiten und erstand ein Bett von Kollegen, letzteres leider nur mit drei Füßen. Um die Balance zu wahren, hievten wir Ziegelsteine rechts hinten unter die Bettstatt. Und, um nun dem ganzen Schlafgemach ein freundlicheres Ambiente zu verschaffen, bemalte ich Bett und Schränke mit Rosen. Und, da man in diesen tristen Zeiten nicht immer alleine das Elend beweinen kann, hatte ich nette Gesellschaft und so wurde ich bei ihm, und bitte schön, nur bei ihm, mit dem Rosenbett verknüpft. Und ist es nicht wunderschön, unter solchen Umständen verliebt zu sein? Nun, so liefen wir auch später im Sonnenuntergang dort drüben am Deich entlang in den Plantagen, engumschlungen. Ola, das war riskant, plötzlich merkten wir, wie hinter uns ein junger Sudanese herschlich. Immer wieder schaute ich mich ängstlich um, nun Andy kannte keine Angst, und meinte: »Vergiss es, ich bin doch da.« Aber die Kreatur schlich immer näher und plötzlich sah ich in den Falten seines Gewandes einen Dolch. Heiliger Himmel, dachte ich, was, wenn der uns ersticht. Doch beim wiederholten Umwenden bemerkte ich, dass er seine wütenden Augen nur auf mich gerichtet hatte. » Du«, schrie ich meinen Freund an, »der will mich erdolchen!« »Quatsch«, meinte er. »Doch«, schrie ich hysterisch, »schau sein Dolch, seine Augen!«

Und endlich schnallte auch Andreas die Situation und dann rasten wir los, Hand in Hand stolperten wir über Stock und Stein am Kanal entlang. Und endlich saßen wir dann im Auto. Blitzschnell verriegelte ich Türen und Fenster und konnte dann endlich tief durchatmen. Wir blickten uns an. Die Gallabija war verschwunden. Und der Schock entlud sich in einem befreienden, hektischen Gelächter.

Langsam fuhren wir zurück, entlang des Nils durch Omdurman, überall Ziegen, überall Papier und Plastiktüten und die Ziegen fressen hier einfach alles. Der Abend kam. Heute war Freitag, wieder würden sich da draußen vor Omdurman um diese Zeit die Derwische im Trance drehen. Wir fuhren zum Ortsausgang und sahen auch schon den großen Kreis der versammelten Männer, die sich rhythmisch im Singsang nach rechts und links bewegten und sich ekstatisch mit Händeklatschen aufluden. Nur wenige Frauen hockten entfernt von ihren Männern im Sand und verfolgten stumm das Geschehen. Und dann wirbelten sie heran, diese Magier und Zauberer der anderen Welt, ausstaffiert in den buntesten Farben, verhüllt in Fransen und Stofffetzen. Wie irre Harlekins drehten und wendeten sie sich, dort im Innenkreis der laut und lauter summenden Männer, – wild und immer wilder wurde ihr Tanz, schraubte sich empor in einen Rausch, der die Erde zum Beben brachte. Und alles war unwirklich und mystisch. Urplötzlich überfiel mich wieder ein Schwindelgefühl. Dieser Trance, konnte er übergreifen? Ich schüttelte mich. Später fuhren wir langsam im Sonnenuntergang am Nil entlang über die Brücke nach Khartoum. Frieden und köstliche Stille umgaben uns hier, der Blick zurück auf den malerischen Hafen mit seinen uralten Dhaus und der scheidenden Sonne könnten Götter nicht friedlicher stimmen.

Der Besuch des Emirs von Katar war angesagt. Der Palast war märchenhaft angestrahlt und wunderbar geschmückt für diesen Staatsbesuch. Irgendein hochstehender Beamter war mir verfallen und das nutzte ich aus. Meine Eltern waren zu Besuch. Und dieser Herr ergab somit einen mustergültigen Gastgeber. Er lud die Eltern und mich zum Abendessen und einen anschließenden Besuch, nach Staatsvisite des Emirs, ins Märchenschloss ein. Der Palast, immer noch erleuchtet, strahlte wie ein Juwel. Ein unglaubliches Erlebnis. Mit unguten Gefühlen dachte ich jedoch an die Abreise der Eltern; war es doch jedes Mal ein Kampf, diesen Herrn in seine Schranken zu verweisen. Da half auch kein Hassan. Für meinen Nachtwächter war Maghoud eine staatstragende Persönlichkeit. So blieb mir nur der Bluff. Laut ins Telefon zu tönen und nach der Polizei verlangen. Draußen wurde es dann still.

Es war Ramadan, die Fastenzeit der Moslems. Und erstaunlich, mit welcher Disziplin diese Menschen ihre Fastengelübde durchziehen. Der Übersetzer der Botschaft, Herr Mahmoud, hatte sich angeboten, mit den Eltern und mir hinaus zum Kamelmarkt zu fahren. Ola, war es heiß, und wir mussten einfach trinken. Doch Herrn Mahmoud schien es nicht zu stören. Er wäre es gewohnt. Auf dem Kamelmarkt wurden meinem Vater zehn Kamele für den Kauf seiner Tochter geboten. Dem Himmel sei Dank, mein Vater wollte 100 Kamele und da war der Deal vergessen. Zurück am Wagen gerann mir das Blut in den Adern. Mein Schlüssel steckte im Schloss und die Tür war ebenfalls verschlossen. So jedenfalls konnte es mit damaligen Volkswagen geschehen. Ich wagte dieses kaum meinen Begleitern mitzuteilen, vor allem nicht meinem Vater. Man bedenke, es war heiß, man war durstig, man war müde. Doch glücklicherweise hatte ich, so absurd es klingt, das Fenster einen Spalt offen gelassen und mein kluger Vater suchte nun nach einer Möglichkeit, den Knopf der Wagentür von innen zu liften. So wurden wir angewiesen, im heißen Sande nach dem entsprechendem Gerät zu fahnden und, welch glückliche Fügung, es fand sich dann ein Stückchen Draht in geeigneter Länge, den mein Vater kunstvoll bog und drehte, um ihn dann vorsichtig durch das Fenster um den Türknopf zu winden. Der Fensterschlitz war schmal und so musste er es immer und immer wieder versuchen. Ich befürchtete eine Explosion und entfernte mich diskret. Doch, Inshallah, nach mehreren stillen

Versuchen gelang es ihm, diesen hochzuhieven, und wir konnten einsteigen. Den erfrischenden, kühlen Lemon Drink nahmen wir später auf der weiten, sonnengetränkten Terrasse des altehrwürdigen Grand Hotels am Ufer des Nils. Langsam verabschiedete sich die Sonne, ihr scheidendes goldfunkelndes Licht ergoss sich verschwenderisch über den Fluss. In den alten, knorrigen Platanen kreischten und stritten sich die Vögel um ihr Nachtquartier. Wir saßen noch lange stumm, erschöpft, doch herrlich entspannt. Mahmoud hatte sich verabschiedet, ihn erwartete sein Abendessen, Foul, das scharfe Erbsengericht, mit Gemüsen und Früchten.

Auf dem Heimweg begegneten wir vielen seiner Landsleute am Wegesrand, in kleinen Gruppen um ihre Feuerstelle hockend, aus dem großen, schwarzen Topf ihre Mahlzeit löffelnd, ihren überzuckerten Tee genüsslich schlürfend und sich lebhaft unterhaltend. Auch mein Hassan saß noch mit Freunden im Hinterhof und genoss die Feierabendstille. Er war ein Juwel. Oft wurde mir versichert, dass Hassan mehr Autorität verkörpert und mehr Eindringlinge abhalten würde als ein scharfer Hofhund. Na, ich hatte meine leisen Zweifel, denke ich nur an den Herrn Maghoud mit seinen Beziehungen zum Palast. Doch Hassan war ein durchgeistigter Mann, er betete viel und schrieb mit filigraner Schrift auf glatte, oben oval abgerundete Holzscheiben Koransprüche. Im Besitz eines solchen Kleinods bin ich noch heute. Doch auch Ramadan geht zu Ende und das große Fest Eid al-Fitr (Fastenbrechen) wurde vorbereitet. Suleiman, der Fahrer der Botschaft, hatte uns eingeladen, üppig und gastfreundlich wurden wir im Kreise seiner Familie empfangen und beköstigt. Wonnige, kleine Töchter hatte er, die das fröhlich, heitere Lächeln vom Papa und die Schönheit der Mama geerbt hatten. Und man fühlt sich einfach wohl.

Auf dem Rückweg überquerten wir den großen Platz. Dort ergoss sich über den Markt und sein fröhliches Tun ein Lichtermeer von Aberhunderten von Petroleumleuchten, überstrahlt noch vom Licht des Mondes und der Moschee. Unwirklich und verzaubert erschien das Ganze. Und dort war er bestimmt unter ihnen, Aladin mit der Wunderlampe.

Mein Besuch war inzwischen abgereist und der Alltag hatte mich wieder. Fuhr also wieder täglich den Weg über die bucklige, schmale Straße zur Botschaft, in der Mitte erhöht, an den Seiten wild abfallend. Und hier musste man sich schon behaupten. Die Ziegen am Wegesrand waren auch ohne Scheu und fraßen, was da gerade vor ihre Nase kam. Ich erwähnte es bereits, Lumpen, Papierfetzen und sogar Büstenhalter. Es schien ihrer Verdauung nicht zu schaden. Einen neuangekommenen Kollegen hatte ich vom Club abgeholt. Und plötzlich wurde er stiller, schien er meinem Fahrstil nicht unbedingt zu trauen? Und als ich dann noch fuchtelnd, kurz mit beiden Händen in der Luft, einem uns entgegenkommenden Autobusfahrer die Meinung sagte, verstummte er vollends. Beim Einfahren ins Botschaftsgelände, schnitt ich leicht die Fahrt eines einheimischen Patrons. Und das war ein Fehler. Wütende Augen funkelten unter der grauen Emma und sein verbeulter Kleinlaster verfolgte mich bis vors Botschaftsgebäude. Schnell stieg ich aus und sah aus den Augenwinkeln den besagten Herrn ebenfalls anhalten und aussteigen. Kollege Winnie war nicht so schnell wie ich oder aber anständiger als ich. Er ließ sich auf einen Diskurs mit dem Herrn ein und entschuldigte sich sogar für meine Fahrweise, wie er mir später grollend gestand. »Na und«, meinte ich, »die fahren eh wie die Henker und du wirst das auch noch erfahren.« Dann, im Jahre 1972, stellte die sudanesische Regierung auf Rechtsverkehr um. Einen Tag vorher gab es den Probelauf, sagenhaft, es war wieder die heißeste Zeit. Alle Ausländer blieben übrigens daheim. Am nächsten Tag, Montag, ein normaler Arbeitstag, zog ein unheimlich starker Habub (Staubsturm) auf und nahm jegliche Sicht auf Straße oder Straßenseite, so war es eh völlig egal, wo man fuhr. Doch, erstaunlich, in den nächsten Wochen hatten sich die sudanesischen Herrschaften und auch wir uns ohne größere Schwierigkeiten an den Wechsel gewöhnt.

Na ja, wo nur zehn oder zwanzig Autos am Tag dahinfahren und es nur zwei nicht funktionierende Ampeln gibt, ist das wohl auch nicht allzu dramatisch.

Den Mann aller Mädchenalbträume ließ ich bisher leider noch unerwähnt. Je m'excuse, fürwahr ein nicht geringer Fauxpas. Alors, permettez- moi de vous présenter Monsieur Bilcoque, ein in die Jahre gekommener Franzose und Verbindungsmann der französischen Botschaft zur deutschen. Wie bereits erwähnt, hatte unsere Vertretung noch nicht den vollen Status einer Botschaft wieder erreicht und so musste daher jedweder offizielle Schriftverkehr wie Verbalnoten, Vereinbarungen und so weiter ans sudanesische Außenministerium mit französischer Übersetzung geliefert werden. Amtssprache war Englisch. Also trudelten dort stets in zweifacher Version die Noten ein. Das heißt, in dreifacher, war es ein Agreement. Denn Deutsch ist ja unsere Basis. Den Sudanesen war die französische Fassung übrigens Nebensache, jedoch, Monsieur Bilcoque war da anderer Meinung. Ihm genügte nicht mein manchmal klarer, abstrakter, französischer Text, nein, es musste im Stil von Gide und Maupassant sein. Der Mann, Bilcoque, war der Urtyp des Franzosen. Klein, dickbäuchig, grau verlockt und versnobt. Trotzdem schaffte er es zum Ehrenmitglied des Deutschen Clubs. Wohl reine politische Taktik. Und wenn er dann dort oben auf dem Dreimeterbrett des grünen Pools stand, sich hin und her in Pose schob in seinen zu strammen, knappen Badehöschen, glich er mehr denn je einem Gockel. Vermute, dass sein Name ursprünglich ,Belcoque‹ hieß.

Nichts für ungut, werter Herr, aber die französischen Herrschaften schienen ihre dominierende Rolle schon sehr zu genießen. Jedes Detail in Bezug auf das politische Sein und Verhalten zum sudanesischen Staat musste mit der französischen Seite feinstens abgestimmt werden. Und das betraf fast alles, was die Botschaft in Angriff nahm. Ob Änderung im Botschaftsbereich, der Bestellung von Alkoholika im Diplomatenshop oder anderes mehr. Mir war diese Abhängigkeit zuwider. So umging ich ein um das andere Mal den großartig lang andauernden Prozess des Absegnens der französischen Verwaltung durch den Erhalt des Siegels. Lief zu Madame Bernadette in der französischen Registratur, plauderte mit ihr und machte ihr Komplimente und schon hatte ich mein Siegel. Madame war kurzsichtig. Alors, irgendwie ging das auf Dauer nicht gut und da wurde mir dann doch von der anderen Seite klar gemacht, dass alles seinen Dienstgang hätte. Voilà, so dauerte es ab sofort alles wieder etwas länger.

Dann kam der Tag. – Wir durften wieder unsere schwarzrotgoldene Fahne aufziehen und waren wieder unabhängig von den Herren Franzosen. Es lebe die Souveränität. Wir waren wieder die deutsche Botschaft. Mohamed, ein alter Recke aus uralten Zeiten, der stets der Botschaft treu gedient hatte, durfte die deutsche Fahne hochhieven. Unglaublich, mit welch einem Strahlen in den Augen dieser Mann dies vollbrachte. Schämen sollte sich manch deutscher Landsmann in Anbetracht des Stolzes, den dieser Mann zeigte. Immer und stets war er in seinem braunen Anzug und den schwarzen Schuhen tadellos zum Dienst erschienen. Nie, aber auch nie fehlte er. Besonders habe ich sein riesiges Gebiss in Erinnerung und ab und zu klapperte es ziemlich laut.

Khartoum gärte vor Gerüchten. Der neue deutsche Botschafter wurde erwartet. Verheiratet wie es hieß mit einer südamerikanischen, dunklen Schönheit aus Französisch Guyana. Der Botschafter kam, doch Madame ließ auf sich warten. Der Botschaftsbetrieb florierte plötzlich wieder lebhafter und dämmerte nicht mehr so schläfrig vor sich dahin, wie vormals. Man zog in ein neues exklusives Gebäude in Khartoum-Nord um, und vergessen waren somit die drei alten verwitterten Gebäude in Khartoum-Mitte, in denen die Verwaltung, Kultur, Wirtschaft und Politik betrieben wurden. Hier hatte es aber auch zu oft am kühlenden Strom und der lebhaften Kommunikation gefehlt. Denn, wurde der Strom wieder mal aus Sparsamkeitsgründen regierungsseitig abgedreht, war man oft zu apathisch, um durch die

Hitze zum anderen Haus zu wandern. Und um hier ehrlich zu sein: Wen interessierte dort im fernen Deutschland eigentlich der Sudan? Hier wurde viel Zeit verschlafen. Besonders in der Fastenzeit. So der Wächter im neu erstrahlenden, schwarzrotgoldenen Schilderhäuschen vor der Botschaft, das man von rechts nach links geschoben hatte, oder der »dicke Ibrahim«, der da leicht schnarchend im Türrahmen hing und eigentlich die Akten von der Wirtschaftsabteilung hinüber ins Archiv bringen sollte. Ich wagte es, ihn leicht anzustupsen, der Schrecken des Erwachens hätte ihn fast zu Boden gerissen. Nun dergleichen würde in dem neuen, durch und durch gekühlten Gebäude kaum mehr passieren. Jedoch konnte man sich hier gefährlich die Nase stoßen, wenn man zu schnell eine Türe öffnen wollte und sich nicht mehr bewusst war, dass hier die Klinken irrtümlich entgegengesetzt angebracht wurden. So einige Nasenstüber hatte ich kassiert.

Madame und ihre Entourage waren inzwischen nun auch eingetroffen. Doch noch waren wir auf dem alten Botschaftsterrain. Zu ihren Begleitern zählten neben einer nahen Verwandten und ihrem kleinen Neffen ein kleiner agiler Affe und ein wohl schon etwas in die Jahre gekommener Basset. Vor der Kulturabteilung des Botschaftsgeländes stand ein wunderschöner duftender, weiß-rosa blühender Frangipani-Baum. Und in ihm hatte sich – ohne mein Wissen – der Affe von Madame eingenistet, als Madame der Botschaft die Ehre ihres ersten Besuches gab. Als ich ahnungslos hinüber zur Kulturabteilung eilte, wurde ich plötzlich frontal von diesem dämlichen Affen angesprungen. Heraus aus dem Nichts. Man kann sich vorstellen, wie erschrocken ich reagierte. Mühe hatte ich, seine Pfoten aus meinem Haarschopf zu pflücken. Dabei giftete der kleine Kerl mich dermaßen impertinent an, dass ich ihm am liebsten den schmalen Hals umgedreht hätte. Die gnädige Frau, die sich uns später zeigte, war allerdings elegant und ruhig in ihrem Gebaren und wahrhaftig schön. Gleich einer Leopardin glitt sie dahin in diesen Tagen. Später, viel später sollte auch diese animalische Schönheit dahinsiechen, wie Berichterstatter aus Algerien berichteten. Doch Madame hier im Sudan war großartig, das Gespräch mit ihr verlief voller Harmonie, amüsant und klug.

Heute hatte die Botschaft geschlossen. Betriebsausflug! Das Ziel war der sechste Katarakt dort draußen in der Wüste. Mit drei Jeeps fuhren wir hinaus, und irgendwer kannte wohl hoffentlich den Weg. Denn wo wir fuhren, sah man nur Sand und einige Disteln und uns. Ja, und dann war da doch jemand, der diese geheimnisvolle Route kannte. Unser Kulturreferent. Gegen Spätnachmittag erreichten wir den erwählten Ort, von Wasser und Katarakt jedoch keine Spur, dafür Felsen und Sand, Himmel und Weite und ein weiter Horizont. *»Gott hat Länder voll Wasser geschaffen, damit die Menschen dort leben können. Und Wüsten, damit sie dort ihre Seelen erkennen.«* (Sprichwort der Tuareg, Volk in Afrika). Die Herren bauten das Lager auf. Unglaublich. Im Nirgendwo schienen wir hier gestrandet zu sein, die Stille und Dunkelheit war absolut und man hörte sein eigenes Herz pochen, wohl der Pulsschlag der Seele. In unendlicher Ferne verlief wahrscheinlich die reguläre Piste mit Lastwagen und Bussen, da winzige Lichtkegel dort entlang zu kriechen schienen.

Ist es Mut oder Neugierde? Was beeinflusst die Menschen, Fahrten solcher Art zu unternehmen. Wohl sehr unterschiedlich, jedoch interessant, man trifft immer wieder auf artverwandte Menschenspezies. Ich traf sie auch am nächsten Wochenende beim Heimkonzert im Hause des Kulturreferenten. Musik öffnet Sinne und Türen, zumal auch, wenn man das Glück hatte, ein Instrument zu spielen. Ein köstliches Gefühl, die Töne auf dem leicht klingenden, weißen Flügel schwingen zu lassen, Emotionen wallen und finden ihr Ventil und man weiß, es gibt da Größeres und mehr neben unserem nichtigen Menschenleben.

Eingeladen wurde ich von unserer nach Sri Lanka versetzten Kollegin Elvira, einer großartigen, flotten Dame aus Berlin. Ceylon, so hieß dieses Paradies damals, war so grün, dass ich nur immer wieder staunen konnte. Der Weg vom Flughafen aus nach Colombo war dermaßen umrahmt von Palmen, dass es mein Herz fast erdrückte. Konnte es sein, dass die Welt so üppig grün war? Und so anders und so wunderbar. Das Meer oben im Norden in Jaffna, weit, wild und unendlich, die Palmen zerfranst, das Meer im Süden in Trincomalee, so schäumend und blau, wo die Fischer auf Stelzen im Wasser stehen und geduldig ihrem Beutezug entgegensehen. Unterwegs hielten wir immer wieder an, um einen köstlichen Kokosdrink oder eine Erfrischung des kühlenden Palmweins zu genießen. Eine Welt voll paradiesischer Momente und vielleicht empfand ich sie doppelt und dreifach, weil ich aus dem Wüstenstaat Sudan kam. Im Dschungel von Wilpattu preschten wütend drei Elefanten uns nach. Wohl Mutter, Tante und in der Mitte der kleine Halbstarke, der sich aufspielte, als ob er die Welt retten wollte. Sein Rüsselchen war hoch aufgerichtet und er prustete und posaunte in wütenden Babytönen. Auf dem Weg zur Lodge sahen wir versteckt im Gebüsch den Tiger.

Zurück im Sudan. Ich wurde zum Angeln eingeladen, von Herrn Turban, dem lustigen Berliner, der hier schon seit Jahren im GTZ-Bereich in der deutschen Lehrwerkstatt tätig ist. Angeln, seine Leidenschaft, doch überhaupt nicht mein Ding. Du sitzt nur stundenlang bewegungslos in der dörrenden Sonne und wartest darauf, dass ein dämlicher Fisch anbeißt. Wie gesagt, nicht mein Ding, aber was gibt es schon groß in Khartoum zu tun. So ließ ich mich überreden und dann dauerte es nicht allzu lange, da schrie ich voller Aufregung: »Herr Turban, da zurrt was an meiner Leine!« »Mein Gott«, rief er, »holen »Sie eben die Leine ein!« »Aber wie denn!«, rief ich verzweifelt und zerrte an meiner Angel. Na, da kam er gequält von seinem Angelplatz herangerobbt und bemächtigte sich meiner Schnur. Und, man glaubt es nicht, was hing da an meinem Angelhaken: ein Kugelfisch. Herr Turban war baff. »Unglaublich«, meinte er, »seit 20 Jahren bin ich nun hier und angle fast jeden zweiten Tag und nun das …!«

Mein Kugelfisch überlebte noch einige Tage in meiner Badewanne, hatte sich dort zu einem riesigen, blauen Luftballon aufgeblasen, doch leider vergaß ich ihn zu füttern, so verstarb er. Mohamed, der Fahrer unseres Botschafters nahm sich seiner an. Stopfte ihn aus und verlieh ihm so noch eine weitere werte Lebenszeit. Immer wieder zog der Fisch mit mir um, erlebte Kenia, die Türkei, China und Deutschland. In Indonesien dann ist er leider an der schwülen Feuchtigkeit völlig erstickt und aufgeweicht. Schade. Wieder ein Kapitel zu Ende.

Plötzlich war es möglich, eine kleine Safari zu unternehmen. Fast unwirklich, aber irgendein örtliches, neuernanntes Reiseunternehmen wagte eine Fahrt in den Dinder-Nationalpark.

Abenteuer pur. Und hier waren nur die Mutigsten gefragt. Wer gehörte dazu? Unsere flotte Berlinerin, die Sekretärin des Geschäftsträgers unserer Botschaft, und natürlich ich.

Wir befanden uns im Südosten von Khartoum, im Grenzgebiet zu Äthiopien. Viel war nicht zu sehen. Savanne, Trockenheit und verstaubte Pisten. Das Camp war ein einfaches Lager mit drei kleinen Hütten. Erwähnenswert das WC. Umrahmt von einer Rundmauer, auf einer erhöhten, betonierten Rundfläche gab es ein rundes Loch. Loch? Ein winziges Löchlein. Lebhaft kann man sich irgendwelche Schwierigkeiten vorstellen.

Mit drei Jeeps durchfuhren wir die Landschaft. In Erinnerung blieb ein Krokodil, das ich unklugerweise aus nächster Nähe fotografierte. Und keiner warnte mich. Jetzt weiß ich, wie gefährlich schnell diese Bestien sind. Doch ich hatte Glück. Das Reptil war entweder eingeschlafen oder desinteressiert. Wild ging die Fahrt durch das Dornengebüsch. Unser Jeep war der dritte in der Reihe. Beträchtliche Staubwolken hüllten uns ein. Doch plötzlich sahen wir die Freunde auf dem vor uns dahindüsendem Wagen wild um sich schlagen. Sie waren voll in ein Hornissennest hineingerast. Irgendwann sahen wir dann auch noch einen Strauß und ein paar Erdhühner. Im Endeffekt war es jedoch eine spärliche Ausbeute. Doch, es war den Versuch wert, wir waren herausgekommen aus dem engen Khartoum.

Ein weiterer Ausflug in den Süden schloss sich an. Ein Deutscher hatte die Erlaubnis der sudanesischen Behörden erhalten, in der Nähe von Juba ein Camp zu errichten. Und das bot sich großartig dar. Wir übernachteten in luxuriösen Zelten und wurden lukullisch verköstigt. Jetzt noch schmecke ich die zarten goldgelben Fritten, den zarten Braten und edlen Tropfen eines gekühlten Chablis. Am nächsten Morgen ging die Safari hinaus in die afrikanische Landschaft und das wurde leider ein Trauma. Denn wir waren auf der Jagd. Rasten wie die Wilden neben den Zebras und Antilopen durch die Prärie. Und dann wurde geschossen und leider, leider auch daneben. Da lag plötzlich ein Zebra, gebrochener Blick und voll immenser Traurigkeit und im Nullkommanichts erschienen die Geier, die vorher weit und breit nicht zu sehen waren. Und grausamst hatte man auch eine trächtige Antilope angeschossen und versuchte dies zu vertuschen. Nie wieder, schwor ich mir, wollte ich derartige Szenarien erleben. Und, obwohl ich anschließend noch viele Jahre in Afrika verbringen sollte, wurden mir derartige Dramen erspart. Das Camp, dort in Juba, wurde übrigens bald darauf geschlossen.

Kenia

1974–1980

Es war entschieden. Und Bonn meinte es gut mit mir. Denn Kenia galt als Bonbon auf dem Transferteller. Na gut, dachte ich, obwohl, – war dieser Teil Afrikas nicht zu tourismusüberladen und entwickelt? Waren dort nicht die luxuriösen Lodges, in denen ein Knopfdruck genügte, um die wilde Tierwelt zur Tränke zu rufen? Und sie somit hautnah vor der Kamera zu haben? War nicht der Kilimandscharo einer der Gipfel, den jeder erstürmen konnte? Ich wollte doch Wildnis und Steppe, Savannen, Berge und Weiten, um dort ihre Tiere zu treffen. Ich naive Unwissende, wahrlich, ich war mir nicht bewusst, in welch ein wunderbares Land ich da einreisen durfte.

Unsere Botschaft lag in einem Gebäude an der Harambee Avenue, der Straße der Freiheit. Und das Wort Freiheit sollte für mich hier bezeichnend werden. Doch ein Anfang ist stets schwierig. Trifft man doch bei derartigen Wechseln immer auf Menschen unterschiedlichster Couleur, und hier, nicht nur rein äußerlich betrachtet, sondern auch auf die weitaus spektakuläreren bunten Charaktere im Arbeitsbereich bezogen, – und letztere waren dann auch stets die steilere Herausforderung. Man war die Neue und musste sich also anpassen. Und so war es ratsam, den eingesessenen Mitarbeitern entsprechend zu begegnen und hier fein zu analysieren, wie ein jeglicher tickte, den rechten Ton zu finden, um diverse Marotten und Eigenheiten zu meistern, die leider allen Herrschaften, die länger dem Auswärtigen Dienst angehören und sich dank eines blauen Passes in der noblen Diplomatenklasse glauben, anhaften, — und hier nehme ich mich selbst beileibe nicht aus. Nun, in meinem damaligen Status konnte ich mir auch noch keine allzu kecken Launen und Läunchen erlauben und gebot mir daher strikte Zurückhaltung. Mein Chef, der Vertreter des Botschafters, war bis aufs I-Tüpfelchen der gerade Beamte und hier seine Belange zu erfüllen, war nicht immer einfach, gerade auch bei doppelter und dreifacher Arbeitsbelastung, der ich alsbald standhalten musste. Nun, auch kein Beinbruch, das macht hart, ermunterte ich mich. Zusätzlich stand Vorzimmervertretung an, und ein Botschafter, ich darf es betonen, ist dominant. Sein ›Citissime‹ hatte höchste Priorität. Ob Bonn es auch so sah? Hierzu kein Kommentar. Da warteten in dieser Woche auch Wirtschaft und Kultur auf ihre Vierteljahres-Berichte. Nun, das Sprichwort »Es Recht zu machen jedermann, ist eine Kunst, die niemand kann« schlich sich in meinen Kopf und leider auch aus meinem Munde, doch tropfte an den besagten Herrschaften natürlich ohne Reaktion wie Öl herab. So saß ich Stunde um Stunde auch an den Nachmittagen in der Straße der Freiheit und traktierte die Schreibmaschine. Denn zu diesen damaligen antiquierten Zeiten gab es noch keine elektrischen Schreibmaschinen, geschweige denn Computer mit wunderbaren leichten Anschlägen und Korrekturmöglichkeiten. Da hatte man also so manchen Zehner-Block in Arbeit und radierte oder lackierte dann zehnmal den Tippfehler vom ›n‹ ins ›m‹ oder umgekehrt oder auch völlig anders herum. Doch meine Finger waren glücklicherweise Schnelligkeit gewöhnt, dank des Klavierspiels, das man in frühen Jahren erlernen durfte. Und so erwarb ich nebenbei ein altes Piano aus einer flotten Kellerbar und spielte nun fortan meinen Frust hinweg. Es muss jedoch dermaßen gut geklungen haben, dass mir vom kleinen italienischen Filius der Nachbarn, Romarius, wohl auf Initiative der Mamma, eine Rose kredenzt wurde.

Einen erstaunlichen Traum hatte ich damals vor meiner Abreise aus Khartoum. Sah mich auf der Höhe einer mit Jakaranda gesäumten Allee, die hinab in eine Stadt führte. Und so irrsinnig es klingt, ich wohnte später in Hurlingham, dem Stadtteil oberhalb Nairobis, von dem aus die vorausgesehene Straße hinab führte. Und unglaublich, gleich wie im Traum, leuchteten die unzähligen lila-blau blühenden Jakaranda-Bäume bei meiner Ankunft und wiesen den Weg hinab. Dieser Baum fand übrigens aus Südamerika seinen langen Weg nach Afrika und gliederte sich hier fabulös in den Farbenreichtum des Landes ein.

Die Wohnungssuche an einem neuen Dienstort ist stets ein Erlebnis und sollte ab und zu erwähnt werden. Diesmal hatte ich es als Makler mit einem älteren indischen, beleibten Herrn zu tun. Nun, er zeigte mir so einige Wohnungen, mehr oder minder nach meinem Gusto. Und hier waren – muss man wissen –, je nach Amtsrang, die Größe und der Preis maßgebende Faktoren für die Anmietung. Ich wählte das schmucke, preisgünstige, kleine Haus in Hurlingham, einer angenehmen Wohngemeinschaft, bestehend aus sieben Bungalows, die ausschließlich von entsandten italienischen Werkskräften der Firma Agip bewohnt wurden. Die Häuser lagen untereinander an einem kleinen Hügel, mit winzigem Gärtchen, und ein jeder konnte hier eine gewisse Individualität und Stille genießen, falls, ja, falls nicht die Ochsenfrösche dort unten am Bächlein, gegen Abend zu ihren grandiosen Konzerten anhoben und auch unser Vermieter, dem diese Anlage gehörte und der in nicht allzu ferner Nähe sein riesiges Haus mit seinem schier unendlichen Clan bewohnte, nicht seinen Abendreis zum Sonnenuntergang im Kreise seiner lautstarken Familie verlangte. Beim Quaken des Ochsenfroschs nützen auch keine Ohrenstöpsel, unglaublich, woher dieser kleine Kerl dieses Organ hat und, ja, auch beim Herrn Vermieter rasselten und klapperten gegen Abend die Küchenutensilien derart laut und scheppernd, schwadronierte die indische Weiblichkeit dermaßen schrill, lachend und geschwätzig in den roten Abendhimmel, dass man eigentlich auswandern wollte. Aber auch hieran sollte ich mich gewöhnen. Und es sollten wundervolle sechs Jahre werden, die ich in Ostafrika verbringen würde. Ezina, meine herrliche Haushaltsperle, kam von scheidenden Kollegen zu mir und verwöhnte mich über die Maßen. Und das wusste ich besonders zu schätzen, hatte ich doch anfangs die flotte Marietta als Hausgeist. Ja, und bei dieser gab es schon so einige Verwunderlichkeiten. Sie schien nicht unbedingt der Morgentoilette zugeneigt und daher umschwebte sie stets die Woge einer durchlebten Nacht. So verließ ich in den ersten Wochen das Haus ohne Frühstück. Doch sie meinte es gut. Wollte auch alles immer perfekt waschen. Und was das hieß, erfuhr ich eines Tages in erstaunlicher Weise. Ich stieg die Treppen hinauf zum Schlaftrakt und da stand, ja, da stand meine lilafarbene Lederhose, gewaschen und gestriegelt zum Trocknen. Und da fehlten mir einfach die Worte.

Mzai Kenyatta, der alte Recke der Mau Mau-Bewegung und Kämpfer für die Unabhängigkeit des Landes, hielt noch das Zepter fest in der Hand. Fuhr er mit seinem Konvoi durch die Straßen, hatten alle anderen Verkehrsteilnehmer zu verschwinden, und das war mir anfangs – noch ohne eigenen Wagen – nicht klar bewusst, sollte es aber werden, als ich selbst am Steuer saß. Na, und haarscharf ging es dann oftmals am Straßengraben vorbei und einmal leider auch hinein.

Übrigens geschah mir Ähnliches in Jakarta. Als ich dort nach Dienstschluss aus dem Tor unserer Botschaft meinen Wagen auf die Thamrin Avenue lenkte, brauste plötzlich hinter mir die Kolonne des Präsidenten heran, die ich jedoch zu spät gewahrte. Und das war mein großer Fehler. Obwohl ich schnellstens zur Seite zog, drängten mich die Sicherheitsleute in ihren Begleitwagen brutal ab, so dass ich fast an der gegenüberliegenden Platane gelandet wäre. Dann schossen diese Irren wieder und wieder auf mich los und schrammten meinen schönen Wagen. Meine Wut war grenzenlos. Die Thamrin war eine breite, dreispurige Fahrbahn und bot wahrlich genug Platz und ich hatte auch allerschnellstens das Weite gesucht. Nun, was weiß ich allerdings, was in den Herren vorging, sahen sie mich doch da aus der Ferne mutterseelensolo auf die leere Straße biegen, obwohl ihre Sirenen schrillten. Doch beim Barte des Propheten, hinter dem Tor hätte ich verharrt, bis der Konvoi vorübergebraust wäre, hätte ich vorab etwas gehört oder wahrgenommen.

Dann verstarb der große Held und Befreier Kenias und zum Begräbnis des Stammesfürsten reisten auch die hohen Herrschaften aus dem Ausland an. Unter ihnen Prinz Charles, eine der Kronjuwelen Englands, Idi Amin, der Wilde aus Uganda, und auch der deutsche

nonstop reisende Außenminister Genscher. Eingeteilt im Delegationsbüro im Intercontinental-Hotel, bot sich mir ein toller Überblick über
die Geladenen, die da vom Vizepräsidenten Arap Moi auf dem Frei-
heitsplatz empfangen wurden. Und irgendwie konnte ich auch aus
dieser Entfernung feststellen, dass sowohl der königliche Spross aus
dem Hause Windsor als auch der deutsche Außenminister aus dem
germanischen Halle über recht große Ohren verfügten. Ohne Zweifel
von Vorteil, erfährt man somit doch alles unmittelbarer. Mein Weg
jedoch, das muss ich noch erwähnen, von der Botschaft bis hin zum
Delegationsbüro zuvor war tödlich. Hier musste ich zu Fuß laufen
und der Spaziergang führte durch ein endloses Spalier schweigender,
hab Acht stehender, mich aufmerksam beobachtender Soldaten, die
die Harambee in Erwartung der Gäste säumten. Meine Schuhe waren zu hoch, das Pflaster zu uneben, ich noch jung, blond und zu
kurvig – und stöckelte mit starr aufgerichtetem Haupt durch meinen
afrikanischen Alptraum.

Ich durchblätterte die Zürcher Zeitung. Gerne las ich in ihr. Auch
das Papier, auf dem die interessanten und lebhaften Berichte und Arti-
kel, in ihrem manchmal recht ergötzlichen Deutsch, gedruckt wurden,
liebte ich. Es knisterte und fühlte sich an wie leichtes Pergament. Hier
hatten es mir auch besonders die in der Wochenendausgabe veröffent-
lichten Reiseberichte angetan. Und da las ich, dass das Mandarin-Hotel
in Hongkong seine Pforten nach längeren Renovierungsarbeiten neu
eröffnet hatte. Nun, ich hatte damals keine Ahnung von den Hotelket-
ten der Welt. Es las sich gut, zumal ich Hotelunterkunft dort suchte auf
meinem Weg nach Manila, wo ein privates Treffen mit Kollegen aus
dem Sudan stattfinden sollte. Familie Jonas war dort stationiert und
hatte meine Kollegin aus Tokyo und mich zum Weihnachtsfest nach
Manila eingeladen. So konsultierte ich also wiederholt und erneut das
Büro der Lufthansa, um hier einen günstigen Flug zu erhalten. Und
mein Insistieren auf Möglichkeiten sollte Erfolg haben, lustig die Be-
merkung von Mister Davis: »Jedes neue Erscheinen von Ihnen scheint

den Preis zu verringern.« Inzwischen hatte ich auch das Mandarin kontaktiert und um Zimmerreservierung gebeten. Auf vornehmen Bütten mit golddurchwirkter Schrift kam die Bestätigung. Was mich eigentlich hätte warnen müssen. Ich flog dann mit BOAC, damals die Britisch Overseas Airways, über die Seychellen nach Hongkong. Der Aufenthalt auf der Trauminsel war leider nur für einige Stunden und so habe ich sie nicht gesehen, die sagenhafte Seychellenfächerpalme mit ihrer so legendären Frucht, der »Coco de mer«. Erreichte dann Hongkong und – wurde am Airport ausgerufen. Eine weiße Cadillac-Limousine des Mandarin-Hotels erwartete mich am Ausgang. Ich war überwältigt, glücklicherweise trug ich mein schickes gelbes Kostüm, dereinst geschneidert von Fräulein Faber, der alten Dame aus meiner Heimatstadt, die da ihre Ausbildung in teuren, französischen Schneidersalons absolviert hatte. – Und dann wurde ich ins Zimmer geführt, Zimmer? – Es war eine Suite, traumhaft überblickend durch riesige Fensterfronten den illuminierten Hafen von Hongkong.

Kühl atmete ich durch, gedachte jedoch voller Bangen der hier zu erwartenden Rechnungsgestellung. Und die war schockierend. Meine letzten Reserven eines Kontos aus New Yorker Zeiten mussten eingesetzt werden und zum Frühstück verblieb mir nur, ins Bistro des anliegenden Hilton zu enteilen. Dann ging auch schon der Flug weiter auf die Philippinen. Und, völlig im Jetlag gefangen, war mir die Zeit davongelaufen und ich war im Glauben, nunmehr einen Flug von drei bis vier Stunden vor mir zu haben. Doch, da landete ich auch schon nach ungefähren fünfzig Minuten in Manila und natürlich keine Menschenseele anwesend in freudiger Erwartung meiner. Meinen Freunden hatte ich eine vollkommen andere Ankunftszeit durchgegeben. Und da saß ich nun, im Jahre 1974, am Laufband im alten Flughafen von Manila mit meinem gelben Köfferchen und sah bald keine Menschenseele mehr um mich herum. Doch dann näherten sich freundliche Flughafenbedienstete und fragten, ob sie mir helfen könnten. Als sie hörten, wer ich war und wo ich hin wollte, holten sie ein Telefonbuch heran und suchten die Botschaftsnummer heraus und schafften es wahrhaftig, meine Freunde zu kontaktieren, die wiederum bei Freunden feierten. Als mich mein Kollege dann am Telefon fragte, wo ich wäre, antwortete ich: »Na hier am Flughafen in Manila.« Erstaunt schien er die Luft einzusaugen. In der nächsten halben Stunde wurde ich abgeholt. – Es wurde ein wunderschönes Weihnachtsfest. Auch die Kollegin aus Tokyo war angereist und zusammen fuhren wir dann von Manila hinunter ans Meer, vorbei am Taal-Vulkan, dort malerisch gelegen im Taal-See, durch eine grandiose Landschaft. Und dort am Strand waren wir fast alleine und wurden von einem riesigen gelben, vollen Mond ins neue Jahr begleitet.

Ich durfte dann Kollegin Maria zurück an ihren Dienstort in Tokyo begleiten. Und wurde wieder einmal überwältigt von all den neuen, fremden und wundersamen Eindrücken. Ihre Wohnung, nicht sehr fern von der deutschen Botschaft gelegen, lag in einem kleinen Häuserkomplex. Winzig, die Häuser, eng die Straßen. Heute wanderten wir zum Meiji-Schrein, der 1920 zu Ehren des Kaisers Meiji und seiner Ehefrau Shoken errichtet wurde. Eng an eng schlurften die Menschen vorwärts, die Japanerinnen in den wundervollsten Kimonos und das Klack-Klack ihrer wohl wenig sich wohlfühlenden Clogs war auf dem Pflaster stakkatomäßig hörbar. Im Innenhof des Schreins wurden die Wunschfähnchen an die schmalen Bäumchen geknotet. Natürlich hing da alsbald auch mein Wunschbändlein. Auf die Erfüllung warte ich jedoch noch heute.

Maria hatte eine wundervolle Fahrt zum Fuji-Berg arrangiert. Der Tag war brillant und schön und die Landschaft präsentierte sich bilderbuchreif. Seen und traumhafte, verspielte Urlaubsressorts mit heißen Quellen, Goldfischteichen und Felsenbuchten passierten wir auf der Fahrt hin zum Ziel, einem, im typisch japanischen Stil erbauten, verwunschenen Hotel, wanderten durch die Gärten und nahmen an einer Teezeremonie teil. Das letztere Prozedere ist nichts, aber auch gar nichts für unduldsame Menschen, und zu denen gehöre leider auch ich. Auf der Rückfahrt speisten wir in einem exquisiten, kleinen Restaurant in der Stadt ein köstliches, vor uns gegrilltes Sukiyaki, tranken heißen Sake, den typischen Reiswein, und wurden nach mehreren Kännchen immer vergnügter. Auf der winzigen Empore rechts vor uns hockte ein Sumo-Kämpfer in seiner zünftigen Tracht und seinem langen Zopf mit Gesellschaft am Boden und schien ebenso vergnügt zu speisen.

Zurück in Marias gemütlichem Heim schlürften wir noch ihren köstlichen pfälzischen Wein und erinnerten uns an sudanesische Zeiten. Und so fühlte ich mich später im Schlaf auf herrlichen, wild schaukelnden Wolken. Als ich dies am Morgen Maria offenbarte, meinte sie lächelnd: »Barbara, wir hatten ein Erdbeben. Dies waren die Schaukeleffekte deines Traumes.«

Maria musste zum Dienst, ich hatte somit eine Fahrt nach Kyoto gebucht. Mit diesem Zug, der schneller war als alles, was ich bisher erlebt hatte. Und so war ich auch alsbald in diesem märchenhaft verträumten Ort, Kyoto, ja, so war es damals im Jahre 1974. – Alles war klein und eng, steile Gassen, hölzerne schmale Treppen führten hinauf zum Shinto-Schrein Heian. Shinto – Weg der Götter. Wenige Menschen waren unterwegs und eine unendliche Stille und Magnitüde lagen über der Stätte. Im stillen Eckhotel später am Schreinplatz drunten begrüßten sich japanische Herrschaften, und die Damen im Hintergrund knicksten tief. Der Kotau, hier wurde er noch zelebriert.

Ich war wieder in Kenia und erneuter Besuch war angesagt. Kolleginnen aus Sri Lanka und Südafrika. Nun, da wollte ich neben den üblichen touristischen, ohne Zweifel auch attraktiven Ausflugszielen nahe der Hauptstadt ein besonderes I-Tüpfelchen bieten. So las sich letztendlich unser Programm dann auch recht aufregend und ich vermute, die Damen hat es fast sogar ein wenig überfordert. Diese Gedanken kamen mir aber glücklicherweise erst nach all den Abenteuern.

Vor den Toren Nairobis erstreckt sich einer der eindrucksvollsten Wildparks Kenias, der Amboseli, beschirmt vom legendären Kilimandscharo, und ein Besuch dieser Welt ist natürlich ein Muss. Denn in herrlichster Landschaft zeigt sich hier die afrikanische Tierwelt in großer Vielfalt und Menge. Unter anderen Giraffen, Gazellen, Zebras, Warzenschweine und natürlich »the big five« – der Elefant, das Nashorn, der Büffel, der Löwe und der Leopard. Und hat man ein derartiges Paradies vor der Haustüre, nutzt man es natürlich und der Fotomotive gibt es demnach unzählige und einmalige. Dort beispielsweise, auf dem Felsen, die sich sonnende Geparden-Familie vor der imposanten Kulisse des schneebedeckten Kilimandscharos, unter tiefblauem Himmel mit ziehend verwehten, bizarren, weißen Wolkengebilden. Überhaupt, die Wolken in Kenia. Sie bieten ein ständig wechselndes, grandioses Schauspiel. Zu jeder Zeit. Und sie sind immer da. Besonders dramatisch ihre Konturen in der Regenzeit, wenn sie wild, grellweiß vom Blitz erhellt am Himmel sich in bizarren Figuren verschmelzen, ihre Ränder reliefartig vom Inferno der sintflutartigen Regenschleusen glimmen.

Wonnig, auf der Lichtung, die beiden Elefanten-Youngsters, die ihre Stärken ausloten und sich kräftig mit ihren kleinen Rüsseln bekämpften. Mama und Tanten gingen derweil geruhsam ihrem Fressgang nach, jedoch die Brut stets im Auge behaltend. Und hier sollte man es tunlichst unterlassen, diesen Kreaturen zu nahe zu kommen. Dann aber, hola, können die Damen wild werden. Ich erlebte es im Wilpattu-Park auf Ceylon. So hieß die Insel Sri Lanka damals und das ist, wie ich finde, ein wunderschöner Name. Dort kamen wir zwei älteren grauen Ladies zu nahe, die in ihrer Mitte ein Junges schützten. Der Ranger fand nicht sofort den Rückwärtsgang und so wären wir fast von den erbosten Herrschaften mit ihren hocherhobenen Rüsseln und ihrem wilden Trompeten überrannt worden, und der Teenie, nicht die Spur verängstigt, stob ebenso kühn wie Mama und Tante mit erhobenem Schnorchlein auf uns ein.
Doch wir sind in Ostafrika. Und man kann sich nur immer wieder ergötzen an all dem Schönen hier im Lande. Die erlebnisreichen

Ausflüge zum nahen Naivasha- und Nakuru-See, an denen sich die rosafarbenen Flamingos treffen und in denen sich die Hippos aalen. Oder hinauf zum kleinen, idyllisch gelegenen »Teehotel«, dort in den Teeplantagen über den Höhen der Stadt, wo es selten einen Besucher hinzieht und wo man daher auf eine unirdisch ländliche Ruhe und erhabene Einsamkeit stößt. Der kleine Garten vor der Terrasse bietet eine Blumenvielfalt, gleich einem sommerdeutschen Schrebergärtchen. Es blühen der Phlox, die Bartnelken, Malven, Goldlack, Zinnien, Maßliebchen und vieles mehr in verschwenderischer Pracht, umschwirrt von Schmetterlingen, Bienen und Hummeln. Vollkommene Stille herrscht und ein Duft, der süchtig macht wie der Blick auf diese immense afrikanische Weite. Ein köstlicher Tee wird serviert mit schmackhaften Küchlein. So sitzen wir lange dort auf dem grünen Hügel, unter einem tiefblauen Himmel mit fluffigen, weißen Wolkengespinsten, den Frieden genießend, unseren Tee schlürfend.

Ein Sommertag am Longonot

Träumend liegen wir im Gras,
umgeben von Luft aus gesponnenem Glas,
um uns nur Weite und Einsamkeit,
das Wissen um köstliche Zweisamkeit.
Zirpend umgarnen uns in lockendem Spiel
Insekten und Falter voll Wonnegefühl.
Blumen, duftend im Überschwang,
neigen die Kelche dem Zauberklang.
Ganz still liegen wir auf moosigem Gras,
schauen mit strahlenden Augen uns an,
dankbar vom Zauber der Liebe beschenkt,
des Augenblicks des Glücks voll eingedenk.

B.F.H.E.

Den Zeitpunkt des anstehenden Besuchs nutzend, erfülle ich mir einen bereits seit langem gehegten Traum, nämlich den Norden Kenias, den Lake Turkana an der Grenze zu Äthiopien aufzusuchen. Der einstmals nach dem österreichischen Kronprinz Rudolf von einem Grafen namens Teleki benannte Rudolfsee ist das größte Binnengewässer Kenias und umfasst eine Größe von 6.405 Quadratkilometern. Hier verläuft der ostafrikanische Graben. Eine geologische Schwachzone der Erdkruste, an der sich der afrikanische Kontinent teilt. Fazit: Viele aktive Vulkane erheben sich rund um den See und das Klima ist mörderisch. Heiß, arid und fast jede Vegetation vernichtend. Einige widerspenstige Sträucher, Gräser und verknorrte Bäume halten sich jedoch tapfer.

Der See versalzt immer mehr. Der Wasserspiegel sinkt unaufhörlich. Der See verliert sein Wasser durch starke Verdunstung und kann sich auch nicht durch den langsamen Zufluss der Flüsse, und hier besonders durch den Omo, den größten der Region, kommend aus den Bergen Äthiopiens, in genügendem Maße auffüllen.

In seinem stark sodahaltigen und algenreichen Wasser tummeln sich Nilbarsch, Tilapia und Salm, aber auch eine große Zahl von Nilkrokodilen. Und die sollten noch eine Rolle auf unserer Reise spielen.

Die Menschen der Turkana sind schön. Hochgewachsene, schlanke Kreaturen voller Anmut und Stolz. Es handelt sich um eine nilotische Volksgruppe, die als Nomaden in Zelten mit ihren Kamelen, Rindern, Schafen und Ziegen umherziehen. Und ihre Tiere liefern ihnen als Nahrung Milch, Blut und Fleisch und zur Kleidung Wolle und Leder. Am Fluss pflanzt man oftmals, um die Ernährung zu erweitern, Sorghum, eine Hirseart, an. Und auch vom Fischreichtum des Sees profitieren sie.

Die Männer der Turkana sind groß, sehnig und muskulös, verströmen Mut und Kampfgeist, sind meistens gehüllt in einen weiten Umhang und tragen, ähnlich den Massais der Serengeti, auch stets ihre Nackenstütze, Kautabakhörner und Waffen wie Speer oder Pfeil und Bogen mit sich. Um markanter männlicher Schönheit Genüge zu tun, lassen sie sich hier die unteren Schneidezähne entfernen. Und die älteren männlichen Herrschaften tragen dazu noch Ohrringe aus Knochen und Elfenbein sowie den typischen Haarschmuck und ergänzen Verzierungen durch buntes Anmalen und Schmuckfedern.

Die Turkana-Damen zeigen sich indes weniger protzig. Ihre Schädel sind bis auf einen mittleren Haarrest fast glattrasiert, doch zieren ihre Ohren und Hälse Unmengen von farbigen Perlenketten.

Der Tag kam, an dem wir in einer kleinen Turbomaschine vom Nairobi Airport abhoben in Richtung Norden. Wir waren die einzigen Touristen an Bord. Schon seltsam, dachte ich, hatte ich wieder einmal einen »trip off the beaten track« gewählt? Wahrscheinlich. Verstohlen beobachtete ich meine Kolleginnen. Jedoch noch zeigten sie keine Unlust. Ich beschwor den Himmel und alle guten Geister um ein Gelingen. Dann landeten wir – wo? – im buscharmen Gelände, in der Wüste, am Rande eines Sees. Keine Piste, nur savannenartiges Gestrüpp und Sand. Viel Sand und das riesige Wasserloch. Dort am Ufer sahen wir dann einige mit Palmwedeln und Holz abgedeckte Hütten. Ziemlich einfach, ziemlich luftig, ziemlich alleine. Auf dem größten Gebäude stand: »Chez Julien«. Ja, und das sollte unsere Herberge werden. Hier residierte Monsieur Julien, ein alter Franzose, gebürtig aus Marseille, seit Jahrzehnten. Unglaublich, wie dieser Herr kochen konnte. Einen köstlicheren Fischcurry habe ich nie mehr in meinem Leben verspeist.

Bevor wir nun aber in dieses idyllische Refugium am Seestrand einziehen konnten, passierten wir dort auf einsamem Sandhügel einen kleinen Kiosk, darauf stand: »Zoll«. Also war das die Grenze zu Äthiopien. Und daneben standen zwei mit Palmfransen verhangene Hütten, in denen je ein kenianischer und ein äthiopischer Beamter ihrem gewichtigen, überaus ausfüllenden Dienst nachgingen. Ich fragte mich, wie man in dieser Hitze überhaupt wachbleiben und Fragen stellen konnte. Nun, die Herren schienen auch nicht hellwach, die Fragen nicht super intelligent. »Wer wir wären, woher wir kamen, was wir hier wollten.« Also bitte, – doch sie hatten einen Stempel und drückten ihn nach dem ausgiebigen Gefrage in unsere Pässe.

Dann saßen wir in der Loggia von Monsieur Juliens Auberge und hatten ein kühles Bier vor uns. Und schauten auf den sich wild schäumenden See. Außer den zwei Bediensteten von Monsieur sahen wir keine Menschenseele. Wir fragten nach Möglichkeit, die Gegend zu erforschen, und wurden mit Moses bekannt gemacht, der ein Boot sein Eigen nannte. Und Moses strahlte und zeigte ein breites Lächeln, und in seinem Gesicht fiel auf, dass er unter seiner Unterlippe einen tiefen Schlitz hatte. Nun, so wunderten wir uns zwar, fragten jedoch nicht weiter nach. Man war in Afrika. Und hier war doch so vieles seltsam.

Als wir uns am nächsten Morgen dem Ufer näherten, gewahrten wir, dass der See sehr aufgebracht war und mächtige Wellen ans Ufer rollten. Und Moses hatte plötzlich sein Lächeln verloren und bemerkte, wir sollten die Ausfahrt lieber verschieben, zumal der See voller Krokodile wäre. Nun, meinte ich, so schlimm wird es schon nicht werden, und allen Bedenken mich widersetzend – aber zeigten sich nicht auch meine werten Damen Kolleginnen irritiert? – lockte ich uns alle ins Boot und auf die Wasser hinaus. Und dann, wahrlich, schwankte und schwappte alsbald das Boot dermaßen wild und unkontrolliert in den Wellen, dass uns allen ein bisschen die Luft eng wurde in Anbetracht der Tatsache, wir könnten kentern und Beute dieser hier dem Vernehmen nach so zahlreichen hungrigen Krokodile werden. Und Captain Moses schien die Furcht fast zu killen. Seine Augäpfel kullerten schier aus den Höhlen und aus dem Spalt unter seiner Lippe streckte sich plötzlich panikartig seine rosa Zunge hervor und das faszinierte mich nun derart, dass ich meine Furcht vergaß und staunend unseren Moses angaffen musste. Dieser hatte es aber inzwischen mit der ihm allmöglichen Kraft und Energie geschafft, das Boot wieder ans Ufer zu docken und rettete uns bravourös vor mordshungrigen Bestien. Am Mittagstisch später erwähnte Monsieur Julien dann ganz nebenbei, Krokodile hätten hier schon so einige Menschen verköstigt. So zitterten wir im Nachhinein.

Beim Marsch durch die Gegend trafen wir auf einzelne Turkana. Eine Gruppe von Frauen und Kindern auf dem Weg zum entfernten Brunnen und später auch einen Hirten mit seinen Ziegen und Schafen. Ein Hirte und seine Herde im gelben, staubigen Nichts. Unfassbar, man fragt sich, was finden Mensch und Tier in dieser öden Gegend zum Überleben. Wohl wenig – und doch wohl genug –, ein stolzes, freundliches Lächeln grüßte uns.

Kollegin Elvira aus Sri Lanka konnte noch einige Tage verlängern und so planten wir einen Besuch des Meru-Nationalparks. Ein Park fernab des Touristentrubels. Die Fahrt verlief problemlos, obwohl viele Wege versandet und schlecht befahrbar waren, auch gab es erstaunlich wenig Tiere. Wir landeten in einer Lodge tief im Inneren des National-parks, typisch leicht gebaut aus Bambusgerüsten, in denen es abends und nachts, verursacht durch irgendwelche Tierchen, geräuschvoll ra-schelte und knisterte. Schloss man die Augen, hoffte man stets, auch diese Viecher würden einen nicht mehr sehen. Nun, wirklich ergeb-nisreich war diese Fahrt nicht, war doch der Meru bekannt für seine Breitmaul-Nashörner, – vor uns hatten sie sich jedenfalls versteckt. Doch die Landschaft war schön und das versöhnte etwas.

Und dennoch sollte uns der Meru-Park im Gedächtnis bleiben, denn plötzlich schlingerten wir in einem eigentlich harmlosen Ge-lände und ich merkte, wie mein VW-chen eigenwillig trotz klarer Lenkung reagierte. »Nein«, schrie ich, »werte Kollegin, quel malheur, wir haben einen Platten!« Nun, Madame Elvira, meine Berliner Kol-legin aus Sudan-Tagen nahm es gelassen. »Dann muss der Reifen eben gewechselt werden«, meinte sie trocken, »und ich hoffe, es gibt einen brauchbaren Ersatzreifen.« Okay, der war glücklicherweise da, was bei mir aber leider nicht der Normalfall ist. – Meine armen Eltern sollten von derartigem Missgeschick auf der Strecke nach Mombasa ein Lied singen. – Und im Nullkommanichts standen nun hier, aus dem Nichts geboren, einige Einheimische neben uns und harrten mit offenen Mündern voller Erwartung des Kommenden. Und ich wusste nicht, wie ich zu verfahren hatte, jedoch Madame. Da sie, bedingt durch einen kaputten Rücken, sich nicht an dem Prozedere des Reifenwechsels beteiligen konnte, aber das Verfahren im Kopf beherrschte, gab sie mir also die genauen Anweisungen und ich, schwitzend und stöhnend, wuchtete mit dem Wagenheber das Gefährt, löste mit Zähneknirschen die Schrauben – und schaffte letztendlich das Unmögliche. Die freundlichen Zuschauer klatschten, Frau Elvira lächelte huldvoll und dann fuhren wir von dannen.

Michel und Helga, französischen Freunde aus den Khartumer Zeiten, zwischenzeitlich nach Tansania versetzt, hatten Elvira und mich nach Daressalam geladen. Mit Freuden sagten wir zu und, großes Hallo, mit ohrenbetäubender deutscher Marschmusik war der Empfang untermalt. Diese, eine der größeren Leidenschaften von Michel – zum Leidwesen von Helga (und mir) – hatten wir bereits in Khartoum genießen dürfen!

Welch ein Kontrast aber nun hier in Daressalam zu Nairobi. Modern und steril erscheint die Hauptstadt Kenias im Vergleich zu dieser noch fast im Dschungel schlummernden tansanischen Hauptstadt. Der verwunschene Charme der Stadt bezaubert und auch die Freundlichkeit der Menschen war auffallend wohltuend. Zu schnell verging die Zeit. Beim köstlichen Fischmenü drüben im Clubhafen an der Oyster Bay – im schimmernden orangefarbenen Sonnenuntergang – fiel der Abflug schwer.

Aber, ein kleiner Trost, vor Rückkehr nach Kenia stand noch der Abstecher auf die Koralleninsel Sansibar an. Ja, und diese – im Jahre 1975 – trug noch ihr ursprüngliches Flair und erzählte von bewegten vergangenen Zeiten. Hier prägten im 10. Jahrhundert die Araber das Bild, ab 1832 regierten die Sultane von Oman die Insel, die dann 1890 unter britisches Protektorat fiel. 1963 erlangte Sansibar dann die Unabhängigkeit, der Sultan wurde 1964 gestürzt und die Volksrepublik wurde ausgerufen und der Zusammenschluss mit Tanganjika zu Tansania erfolgte unter Beibehaltung einer eigenen Regierung und eines eigenen Parlaments.

Wir schlendern durch die Stadt. Es ist Mittagszeit. Die verwinkelten Gassen fast leer, einzelne Gestalten in Gallabijas und Turbanen eilen zur Moschee, immer wieder bleiben wir bewundernd vor den wunderschönen Holzschnitzereien an Türen und Fenstern stehen. Drüben am Hafen ist geschäftiges Treiben. Karren werden beladen mit Säcken, Tonnen, Ballen und hinüber zu den Dschunken getragen. Über allem wacht das Alte Fort droben am Fels.

Wir fahren mit dem Jeep durch die wildwuchernde Landschaft, das Klima heiß und schwül, der Duft der Gewürznelken die Luft schwängernd. Es geht hinüber zum Meer zu der Höhle, in der man die Unglücklichen sammelte und dann durch das groteske Felsenloch in die Sklavenschaft schickte. Der dunkle, feuchte Ort lässt gruseln.

Befreit atmen wir später wieder auf, unter Palmen am endlosen Strand.

Elvira ist abgereist, der Alltag und seine Arbeit haben mich erneut im Griff.

Aber es gibt sie ja, die Wochenenden und Feierabende, an denen man dann seinen Hobbys frönen kann. Jedoch hier ist nicht allzu viel Zeit, da die Dunkelheit pünktlich gegen 20.00 Uhr einfällt und an der Botschaft in den langen Nachmittag hinein gearbeitet wird.

Neben dem Tennisspiel packte mich nunmehr die Leidenschaft zum Reiten. Bei Mrs Taylor, einer typisch englischen Lady, dort draußen in Whitesands hatte ich mich angemeldet. Glaubte ja, dank meiner Erfahrung in einem Langenfelder Bauernhof, schon mit dem Pferdesport bestens vertraut zu sein. Hola, welch ein versnobter Gedanke! Madame Taylor hatte edle Rösser und die mussten genau so hofiert und geachtet werden wie die Lady selbst. Wie einfach und vertraut war es da doch damals im großen Stall von Bauer Brandes gewesen, auf dem Rücken des wunderbaren Rappen Caesar, der beim leichtesten Druck reagierte. Mrs Taylor war streng und ihre Pferde mussten stets gestriegelt und bestens versorgt werden. Und alles hatte Disziplin und Ordnung. Da wagte ich es einmal, unentschuldigt zu fehlen, – welch ein Fauxpas. Ein scharfer Anruf erreichte mich und rief mich zur Raison. Danach stand ich auf der Matte wie ein Volksschüler. Doch es hatte sich gelohnt. Ich lernte viel bei der englischen Lady, sogar über die Oxer zu springen und mein Pferd wunderbar zu führen. Was mir später in Australien und Brasilien zum Vorteil gereichte.

Erneuter Besuch stand ins Haus, meine Eltern. Inzwischen mutierten sie zu echten Kenia-Fans und besuchten mich regelmäßig. Die Reisen und Abenteuer, die wir erlebten, waren aber auch wundersam bunt und vielseitig. Die freundliche Begegnung zum Beispiel dort in den windigen Ngong Hills mit dem alten Massai-Krieger, dem mein Vater ein Taschenmesser schenkte, oder die weniger freundlichen Zusammentreffen mit einer uralten Massai-Lady am Wegrand, die keinerlei Ambitionen auf ein Fotoshooting hatte und demzufolge einen riesigen Felsbrocken nach uns warf und ich vor lauter Aufregung mit dem Auto bei der Flucht im Graben landete. Und welches Trauma, als der einzelne Stier, den seine Herde verstoßen hatte, sich in der Massai Mara mit qualmenden Nüstern auf unser Auto stürzte. Ich saß am Steuer, neben mir der Ranger und hinter mir die Eltern, die sich alle panikartig tief in ihre Sitze duckten, und mit einem Blitzstart schaffte ich es, zu entkommen, und langsam tauchten die Köpfe aus der Versenkung wieder auf. Wahrlich haarscharf hinter uns kreuzte die wütende Kreatur den Pfad. Nicht auszudenken, was passiert wäre, hätte dieser Koloss uns touchiert.

Übrigens, auf dieser Safari begegneten meinem lieben Vater viele, viele Ameisen in seinen Hosenbeinen und, man glaubt es kaum, aber es hinderte ihn nicht, anzuhalten und ausgiebig seine Hosenbeine auszuschütteln, obwohl die Gefahr hinter ihm lauerte. Eine sich nähernde, leicht galoppierende Büffelherde. Meine Güte, – wild fuchtelten wir mit den Armen und riefen: »Achtuuuuung!« Er agierte in Zeitlupe und so taten es die Büffel. Unser Vater entkam.

Und so plante ich also wieder. Es gab so viele verlockende Ziele hier in diesem Lande. Und schon wusste ich, es sollte quer durch die Serengeti, der nach Massai-Sprache ›siriget‹ (endlosen) Prärie, hinüber durch den Ngorongoro-Krater zum Lake Manyara gehen. Und herrlich, meine wunderbaren, erfrischend jung gebliebenen Eltern opponierten nie gegen meine Pläne, die manchmal doch recht abenteuerlich wurden – denke ich hier nur an den Sudan, Indonesien oder Brasilien.

Also, nach den üblichen Einführungsprogrammen wie Amboseli, Naivasha und den Ngong Hills, rüsteten wir nunmehr zur großen Serengeti-Durchquerung. Wir waren alleine, alleine in unserem wunderschönen, cremefarbenen Käfer. Oh, ich liebte mein Auto und das musste dieses Schmuckstück gemerkt haben. Es lief und lief, durchlief die Weiten und Fernen des afrikanischen Landes ohne Panne. Bis auf, nun das war verzeihlich. – Ich hatte damals nicht achtgegeben und der Reifen war geplatzt. Droben auf der Höhe, Richtung Abfahrt Mombasa. Und der Ersatzreifen war platt. – Schlimm, hat man in diesem Moment einen cholerischen Papa an der Seite sitzen. Doch das Schicksal war uns hold. Ein Farmer nahebei half aus.

Das erste Ziel war Arusha auf tansanischer Seite. Einen vollkommen anderen Blick hat man von hier auf den herrlichen Kilimandscharo. Und ich finde, sein Antlitz, Tansania möge mir verzeihen, von Seiten Nairobis aus weitaus imposanter. Tansania, übrigens, ist das Gegenteil von Kenia. Kenia scheint den Luxus zu lieben und hier nicht nur aus Sicht der Touristen. In Tansania liegt das Gegenteil. Meines Erachtens vergleichbar mit West- und Ostdeutschland vor der Wende. Denn auch hier, ein beachtliches Merkmal, die Menschen im weniger begüterten Tansania waren weitaus herzlicher, offener und entgegenkommender. Die Lodgen in Kenia waren zwar luxuriöser und komfortabler, jedoch die Menschen, die Landschaft und die Natur glichen in Tansania tausendfach dieses Manko aus. Alles war hier ursprünglicher und natürlicher. Leicht gefährlich nun doch die Fahrt hinunter in den riesigen Krater, in die Caldera, die Arche Noah Afrikas. Der Weg war schmal und abschüssig und der Fahrer, wie wohl alle afrikanischen Fahrer nach meinen einschlägigen Erfahrungen ein Formel I-Held, glaubte sich sicher und fuhr entsprechend. Und so kamen wir letztendlich dann auch heil unten an. Unglaublich, diese Dimensionen von hier aus zu betrachten. Vier- bis sechshundert Meter hoch sind die Seitenwände und wir befinden uns in einem Gebiet mit einem Durchmesser von siebzehn bis einundzwanzig Kilometern. Und hier sollten wir sie alle sehen, in Herden und Rudeln und in einsamer Natur? Denn wir reisten im Jahre 1975 dorthin, noch vor dem großen Trubel und Aufbruch der wildgewordenen Touristenscharen. Es war beeindruckend, wie stolz und frei sich die Tiere bewegten, weder Angst noch Scheu schienen sie zu kennen. Nun, der Krater war ja auch nunmehr ihr Terrain, nachdem sich die letzten Massai zurückgezogen hatten.

Auf einem kleinen Hügel ruhten zwei alte Löwenmachos. Ihre Mähnen grau, verfilzt und dürftig, die Gesichter mager und die Körper hager und die Mienen müde, verhärmt, ein Spiegel vergangener harter Jahre, Resignation und Akzeptanz des Alters verkörpernd. Nun, es war aus, der Kampf mit den jüngeren Kollegen um den Besitz der Vorherrschaft des Rudels war verloren. Wir passierten den Teich mit den Nilpferden. Und da war ein Geschnaufe und Gepruste. Die totale Wollust und Freude.

Wir rasteten am Krateraufgang. Warfen noch einen letzten Blick auf dieses Paradies und beobachteten die Webervögel im nahe liegenden Gebüsch, die lärmend und emsig bemüht waren, ihren Liebsten ein kunstvolles Nest zu flechten.

Wie müssen die Herren Grzimek die Szenerie genossen haben. Oder genießen sie noch? Ihr Grab liegt dort oben auf dem Hügel und sie blicken hinein in die Unendlichkeit der Caldera.

Und mein wunderbarer VW-Käfer läuft weiter, weite Strecken durch ein Land, das einfach nur fasziniert. Diese graublauen, grünlich-rauchig verschmelzenden Farben – es dunkelt bereits und man weiß, hier im Land bricht die Nacht plötzlich herein. Wir stehen am Tor des Manyara-Parks und müssen hinauf zur Lodge. Noch ist das Tor geöffnet, wir haben unsägliches Glück, denn wären wir eine Stunde später angekommen, das Gitter wäre gefallen. So nehmen wir die steinige Piste und bitten alle lebenden Götter, mit uns zu sein, denn der Pfad ist fürchterlich. Ich scheine die falsche Auffahrt erwischt zu haben. Nun denn, wir müssen weiter, können nicht hier im Irgendwo am felsigen Waldpfad unter den Blicken blutrünstiger Kreaturen nächtigen. Denn soweit ich las, schlafen just an diesem Ort die Löwen auf den Bäumen und der Gedanke, solch eine, vielleicht hungrige Sippschaft über uns zu wissen, ist wenig angenehm. Meinen Eltern erzählte ich vorläufig nichts von den Vorlieben der hiesigen Katzen.

Und dann kamen wir an. Noch vor der Dunkelheit und erreichten eine Bleibe wie im Garten Eden. Ausgiebig genossen wir den Aufenthalt in dieser üppigen Natur und Solitude, dort im Pool, umrankt von Bougainvilleen und Palmen.

Auf der Rückfahrt sahen wir sie dann, die sich auf den Bäumen aalenden Katzen. Unglaublich, mit welcher Gelassenheit und Nonchalance sich diese Brüder dort niederlassen und ihr Leben genießen.

Die Eltern waren abgereist, der Alltag in Nairobi hatte mich wieder voll im Griff. Meine Ausstellung stand an. Zum Schlafen kam ich nicht mehr. Die Vernissage in der Galerie an der Grande Avenue würde in vierzehn Tagen stattfinden und ich hatte noch einige Bilder zu liefern. Panik ergriff mich, das konnte ich kaum schaffen. Und der Tag kam, an dem ich, einige Bilder unter dem Arm, den Weg ins kenianische Kultusministerium unternahm, um dem Generalsekretär meine Werke vorzulegen. Waren die Bilder ihm genehm, würde er die Eröffnungsrede halten. Mir war mulmig. Doch war mein Bangen grundlos. Ein kurzer Blick und ich hatte seine Zusage. Auch wurde die Ausstellung ein schöner Erfolg und fand einen krönenden Abschluss in einem köstlichen

Abendessen. Ehrengäste des Dinners waren der Herr Generalsekretär, Madame Gaillard, Besitzerin der Galerie, der Initiator meiner Vernissage, der Kulturreferent der deutschen Botschaft, und, na eben, ich.

Es ereignete sich auf einem Empfang, man kennt sie, diese teils eleganten, teils überflüssigen Veranstaltungen der Diplomatie. Und so trifft man auf die verschiedensten Menschen der eigenen Couleur, sind die Herrschaften auf Delegationsreise, der fremdartigen, sind sie aus dem Gastlande, oder der kollegialen, sind sie aus dem Hause. Er näherte sich unserer Gruppe. Er war groß und unglaublich gut aussehend und versprühte einen Charme, der keinen unberührt ließ. Nun, ich blieb cool. So glaubte ich es. Seine Stimme war betörend, doch ich entzog mich ihrem Reiz, wohl merkend, dass ich das Ziel seiner leichten Pfeile war. Wir sprachen vom Hellsehen und ich gab leider meine kleine Schwäche preis, dass ich so manche Damen und Herren dieser Zunft in den verschiedensten Ländern aufgesucht hatte. »Doch«, bemerkte ich locker, »das ist eben nur ein netter Spaß.«

Anderntags im Büro erhielt ich seinen Anruf, mit der Nachricht, den besten Hellseher Kenias zu kontaktieren, der da momentan in Nairobi Station machte. Hallo, dachte ich, da stimmt etwas nicht. Hatte sich nicht gerade dieser Herr, der mir hier die Nachricht zuteil kommen ließ, leicht abfällig über Wahrsager geäußert? Den Termin ignorierte ich.

Und wieder trafen sich die Herrschaften der diplomatischen Vertretungen. Auch ich war erneut geladen und stand wieder einmal diesem Herrn, der mir so ab und zu den Schlaf raubte, vis-à-vis. »Nun«, meinte er lächelnd, »haben Sie den Seher aufgesucht?« »Nein«, blaffte ich wohl leicht abrupt, »er hatte keinen Termin mehr!«, und drehte mich ab und verließ auch alsbald die Örtlichkeit. Ich war verärgert, verärgert auch über diese meine, doch recht dümmliche Reaktion und schoss nun mit meinem VW-chen durch die Teehügel Richtung Hauptstadt mit ziemlichem Tempo. Und dort am Stadteingang überholte er mich. Stoppte mein Auto und lud mich charmant und liebenswert zum Dinner ein.

Romantisch saßen wir später oben im Turmrestaurant des Interconti-Hotels mit diesem traumhaften Blick über das nächtliche Nairobi. Es war Regenzeit. Und Regenzeit heißt wahrlich Regen. Und trotzdem wagten Kollegin Ursula und ich die Ausfahrt hinüber zu den Hügeln, Richtung Lake Magadi. Das wurde zur Katastrophe. Der Weg entlang des Berges bestand aus purem, gelbem, glitschigem Lehm und das sollten wir alsbald spüren. Denn wir rutschten und rutschen, bis dass wir in der gelbroten, weichen Substanz dort in der Kurve hängen blieben. Ich versuchte, die Räder frei zu schaufeln und die Karosserie zu schieben, und schrie Ursula zu, die da inzwischen das Steuer übernommen hatte, Gas zu geben. Und sie gab Gas, Fazit: Mir flog der klebrige, rotorangene Lehm nur so um die Ohren. Dann erbarmten sich unser einige Einheimische, die ich animiert und mit Geldversprechen gelockt hatte. Und endlich, endlich ließ uns die zäh an uns haftende Erdschicht los und wir kamen wieder auf Kurs und schworen, nie, niemals wieder, Abenteuer in der Regenzeit zu suchen.

Es war Winter und in einer Höhe von fast 2000 Metern recht kühl in Nairobi. Mein kleines behagliches Haus hatte einen Kamin und diesen ließ ich oft glühen, er war urgemütlich und wunderbar warm. Das Kaminholz war ausgegangen und ich nahm Ezina, meine Hausperle, mit hinunter in die Stadt, um neues Holz zu kaufen. Wir näherten uns der Ampel und plötzlich hatte ich ein ungutes Gefühl, der Verkehrsbus hinter mir fuhr einfach zu schnell, würde er stoppen. Ich blinkte mehrere Male und blieb stehen. Es war rot. Da plumpste plötzlich mit dumpfem Knall und Stoß auf uns, das heißt auf meinen kleinen, cremefarbenen, wunderschönen VW dieser Straßenverkehrsbus und stand dann abrupt in allernächster Nähe über uns. Unter Schock stieg ich aus und betrachtete den Fond meines Wagens. Erschütternd. In diesem Moment kam ein Passant vorbei, der mir riet, hier auszuharren, bis ein Polizist vorbeikommt. Inzwischen war der Fahrer des Busses ausgestiegen und entschuldigte sich hunderttausend Mal, seine Bremsen hätten einfach nicht mehr funktioniert. Bei mir muss irgendein

Nervenstrang gerissen sein, ich heulte nur gottergeben vor mich hin. »Mein Gott«, sagte später ein Polizist, »Sie haben doch keine Schuld. Warum heulen Sie denn so?« Doch ich heulte stumm weiter.

Inzwischen war ich im Polizeihauptdepot gelandet und man hatte hier alles aufgenommen. Und es geschehen wirklich Zeichen und Wunder, auch in Afrika. Die Verkehrsbetriebe übernahmen später die Reparaturkosten.

Ein Kollege aus dem Sudan kam nach Kenia. Wir planten eine Safari durch den Amboseli und verfransten uns vollkommen. Erfragten von einem daherwandernden Massai die Richtung und erstaunten nicht schlecht, als dieser Geselle, sich froh und breitbeinig aufbauend, im Auto sesshaft machte, um uns den Weg zu weisen. Hatte der überhaupt begriffen, wohin wir wollten? Er saß dann im Fonds und zeigte immer fröhlich geradeaus. Jedoch schob er sich auch immer weiter in den mittleren Spalt des Vordersitzes hinein, während er wild gestikulierte. Dabei wurde sichtbar, dass diese Menschen unter ihren roten Decken eigentlich nichts tragen. Und irgendwie schaffte er es, auch mir immer näher zu rücken. Da wurde es mir zu bunt. »Dort hinten ist das Dorf, wir sind da«, ließ ich verlauten. Und glücklicherweise erreichten wir auch in der Tat den Savannengürtel. Mein Kollege schaute mich zwar noch erstaunt an, grinste dann aber, nachdem er realisiert hatte, dass unser Bruder fast zwischen uns auf der Vorderbank saß. Und auch die afrikanische Lichtgestalt verließ uns mit breitem Grinsen , nachdem wir ihn dankbar entlohnt hatten.

Fröhlich verlief auch der Kanzlerbesuch aus Khartoum. Nun, man weiß inzwischen, dass auch die Verwaltungschefs der Vertretungen Kanzler genannt werden. In Nairobi tagte die jährliche Kanzlerkonferenz. Und so traf ich wieder mit meinem Chef aus dem Sudan zusammen, kutschierte ihn stolz durch die Hauptstadt Kenias, nachdem wir für meine Wohnung eine schöne rote Lampe gekauft hatten. Die thronte nun auf seinem Schoße, doch der Herr selbst wurde irgendwie immer schweigsamer. Auch auf meine Fragen kamen die Antworten immer knapper. Da stimmte doch irgendetwas nicht. Und dann wurde mir auf einmal bewusst, dass ich vollkommen irrig fuhr. Wir waren in Kenia und hier regierte immer noch Linksverkehr. Und ich hatte auch die erneute Kurve wieder als rechtsfahrender Geisterfahrer genommen. Glücklicherweise gab es keinen Gegenverkehr und ich fädelte mich wieder rechtens ein. Und dann sprach Monsieur auch wieder mit mir.

Auch die diesjährige Konferenz der deutschen in Afrika akkreditierten Botschafter sollte in Nairobi stattfinden. Und das hieß für unsere Botschaft natürlich viel organisatorische Arbeit. Und ich war wieder mal im Delegationsbüro eingeteilt. Eigentlich ganz interessant und abwechslungsreich nach dem Einerlei im Botschaftsalltag. Da wir in Afrika sehr viele Vertretungen unterhalten, strömten auch viele Botschafter ins schöne Nairobi. Um die Treffen ein bisschen individueller und persönlicher zu gestalten, wurden vereinzelte Abendessen geplant. Geladen hatten also der Botschafter, der Botschaftsrat und der Leiter des Gesundheitsdienstes. Und wie es so oftmals das Schicksal fügt, war ich geladen beim Doktor, der auch meinen einstigen Chef aus New York als Gast hatte, der nunmehr Chef dieser ganzen Veranstaltung war. So machte ich mich schick, hüllte mich in den bestickten blauen Rock und die ebenfalls filigran bestickte zartrosa Bluse, die ich in Manila beim Besuch der Kollegen letzte Weihnacht erstanden hatte. – Würde ich mich heute darin sehen, ich schlüge meine Hände über dem Kopfe zusammen.

Nun, der Abend verlief harmonisch und das Dinner war exzellent. Und mein damaliger Chef erkannte mich sogar wieder. Schmunzelnd meinte er, meine damalige Dankeskarte habe er in bester Erinnerung, da ihm solches gleichen bisher nie widerfahren wäre. Und es ergab sich, dass er sich einer Kollegin und mir zur Heimfahrt in die Stadt anschließen wollte. Nun gut, er setzte sich in den Fonds meines VWs und ich spaßte darüber, einen dermaßen VIP-trächtigen Herrn nunmehr in meiner Gewalt zu haben. Wir setzten den Herrn im Hotel ab und ich fuhr Kollegin Gina zu ihrer Wohnung, kehrte jedoch nicht zum

Hotel zurück, in dem ein Herr mich zum Après-Drink erwartete. Am nächsten Tag, im Delegationsbüro wurde ich schmunzelnd gefragt: » Hatten Sie Angst?« Zut alors, ja, hatte ich.

Und nun sind sechs wundervolle Jahre in einem traumhaft schönen Land vorüber. Ein neues Kapitel würde beginnen. Meine Versetzung in die Türkei war besiegelt. Traurig reise ich ab.

Türkei

1980

»Und wenn wir die ganze Welt durchreisen, um das Schöne zu finden.
Wir mögen es in uns tragen, sonst finden wir es nicht.«
Ralph Emerson, amerikanischer Schriftsteller und Philosoph, 1803–1882

Noch nicht lange war ich hier im Herzen Anatoliens auf Posten. Doch die Tage schienen mir von Stunde zu Stunde schwerer zu werden. Und das sollte eigentlich niemanden verwundern. Hatte ich doch vor nicht allzu langer Zeit einen Traumposten verlassen müssen, nämlich das sonnige, tropische Nairobi, wo jahraus jahrein der Hibiskus, die Frangipani und Bougainvilleen blühen und duften und einmal im Jahr der südamerikanische Jakaranda lila-blau Alleen und Plätze schmückt. Wo zeitlos beeindruckende Wolkengebilde über endlose grüne Hügel, Tee- und Kaffeeplantagen schweben und fast jeden Tag die Sonne scheint.

Und hier in Ankara begann jetzt der Herbst. Nicht versöhnend mit blauen Himmel und gelbrotem Laub. Nein, Morgen für Morgen zeigte sich fahles Grau, dort oben in den Wolken, dort unten in den Straßen, sogar im kleinen Weinberg vor meinem Appartement mit den in ewiger Zeitlupe dahinkriechenden graubraunen Schildkröten. Fürwahr vom Herrgott gesegnet mit ihrer relaxten Mentalität. Hätte ich doch nur manchmal das entspannte Gen dieser Spezies. Momentan, jedenfalls, war bei mir von Ruhe und Gelassenheit nichts zu spüren; ich schien in ein dunkles Loch gefallen zu sein und wollte nur heraus aus einem tristen Dienstalltag. Hatte mich daher für ein verlängertes Wochenende abgemeldet und einen Ausflug zum Schwarzen Meer gebucht. Jedoch, den stornierte ich kurzfristig und wollte nunmehr ein völlig stressfreies Wochenende in meinen vier Wänden unter der Bettdecke verleben. Keiner wusste, wo ich war, und das war gut so.

Früh am Morgen erwachte ich und war erstaunt ob der Stille. Nun, dachte ich, das Wochenende. Jedoch es war Samstag und dies ist eigentlich ein geschäftiger Tag. Ich braute mir einen Kaffee in meiner kleinen Küche und blickte hinaus. Über den Weinberg hinüber zur Straße und stutzte. Warum fuhren da keine Autos, warum waren da keine Menschen unterwegs? Nun, vielleicht war es noch zu früh. Ich legte mich wieder hin. Nach einiger Zeit war ich wohl wieder erwacht und pilgerte erneut in meine Küche und staunte auch diesmal sehr, denn, obwohl meine Uhr die zehnte Stunde am Morgen anzeigte, umgab mich erneut kolossale Stille. Unglaublich, nicht einmal ein Hund bellte, keine Tauben gurrten oder irgendwelche Katzen miauten. Keine Autos hupten und keine Menschenseele lief dort unten die Straße entlang. Da wurde es mir langsam unheimlich, doch anrufen konnte ich niemanden, da mein Telefon noch nicht aktiviert worden war. Also entschloss ich mich, zur Botschaft zu fahren. Schnell wusch und kleidete ich mich an und verließ alsbald das stille Haus. Außer dem irritiert schauenden Capucci, dem Hausmeister unseres Wohnhauses, sah ich keine Menschenseele. Bestieg also meinen Golf und fuhr die leere Straße hinunter zum nächsten Kreisel, Kreuzung Utalii-Straße / Atatürk-Boulevard. Und da setzte mein Herz einen Schlag lang aus. Dort am Schwanenteich stand in der Kurve zum großen Boulevard ein Ungetüm von einem Panzer und daneben eine Gruppe streng dreinblickender Militärs. Ich wusste nicht, wie ich mich verhalten sollte. Anhalten? Zurückfahren? Jedoch pirschte ich mich langsam vor. Da wurde ich von einem Herrn in Zivil angehalten, der sich als Journalist auswies und mich fragte, ob ich mit ihm hinauf zum Palast fahren würde. Und einige Sekunden war ich wahrhaftig versucht, gerade dieses zu tun, denn ich wusste noch immer nicht, was da passiert war, und das war doch die Gelegenheit. Doch dann hatte mich mein gesunder Menschenverstand wieder. Ich bedauerte dem Herrn der Zeitung gegenüber, hier nicht mit von der Partie sein zu können, da ich in der Botschaft erwartet würde. Nun, die würden mir hoffentlich bald alles erklären können. So setzte ich also meinen Weg unter der Beobachtung von Scharfschützen dort oben auf den Dächern und weiteren Militärs an den Straßenrändern fort. Und mulmig war mir gleichwohl zumute. Bizarr, dass mich keiner anhielt oder Fragen stellte. Später, sehr viel später sollte ich erfahren, dass ich ein besonderes, die deutsche Botschaft erkennbares Autokennzeichen am Wagen hatte.

Endlich bog ich von anderer Seite wieder in den Atatürk-Boulevard ein, an dem unsere Botschaft liegt, und wurde erneut geschockt. Dort stand wieder ein riesiger grüngrauer Panzer und der richtete seinen langen bedrohlichen Lauf genau auf meinen kleinen Golf und mich. Kann man nachempfinden, in welch einem Zustand ich den Boulevard vorwärtsgeschlichen bin und mit welcher Erleichterung ich dann rechts endlich vor dem riesigen Botschaftsportal stand. Na, die Herrschaften an der Pforte staunten nicht schlecht, als ich da vorfuhr. »Wie um Himmels willen kommen Sie hierher, hat man Sie nicht erreicht und Ihnen telefonisch« gesagt, dass Ausgangssperre ist?« Na, woher sollte ich das wissen. Mein Telefon ging ja nicht. Tja, und da erfuhr ich nun von dem Putsch und durfte dann, die entsprechenden Depeschen nach Bonn absetzen. Später fuhr ich dann, aus lauter Neugierde, mit den Lokalkräften hinüber zum Ulus und den Häusern der türkischen Kollegen. Wir durchfuhren viele Sperren und Kontrollen, doch alles war friedlich und still und leer.

Das alles geschah am 12. September 1980. Es war der dritte Militärputsch in der Türkei und zwar unter der Leitung eines gewissen Kenan Evren, Generalstabschef der damaligen Militärs. Okay, es war eine schlimme Zeit vorher gewesen, andauernd hörte man in der Nacht Schüsse und Explosionen und las am nächsten Tag von hässlichen Über- und Gewaltangriffen politischer Natur. Mein Appartementhaus lag in der Straße des Ministerpräsidenten Demirel, daher waren wir wohl so ziemlich abgesichert. Aber der hohe Herr wurde dann in dieser Nacht auch seines Amtes enthoben. Gewerkschaften, Vereine und Stiftungen und alle politischen Parteien wurden fortan verboten. Rigoros versuchte das Militär, die Gesellschaft durch Säuberungsaktionen in staatlichen Institutionen zu entpolitisieren. Zigtausende sollen davon betroffen worden sein. Das Ziel dieser Maßnahmen: Sicherung der nationalen Einheit und Gemeinsamkeit, Wiederherstellung der Staatsautorität, Verhinderung eines Bürgerkriegs, Schutz der Einheit des Landes. Und ab sofort galt das Kriegsrecht.

Und ich hatte das hautnah, doch unbewusst erfahren.

Und die Zeiten wurden wieder ruhig. Der Alltag lief und man konnte sich ohne Bangen im Land bewegen. Traumstrände erkunden an den Gewässern der Ägäis, dort in Izmir, Kuşadasi bis hinunter nach Marmaris, Kos und weiter nach Alanya, Antalya, und Sete. Verwunschene Landschaften hinauf und durch den Taurus, über Pamukkale, die heißen Quellen, bis hinüber nach Anatolien, die Felsenbehausungen im Inneren der Kalkberge in Kappadokien erforschen und den Derwischen dort in Konya einen Besuch abstatten. Und hier war man immer völlig alleine unterwegs und durfte die großartige Gastfreundschaft der Bewohner in überschwänglichem Maße genießen. Trotz karger Landschaft und oftmals schmaler Einkommensverhältnisse und auch tiefer Armut schenkte man uns, wo immer wir verweilten, herzliche Aufnahme. Meine zahlreichen Besucher, mit denen ich viele Überlandtouren machte, kehrten stets als begeisterte Türkeireisende zurück.

Durch die Bekanntschaft mit Özden, einer Übersetzerin im türkischen Ministerium für Presse und Öffentlichkeitsarbeit, fand ich Aufnahme in ihre Freundesgruppe, bestehend aus Künstlern und Journalisten. Özden selbst war die junge Witwe eines bekannten türkischen Malers. Ich hatte einige Bilder von meiner damaligen Vernissage in Nairobi in eine Kunstgalerie in die Tunale Avenue gegeben. Einfach nur, um herauszufinden, ob die Bilder Interesse fanden. Und dann stellte es sich heraus, dass sogar Kollegen meiner Botschaft am Kauf interessiert waren. Absichtlich aber hatte ich den Preis hoch gesetzt. Ich wollte nicht verkaufen. Und hier ergab sich der Austausch mit Özden.

Sie lud mich später zu einer Hochzeit ihrer Freunde am Schwarzen Meer ein und zu einem Besuch in Istanbul, wo wir Gäste ihrer Freundin Sevka, einer in der Türkei sehr bekannten Sängerin waren. Und hier welcher moderne Luxus im Verhältnis zu dem Leben dort im Dorf am Schwarzen Meer. Obwohl die Leute an der Schwarzmeerküste wahrlich begütert waren. Wie üppig das Festessen, wie zahlreich die Gäste und wie wunderbar auch die Holzhäuser, in ihrer typischen dortigen Bauweise. Und dieser Gegensatz dann in der Metropole Istanbul, die Moscheen, der Harem, die Fahrt hinaus an den Bosporus. Da sitzt man unmittelbar am Wasser, verspeist den köstlichen Fisch und riecht die Weite der Welt.

Jahre waren inzwischen vergangen. Ich lief hinüber ins Haupthaus unserer Botschaft. Der Botschaftskomplex ist riesig, in einem parkähnlichen Gelände liegt die von Kemal Atatürk damals den Deutschen geschenkte Gesandtschaft. Auf dem Gelände befindet sich auch die Residenz des Botschafters, ein Schwimmbad, ein Tennisplatz und Reitställe. Da begegnete ich Herrn Scholl-Latour. Inzwischen hatte ich meinen Versetzungserlass erhalten. China stand an und das Buch, obwohl nicht von China, sondern von Kambodscha handelnd, hatte ich gerade gelesen und war fasziniert. Da wir beide alleine des Weges waren, ich zwar überrascht, doch vom plötzlichen Impuls getragen, seine Signatur ins Buch zu erhalten, wagte die Ansprache. Monsieur schien in Gedanken und auch sehr erstaunt, jedoch auch gerne bereit, meinem Anliegen nachzukommen, als er hörte, dass ich nach Peking versetzt würde und gerade sein Buch gelesen hätte. Er wäre am nächsten Tag nochmals in der Botschaft. Tausendmal danke ich ihm und eilte von dannen.

Doch am nächsten Tag war ich zögerlich. Ich wartete einfach. Und dann kam doch wahrhaftig der Anruf vom politischen Pressesprecher,

Herr Scholl-Latour wäre da gestern von einer Dame angesprochen worden, die gerne sein Buch signiert hätte. Ja, und wie man nun auf mich gekommen war? Ich wusste es nicht, hatte meinen Namen nicht erwähnt. Aber irgendwie tanzte ich wohl immer etwas aus der Reihe. Ich schnappte also mein Buch und eilte ins Pressereferat. Özden erzählte mir später, dass sie bereits mit Herrn Scholl-Latour eine Reise ins ferne Anatolien nach Urs unternommen hätte. Auch ich hatte vor, diese Route zu fahren, aber dann häuften sich leider unliebsame Vorfälle in den dortigen kurdischen Gebieten und da die Reise mit den Eltern geplant war, wollte ich hier keine Risiken eingehen. Was ich heute jedoch noch recht bedauere.

Eine nicht alltägliche, jedoch wahre Geschichte aus dem türkischen Alltag

– Die fünf Putzfrauen –

Frühjahr 1980
In die neue Wohnung war ich gerade eingezogen und stak nun bis zur Halskrause im Staub und Tohuwabohu meines Umzugs. Die versprochene Haushaltshilfe stand noch nicht zur Verfügung und so musste ich mich, wohl oder übel, dem Chaos alleine stellen. Doch da ergab sich der Zufall, dass sich die Tochter unseres »kapuci« (gleich Concierge oder Hausmeister, der das Haus reinigt, beheizt, verschließt und öffnet und der mit seinem überaus zahlreichen Familienclan in den Kellerräumen des großen Appartementhauses wohnte) als Putzhilfe anbot. Ihr Name war Ayse. Sie wirkte jung, sie wirkte forsch – schaute vielleicht eine Idee zu forsch in die Welt nach meinem Dafürhalten – war jedoch flink und sauber bei der Arbeit. Ihre Keckheit, sich unaufgefordert meiner Zigaretten, Getränke, Obst und dergleichen zu bedienen, übersah ich großzügig. Doch irritierten mich oft ihre Blicke, ihre Augen, die meinem Tun innerhalb der Wohnung unablässig kühn und intensiv folgten, insbesondere, wenn ich verschlossene Türen öff-

nete, was sich speziell auf einen kleinen Wandschrank, meinen »Safe«, bezog, in dem ich meine wenigen Wertutensilien aufbewahrte, und den ich – wie ich meinte – stets sorgfältig verriegelte. Leider war mir zu diesem Zeitpunkt nicht bekannt, dass hierzulande ein Schlüssel viele Schlösser zu öffnen vermag.

Und so kam der Tag, an dem ich sie trotz meiner kleinen Bedenken alleine wirtschaften ließ. Es war mein Geburtstag und ich ging zum Friseur. Bei meiner Rückkehr eilte sie mir äußerst eifrig und dienstbeflissen entgegen, um mir stolz ihre fertige und gute Arbeit zu zeigen. Das war sie in der Tat und ich gab ihr den entsprechenden Lohn. Dann saß ich sinnend in der Küche und trank einen Kaffee. Wie von ungefähr fiel mein Blick auf die Küchentüre und irgendetwas machte mich stutzig. Was war es nur? Plötzlich entdeckte ich, was hier nicht stimmte: der Schlüssel. Er steckte nicht wie gewohnt im Schloss, sondern lag fein säuberlich, akkurat ausgerichtet auf dem danebenliegenden Grill. Blitzschnell schossen nun die Gedanken durch meinen Kopf. Die neugierigen Blicke des Mädchens, der verschlossene Schrank, der abgezogene Schlüssel. Ahnungsvoll nahm ich sodann den Schlüssel auf und ging hinüber zu meinem »Safe«. Ich steckte ihn ins Schloss, er passte perfekt und ließ sich ohne Schwierigkeiten drehen. Die Schmuckschatulle lag obenauf und mir schwante Entsetzliches. Beim Öffnen offenbarte es sich dann: Die Perlen waren verschwunden. Ein unbändiger Zorn erfasste mich auf diese Ayse. Es waren zwar zwischenzeitlich auch Handwerker in der Wohnung gewesen, aber für mich war sie ohne jeden Zweifel die Schuldige. Ich klingelte sie herauf. Prompt kam sie an und schaute – war es Einbildung? – leicht witternd und misstrauisch. Einen Nachbarn bemühte ich hinzu, um beim Übersetzen zu helfen. Doch dann rollte eine Lawine von Worten und Klagen, Beschwörungen und Schwüren über uns hinweg. »Bei Allah«, sie wäre doch unschuldig und dicke Tränen rollten über ihre breiten Wangenknochen, dass mir von Minute zu Minute unbehaglicher in meiner Haut wurde. War sie wirklich unschuldig? Auch der Nachbar wurde sichtlich nervös. Nichts konnte ich ihr beweisen und musste sie schließlich ohne Ergebnis fortschicken. Im Laufe des Nachmittags kam sie wiederholt herauf, um sich teilnehmend nach dem Sachstand zu erkundigen, erbot sich sogar, sich an der Suche zu beteiligen.

Der nächste Tag kam und mit ihm der bestellte Elektriker. Ihm erzählte ich das Geschehene und meine Bedenken. Dieser arme freundliche Mann verstand nun aber nur wenig deutsch und ich noch weniger seine Muttersprache. Fazit: Am Ende glaubte jener arme Teufel, auch er zähle zum Kreise der Verdächtigen. Ein tolles Durcheinander. Er schlug dann vor, seinen Freund, der die deutsche Sprache perfekt beherrschen würde, hinzuzuziehen. Gesagt, so getan. Der Freund wurde nach vielen Irrfahrten in einer der Satellitenvorstädte von Ankara gefunden und musste nun erst einmal mit mir zum Flughafen fahren, da mich meine werte Mutter just zu diesem Zeitpunkt besuchte. Und endlich waren wir dann auch alle glücklich zurück in meiner Wohnung. Zwischenzeitlich hatte ich alle meine Beobachtungen und Vermutungen Herrn Ibrahim genauestens geschildert und er teilte meine Meinung der Schuldzuweisung ohne Vorbehalte und war bereit, das Mädel zur Rede zu stellen.

Wir saßen gerade beim Tee, da klingelte es an der Wohnungstür. Ich öffnete und staunte: Wer stand da? Mademoiselle Ayse. Was hatte sie wohl hergetrieben? Die Ungerechtigkeit, mit der sie beschuldigt wurde? Das schlechte Gewissen? Nun, keiner hatte sie bisher gerufen. Auf meine Aufforderung hin, trat sie ein und wurde nun – ohne Umschweife – von Herrn Ibrahim direkt auf den Diebstahl angesprochen. Sie leugnete und bestritt alles, anfangs ruhig und energisch, dann vehement und hektischer werdend. Herr Ibrahim blieb unbeeindruckt. Wurde eiskalt. Er gab sich als Polizeibeamter zu erkennen und drohte mit Anzeige. Ich weiß nicht, wer mehr litt, meine Mutter ich oder das Mädchen. – Ayse wurde jetzt noch unruhiger, sogar sehr, sehr unruhig und versprach plötzlich – mit seltsam klein gewordener Stimme – und wohl eingedenk der Folter im polizeilichen Gewahrsam – das Diebesgut herauszurücken, jedoch unter der Prämisse, sie weiter zu beschäftigen und Stillschweigen gegenüber den Nachbarn zu wahren. Ich wagte kam zu atmen und versprach für den Augenblick alles. Während der nächsten zehn Minuten war sie dann in ihren Keller hinabgetaucht, um bald darauf wieder mit Perlenkette und zwei Ringen, die ich bisher nicht vermisst hatte, auf der Bildfläche erneut zu erscheinen.

Übrigens war von Weiterbeschäftigung natürlich keine Rede mehr. Ich ließ jedoch die Angelegenheit ruhen. Was mich jedoch noch faszinierte, ich fragte Ayse, warum sie die Perlen an sich genommen hatte. Ihre Antwort: »Sie waren so schön.« Tja, und das konnte ich verstehen.

So wartete ich also auf die mir erstversprochene Hilfe. Sie kam in den landesüblichen Pluderhosen, bedeckt mit buntem Kopftuch, und nun Tag für Tag ins Haus. War nicht die schnellste, verstand auch selten, was ich wollte, sagte jedoch immer eifrig: »Yes.« Ich hatte mich mit diesem Zustand abgefunden. – Da kam der Telefonanruf ihres Angetrauten: Seine Frau sei heute unter ein Auto gelaufen und befände sich im Hospital. Dann hörte ich nichts mehr von ihr.

Durch Vermittlung der Botschaft kam ich an die dritte Hilfe. Diese sah proper und flott aus. Ein bisschen zu keck saß vielleicht der Hut auf dem Scheitel und das Handtäschchen wippte auch eine Idee zu flott am Handgelenk, jedoch sie putzte gut und kochte gut – anfangs. Leider ging nur immer das ganze Haushaltsgeld beim Einkauf völlig aus. Jedes Mal, wenn ich zaghaft hierüber Aufklärung wünschte, ein fatalistisches Händeklatschen und anschließendes Reiben ihrer Handflächen: »Tabi« – was so viel wie »Okay, das ist schon in Ordnung, das Geld reichte« bedeutete. – Nur, das Obst und Gemüse wurde nach jedem neuen Einkauf immer weniger und mickriger. Ich besitze nun im Büro einen riesigen chinesischen roten Wecker, der stets seiner Zeit vorausläuft (manchmal peinlich, weil ich schon früher als meine Kollegen in die Freiheit entfleuche), was mir aber in der folgenden Situation zu einer weiteren fundamentalen Entdeckung verhelfen sollte. Kam also eines Tages mittags nach Hause, wollte gerade meinen Schlüssel ins Schloss stecken, als sich die Türe von innen langsam öffnet. Welcher Service, denke ich erfreut – und stehe plötzlich einem Manne vis-à-vis. Parbleu, was geschah nun? Daneben die propere Madami (mein Hausgeist) mit nassem, wallendem Haar und einem (meinem) Handtuch in der Hand. – Das schien ja von Sekunde zu Sekunde interessanter zu werden. – Mit äußerster Willensanstrengung gebot ich mir Ruhe und lief nach kurzem Gruß meine Erregung erst einmal in langen Schritten im Salon und Wohnzimmer ab. Denn, hätte ich gleich losgetobt, wer weiß, ob dieser Kerl mir nicht seinen Denkzettel über den Schädel gezogen hätte. – Endlich fiel die Haustüre ins Schloss und ich schoss in die Küche. Da stand sie, dümmlich und lahm protestierend: »Bei Allah, sie verstände mich nicht, es wäre doch nur ihr Ehemann gewesen.«

»Ehemann hin, Ehemann her«, brüllte ich, sie hätte unverzüglich zu verschwinden und das auf Nimmerwiedersehen. Gekocht hatte sie, nebenbei bemerkt, auch nichts. Nur ein paar harte, braune Erbsen kollerten im Topf. Der Ärger hatte mich sehr hungrig gemacht. So briet ich mir einige Spiegeleier. Schwungvoller waren bis zu diesem Tage wohl kaum Eier in einer Pfanne gelandet, jedenfalls nicht in meiner Küche. Sie schmeckten auch danach, ich drehte wohl zu oft die Pfeffermühle.

Der nächste Tag brachte weitere Erkenntnisse. Der »Ehemann« war natürlich nicht der vollangetraute, nein der vor Allah verpflichtete diente als Gastarbeiter in Saudi-Arabien. Voilà, und ich stand wieder ohne Hilfe da.

Eine weitere Empfehlung des Hauses (Botschaft). Sie kam, putzte und bügelte, war adrett und winzig klein und alles schien nun endlich seine Ordnung zu haben. Bis sie eines Tages nicht mehr erschien. Durch Zufall auf dem Tennisplatz der Botschaft erfuhr ich dann ihre tragische Geschichte. Sie war am Abend spät heimgekehrt, nachdem sie bei einer Cocktail-Party des Botschafters ausgeholfen hatte, wollte in der Küche ihrem Sohn und sich einen Nacht-Tee brauen, da sah sie diesen ominösen Gegenstand auf dem Küchenboden liegen. Schnellstens wollte sie ihn aus der Wohnung befördern, doch die Bombe ging vorher los, und löschte ihr Leben aus. Terrorismus kennt keine Tabus, ist grausam und fanatisch, fragt nicht nach Schuldigen und Unschuldigen.

Heute kommt Emine. Sie ist winzig, verhutzelt und recht ältlich. Sie trägt auch die riesigen, buntgeblümten Pluderhosen, das obligatorische Kopftuch nach Landessitte, doch ist weder keck noch auffallend, jedoch bodenständig und herzlich und duftet nach warmer Erdscholle. Und sie war letztendlich die Richtige. Eine treuere und ehrlichere Seele hätte ich niemals finden können. Al-Hamdu li-Llāh!

China

Frühjahr 1984

Wer sein Ziel kennt, findet den Weg.
(Laotse, chin. Philosoph, ca. 600 v. Chr.)

Noch war mir das Ziel unbekannt, noch der Weg fremd. Jedoch fühlte ich mich momentan wunderbar. Ich flog meinem nächsten Posten entgegen, dort hinein ins Land der aufgehenden Sonne – und saß hier in den eleganten Polstern der First Class der Kranichvögel. Großzügiges Entgegenkommen des Auswärtigen Amts in damaliger Zeit bei extrem langer Anreise. Und vielleicht war es damals auch noch Brauch an Bord, den Fluggast auf charmante Art zu verwöhnen, jedenfalls wurde mir ein Service zuteil, den der Kaiser von China nicht exzellenter hätte haben können. Nie wurden mir später wieder Beluga, Crevetten, französischer Käse und edler Champagner in dieser Fülle und mit diesem einladenden Lächeln angeboten. Und da ich keine Mittags- und Abendmahlzeiten eingenommen hatte, war ich voll aufnahmebereit für derartige Delikatessen. War das nun ein positives Signal für das Kommende? Ich wollte es glauben.

Peking, Ankunft im Frühjahr 1984, im chinesischen Kalender dem Jahr der Ratte. Eigentlich ein gutes Omen.

Doch hässlich, grau und kalt war die Stadt. Unfreundlich und kühl die Genossen und Kollegen. War es die richtige Entscheidung gewesen?

Ein Tag folgte dem anderen, ein Tag öder als der andere. Meine Stimmung fiel unter den Gefrierpunkt. Und so kalt war es auch in der Wohnung. Inzwischen kam der Umzug aus Ankara. Ein netter Kollege half zwar, mich in der kleinen Wohnung des Plattenbaus in Qi Jia Yuan einzurichten, vormals bekannt als das Diplomatenviertel unserer werten Kollegen hinter dem Eisernen Vorhang – und ich suchte weiter nach dem Sinn meines Hierseins.

Da fiel ein Lichtstrahl in den Alltag. Es gab die Möglichkeit, für drei Monate nach Laos zu fliegen, vertretungshalber. Ich empfahl mich und wurde ernannt. Alles Notwendige, wie Visa, Flug und Kontaktaufnahme mit den Kollegen in Vientiane und so weiter oblag mir selbst. Kein Problem, das würde ich alles regeln.

Und der Abreisetag nahte und ich verließ voller Freuden und Optimismus Beijing, wurde jedoch beim Anflug auf Vientiane abrupt mit den Launen der Natur konfrontiert. Ein heftiger Monsunregen in Eintracht mit einem tosenden und blitzenden Gewitter hatte sich entladen und der Pilot musste mehrmals die Landung verschieben, sprach zwar beruhigend und besänftigend in sein Mikrofon, jedoch ließ dies wenig Entspannungsgefühl bei den Passagieren aufkommen, als er da so seine schlingernde Schleife um Schleife über Vientiane drehte. Klar, auch mir war nicht ganz wohl, aber: »Quoi faire, advienne que pourra.« Und dann landeten wir. Die Passagiere klatschten. Ich nicht, ist es doch die Aufgabe des Piloten, uns sicher auf die Erde zu bringen, oder? Nun wohl, applaudierte dann doch noch still. Sabaidii! Willkommen in Vientiane.

Abgeholt wurde ich von meinem Kollegen, den ich nun hier drei Monate zu vertreten hatte. Durfte in seiner Wohnung einhüten und auch Madame Han, seine Köchin und Hausangestellte, eine winzige, grauhaarige, ältere Person genießen. Sie war wundervoll. Wenn sie lächelte, dann kamen ihre wertvollen Goldzähne zum Vorschein. Wir verstanden uns prächtig. Sie war Vietnamesin und es gilt das Wort, dass Vietnamesen fleißig und emsig wie die Bienen und Ameisen sind und die Laoten eher das Luxuriöse im Leben bevorzugen und sich bedienen lassen. Demzufolge hatten viele Vietnamesen sich in Laos verdingt. Zum Haushalt gehörte Tuffy, der weiße, kleine zottelige Hund, der aber irgendwie immer unterwegs war.

Die Arbeit in der Botschaft war vielseitig. Quasi fiel alles an, Eingang und Ausgang der Telegramme, Kurier und Berichterstattung, Terminplanung für den Botschafter, Funk- und Morseverkehr nach Bangkok und so vieles Weitere mehr. Doch es machte Spaß, die Arbeit war demzufolge intensiv und abwechslungsreich, bedingt natürlich auch durch die netten Herren Kollegen, den Herrn Botschafter und den bald darauf eintreffenden neuen Kanzler.

Mein Domizil lag in unmittelbarer Nähe der Vertretung und so konnte ich zur Mittagspause nach Hause eilen, eine Stunde Tennis spielen und den Mittagstisch von Han genießen. Hier arbeitete man nicht auf die Sekunde, jedoch comme il faut. Nach Dienstschluss fuhr ich mit einem uralten monströsen Fahrrad durch die Gegend und fotografierte alles, was mir vor die Linse kam. Und das war viel. Die Kinder, die dort im Fluss angelten, die Bauern, die auf ihren Feldern pflügten, die Hirten, die ihre Büffel von den Weiden nach Hause führten, die Mönche in ihren Klöstern, die Frauen, die ihren Reis pflanzten und über allem dieser unendlich weite Himmel, der sich in den überfluteten Reisfeldern doppelt widerspiegelte.

Ich radelte hinaus zum Australischen Club, der Weg war idyllisch, führte entlang verwunschener Dörfer durch Bananenhaine und Reisfelder. Vor mir radelte ein einsamer Reisbauer, der da plötzlich abrupt stoppte. Und ich ihm nach und fiel fast über meine Lenkstange und über die meterlange Python, die sich quer über die Straße in Wellenbewegung von einem Straßengraben zum anderen schlängelte. In leichter Trance fuhr ich weiter und konnte erst wieder tief durchatmen dort auf meiner Liege am Rande des Pools im Club mit Blick auf die ewig rollenden, ruhig fließenden Wasser des Mekong unter mir.

Noch immer wartete ich auf mein Gepäck. Es war verschollen. Also marschierte ich zum Markt und kaufte mir für wenige Kips einheimische Kleidung. Und musste mir nun fast zweieinhalb Monate damit behelfen. Trug die hiesigen Wickelröcke mit lebhaften T-Shirts, die bestickten Hänger und so einiges mehr und sah nunmehr nicht gerade nach einem Gucci-Modell aus, sondern bodenständig und gediegen, glich ich doch nunmehr einer laotischen Landpomeranze. Tant pis, auch das sind Erfahrungen. Dann, kurz vor Ablauf meiner Abordnung, traf doch noch mein Gepäck ein. Nach einer Irrfahrt über Bombay und Singapur. Jedoch, just in time, denn meine eingeführten Dinge ersetzten dann die herrlichen Einkäufe des Landes, die wundervollen seidenen Altartücher, die ziselierten kostbaren Silbergürtel und das kunstvoll handgeformte, irdene Geschirr.

Seine Exzellenz, Herr Botschafter, flog nach Bangkok und der Kanzler war noch nicht im Lande, also war ich die einzige Offizielle Deutschlands am Ort und wurde im Sterne-Dienstwagen hin- und chauffiert. Das wurde jedoch langsam peinlich und so stieg ich auf mein Fahrrad um, unterließ es aber, die deutsche Fahne am Lenker zu hissen.

Desweiteren wurde mir die Ehre zuteil, in der Botschafts-Residenz zu logieren, während seines Aufenthaltes in Thailand. Grandioses Gefühl – mir war erlaubt, Freunde der anderen Botschaften zum Dinner einzuladen. Ein voller Erfolg, dank der erlesenen Gerichte meiner liebenswerten Han und des ehrenwerten Herrn Tuan, Chefkoch des Herrn Botschafters.

Und heute war Chinesisch-Neujahr. Wie bereits erwähnt, leben viele Vietnamesen hier in Laos. Für sie natürlich auch im fremden Land ihr großes Fest, obwohl die Familien fern sind. Also frönt man den Sinnes-, Geistes- und Gaumenfreuden. Marlène, hier für die FAO tätig, erzählte dann die traurige Begebenheit. Laaki, ihr kleiner weißer Hund war verschwunden. Und wohin? Ihrer Vermutung nach in den Wok ihres vietnamesischen Nachbarn, des ehrenwerten Herrn Tien, denn dort vor seinem Haus brannte das Feuer der Kochstelle irgendwie lebhafter und lodernder. Und kennen wir nicht das geflügelte Wort: Chinesen und Vietnamesen essen alles, was in der Luft fliegt, außer Flugzeugen, alles, was im Wasser schwimmt, außer Schiffen und alles, was vier Beine hat, außer Tischen?

Der neue Kanzler traf ein und war erfrischend und total anders in seiner Natürlichkeit im Vergleich zu seinen mir bis dahin bekannten Artgenossen. Wir radelten fortan zu den diversen Einladungen und genossen so manches köstliche Mahl im kleinen Restaurant von Madame Fatouma, einer alteingesessenen laotischen Ikone Vientianes. Einfach delikat ihre frittierten Krabben, serviert in malerischer Muschelhälfte.

Besuch aus Kambodscha war angesagt. Der Chef der dortigen deutschen Vertretung war ein guter Freund unseres Botschafters. Ein Ausflug in die Umgebung Vientianes wurde geplant und vom laotischen Außenministerium die Erlaubnis dazu per Note erbeten, denn wie wir inzwischen wissen, durfte man sich nur in einem Umkreis von sieben Kilometern legal bewegen. Das Außenministerium gewährte die Bitte und so konnten wir unsere Wanderung in die weitere Umgebung von Vientiane ausdehnen. Es ging abenteuerlich hinein ins Bergland, über schmale schwankende Pontons, entlang reifer Felder, die von den Einheimischen abgeerntet wurden, hinüber in verwunschene und entlegene kleine Gebirgsdörfer – und nie empfand man Furcht oder Fremde trotz der im Hintergrund schwelenden Bilder des verflossenen grausamen Krieges. Die Natur und die Menschen besänftigten und waren einfach wunderbar.

Und dann war ich zurück in Peking. Und irgendwie hatte sich die Lage entspannt. Der Alltag lief und wurde zunehmend interessanter. Und meine Reiselust war wieder erwacht.

Als erstes Reiseziel hatte ich Shanghai gewählt. Ich flog alleine. Hatte mich im alten Peace-Hotel an der Uferpromenade, dem Bund, einlogiert. In dieser Stadt hatte 1846 das erste britische Unternehmen

sein Büro eröffnet und nun flanierte ich hier entlang, atmete den ver-
lorenen Zauber einer legendären Zeit – dort in den verwunschenen Yu
Yuan-Gärten im Herzen der Altstadt, in der Old French Concession
Area, im legendären Viertel der damaligen Gesandtschaften wie auch
im Gelände des Internationalen Clubs sowie in den rauchgeschwän-
gerten Räumen des altehrwürdigen Yachthafens. Am Abend saß ich
dann im antiken Speiseraum meines Hotels und bestellte unter anderem Champignons à la sauce crème und wollte all diese stilgerecht
und elegant mit chinesischen Essstäbchen verspeisen. Diese letzteren
lagen mir wohl angenehm in der Hand, jedoch, als ich einen der
Champignons ergreifen wollte, flutschte dieser dermaßen schnell und
agil von dannen, dass ich zunächst erstaunte. Ich konzentrierte mich,
doch wieder flutschte der Pilz dahin und auch ein drittes Mal ging
mein Essstab leer aus. – Langsam braute sich Wut auf, doch noch einmal versuchte ich, ihn freundlichst zu packen, doch wieder entglitt er.
Da pikste ich ihn wütend mit voller Wucht in seine Hutdecke, doch
rutschte ab und das Opfer landete unbeschadet fernab auf dem Boden.
Und in diesem Moment, obwohl das Lokal nicht vollbesetzt war, fühle
ich Blicke auf mir ruhen. Ich sah hoch und wurde wahrscheinlich roter
als der Klatschmohn im Abendschein der Augustsonne. Graue Augen
sahen mich an, schienen tief drinnen zu funkeln, zu lächeln. Abrupt
stand ich auf und lief hinaus. Und ich wollte mich einfach nur noch
verkriechen.

Der Besuch des Kanzlers der Bundesrepublik stand an und auch zeit-
gleich der Besuch meiner werten Mama. Da gab es folglich viel zu
organisieren. Die Botschaft rotierte und wir die Bediensteten natürlich
mit, daneben drehte sich auch mein persönliches Karussell daheim.
Denn auch mein Familienbesuch wollte unterhalten werden. Doch
dann lief alles wunderbar harmonisch ab und die Gäste schienen letztendlich höchst zufrieden! Zumindest der Gast meiner bescheidenen
Hütte. Und, wie nicht schwer zu vermuten, hatte ich mich beim per-

sönlichen Besuch noch um einige Grade mehr engagiert und mich so auch als persönliche Reisebegleitung verdingt. Wir fuhren hinaus zum Sommerpalast, zu den Ming-Gräbern, hinauf auf die Mauer, ratterten mit der Eisenbahn in die ferne Provinz Shandong nach Qufu in die Geburtsstadt Konfuzius – »*Der echte Reisende ist immer ein Landstreicher mit Freuden, Versuchungen und Abenteuerlust*« *(Konfuzius)* – – und erstiegen dort, gemeinsam mit zwei Kollegen, in den frühesten Morgenstunden den heiligen Berg Tai Shan. Kein leichtes Unterfangen. Der Tai Shan, der heiligste der fünf auserwählten Berge Chinas, ist das spirituelle Zentrum des chinesischen Buddhismus. *Der religiöse Sinn des Chinesen strebt einen harmonischen Ausgleich zweier Welten an: das Sichtbare und Unsichtbare, das Zeitliche und Überzeitliche. Dabei die Hinlenkung des Menschen, Heil, Vollkommenheit im Hier und Jetzt zu suchen, in der Moralität menschlicher Beziehungen (wie im Konfuzianismus), wie auch in der Schönheit der Natur (wie bei den taoistischen Weisen).*

Vom Dai-Tempel, am Fuße des Berges aus, führt auf 6293 Treppenstufen der Pilgerweg hinauf zum Bixia-Tempel, dem Sitz der Prinzessin der azurblauen Wolken, auch genannt Großmutter des Dai Miao, des Gottes des Tai Shan. Die Stufen sind unterschiedlich, wuchtig, grob und ungleichmäßig in den Fels gehauen und das Steigen verlangt so einiges ab. Hier waren wir als einzige Langnasen unter chinesischen Pilgern unterwegs und meine Mutter, im stolzen Alter von siebzig Jahren, erhielt vielfach Ehrerbietungen und Anerkennung ob ihrer großartigen Leistung. Der Daoismus, so lernte ich weiter, lehrt seine Jünger die *Kontemplation und den Rückzug aus dem Weltlichen*. Nun, dazu gehören viel Geduld, Langmut, Opferbereitschaft und Unterwerfung. Und um dies zu erlangen, genügt wohl kaum ein zwölfstündiger, obwohl mit zäh sich ausdehnenden Strapazen erfüllter Gipfelsturm. Und so mangelte es mir letztendlich bei Ankunft auf dem Gipfel auch an der erlösenden Weisheit. Doch ein leiser Triumph bemächtigte sich alsbald meiner: »*Wer nie einen Berg bestiegen hat, weiß nicht, wie hoch der Himmel ist.*« Unwirklich, irreal, so fern und doch so nah, liegen die Horizonte, obwohl doch nur eine Höhe von 1500 Metern überwunden wurde. In unserer kargen Unterkunft dann traten die Anstrengungen zu Tage. Geschlaucht lagen wir auf unseren harten Pilgermatratzen, versuchten zu ruhen, mussten wir doch Kräfte sammeln, für das morgendliche Spektakel des Sonnenaufgangs. Und dann, am nächsten Morgen, in frühester Dämmerung, hockten wir alle wie graue Spatzen auf den Felsen und zitterten vor Erwartung und Kälte der aufgehenden Sonne entgegen. Bis dann ihr feuriger Ball über den Horizont sich hervorschob und die Welt erleuchtete und erwärmte. Und da klatschten die Genossen und wir, und unsere Gesichter strahlten im Wettstreit mit diesem goldenen ewigen Licht.

Konfuzius wurde von einem Schüler gefragt, was er unter Weisheit versteht. Seine Antwort: »*Zu den Pflichten stehen, die man dem Volk gegenüber hat, die Geister verehren, aber nicht darin aufgehen – und das kann man – Weisheit nennen.*«

Wir wandeln später auf den Spuren dieses großen chinesischen Philosophen, der von 551 bis 479 vor Christi gelebt hat und erahnen vergangene Größe. Nichts wurde übrigens schriftlich von ihm festgehalten, alles basiert nur auf mündlichem Lehren und Weitergaben seiner Schüler und Anhänger, die auch wussten, dass nur *durch Bildung man Harmonie und Mitte, Gleichmut und Gleichgewicht erlangen kann*. Im nahe gelegenen verwilderten und verwaldeten Friedhofsgelände begegnen wir, schaukelnd in unserer Rikscha, den Gräbern der Kong, den Verwandten und auch ihm selbst in seiner Grabstätte. Kong, der Name seiner Sippe, Familie und Nachkommen.

Ein weiterer Alleingang von mir wurde eine Fahrt nach Hangzhou und Suzhou im Staat Zhejiang. Alles an der Botschaft hatte sich wieder so monoton und trist eingefahren, dass ich einfach hinaus musste.

Und wieder gelangte ich in eine verwunschene, weltvergessene Welt. Hangzhou, dort am West Lake gelegen, zeigte sich verträumt mit seinen verwehten Uferalleen, verwoben in rauchig-grauen Schleiern des Himmels, den silbrigen Wassern seines Sees, und bot mit dem Ausblick auf den Lingyin Temple und seine Six Harmonies Pagoda ein Bild großen Friedens. Auch Suzhou, die älteste Stadt im Yangtze-Delta, ließ ihren Zauber erstrahlen durch klassische alte Gärten, ihr verträumtes Ambiente am Grand Canal. Dereinst, wie zu lesen, so reich und prosperierend in den Tagen der Qing-Dynastie. In den Tagen meines Aufenthaltes, fern noch jeglicher Art von Tourismus, zeigte sich alles recht fremd und geheimnisvoll und war behaftet mit östlichem Charme und mystischem Flair. Vorsichtig, doch ohne Scheu begegnete ich den Menschen, die mich aufnahmen, einluden und mir ihren Tee anboten. Es waren wundervolle Momente und von unglaublich exquisiter Qualität: Du warst mit Fremden zusammen, fühltest dich jedoch unter Freunden.

Während meiner Dienstjahre in China zu verreisen, hieß stets per Zug oder per Flugzeug. Ein Straßennetz war nicht verfügbar, wozu auch – Esel und Fahrräder konnten überall passieren. Und für den Kader und andere Privilegierte reichten die Boulevards in Beijing und Shanghai allemal aus. Doch man konnte als Fremder auch nicht einfach irgendeinen Zug oder ein Flugzeug besteigen, nein, da musste man erst die Erlaubnis von Liuxingse, dem offiziellen Reisebüro, einholen und das war kein einfaches schnelles Prozedere. Es verging stets eine geraume Zeit bis hin zur Entscheidung der hier Verantwortlichen. Dort im Norden baute man die zerstörten Klöster des Wutaishan, der landschaftlich pittoresken Region der Fünf Hügel, wieder auf und wir wollten dorthin und sollten wohl die einzigen Langnasen für geraume Zeit auf dieser Strecke sein. In der Botschaft schüttelte man eh schon das Haupt, ob all der skurrilen Reisen, die wir unternahmen. Wir hatten den Nachtzug gewählt, und man muss wissen, dass hier keine Luxusabteile zur Verfügung stehen, oh nein, hier heißt es, ein Schlafabteil von sechs übereinandergestapelten Betten oder sein Bett im großen Schlafsaal zu wählen. Wir buchten ein Sechser-Abteil. Ich lag oben rechts. Neben mir ein schlafendes, männliches Individuum. Noch schnarchten seine Töne sanft, doch langsam, langsam schwollen sie an und dann brachen unglaubliche Eruptionen ins Abteil. Und die würden wahrscheinlich keinesfalls vor Beginn der Morgensonne enden, also war Einhalt geboten. Ich entwarf eine Strategie. Anfangs stieß ich ihn leicht von der Seite aus an, immer vor Angst, selbst aus dieser Höhe herabzusegeln, denn meine Stupse wurden von Mal zu Mal intensiver. Doch kein Erfolg. So sann ich auf eine neue Vorgehensweise. Kaute mit Hilfe meiner Spucke aus einem Tempotuch kleine Kügelchen, die ich dann auf den Nachbarn abschoss. Keine Reaktion. Doch ich gab nicht auf. Die Kügelchen vermehrten sich, wurden schneller und fülliger. Und da plötzlich eine Reaktion: Der chinesische Leib schüttelte sich, die Kügelchen flogen umher, kamen auch in kleineren Mengen wie winzige Bumerangs zu mir zurück, und drehte sich dann um 180 Grad von oben nach unten. Und nun hallte mir von den Schuhsohlen her tiefstes Schnarchen entgegen und der Duft ungewaschener Füße umwaberte meine empfindliche Nase. – Und irgendwann, irgendwie ging auch diese Nacht herum.

Ich saß in meinem Büro und tippte so vor mich hin. Der wissenschaftliche Halbjahresbericht war fällig. Terminsache. Und wieder klingelte das Telefon. »Ja, hallo!«, rief ich, ein bisschen ungehalten. »Fischer«, lautete die Antwort. »Ach du liebe Güte«, dachte ich, »der Botschafter.« Schnell gab ich meiner Stimme einen lieblicheren Klang und säuselte: »Guten Tag Herr Botschafter.« Er: »Sie geben mir Körbe.« »Oh«, wieder ich, »aber nein, wie sollte ich« (wusste aber zugleich, worauf der Herr anspielte) und fuhr fort, dass ich auf Grund einer früher zugesagten Einladung an die FAO leider nicht seiner letzten Einladung folgen konnte. Ob Monsieur mir glaubte oder nicht, sei dahingestellt. Dann seine Frage, er gebe heute Abend ein Essen für die Botschafter am Ort und da durch Krankheit bedingt, eine Dame ausfiele, würde er mich gerne dazu laden, wissend dass ich mich gut unterhalten könnte. Hallo, konnte ich da absagen? Natürlich nicht. »Gerne«, sagte ich, »es ist mir eine große Ehre, Herr Botschafter.« Voilà, so geschah es. Und es war ein Abend der Superlative. Generös und leger wurde ich im honorigen Kreis als Mitarbeiter vorgestellt. So akzeptiert, saß ich dann auch alsbald zu Tische, um edlen Fasan zu speisen. Diesen schönen Vogel hatte man auf seiner Platte mit seinen wunderbaren Federn garniert, und, wie das Schicksal doch oft launenhaft und kapriziös spielt, als der Ober meinem Tischnachbarn, dem Journalisten des Spiegels den Teller zum Servieren darbot, bog sich eine der langen Federn in Richtung meiner Nase und kitzelte sie. Ja, da musste ich niesen und man kann sich lebhaft vorstellen, wie fröhlich es in unserer Region des Tisches zuging.

Schon länger plagte mich der linke Backenzahn, doch immer schob ich irgendeine Entscheidung hinaus. Schluckte Aspirin und anderes mehr, um den Schmerz zu betäuben, doch dann ging es nicht mehr so weiter. Vom Botschaftspersonal wurde mir die Zahnstation im Krankenhaus Quengde dort draußen vor den Toren Pekings empfohlen. Frau Lau, die chinesische Ortskraft unserer Vertretung, hatte mir einen Termin und einen genauen Lageplan gemacht. Und so fuhr ich los. Und fuhr und fuhr. Schier unendlich kam mir der Weg vor. Auch fragte ich unterwegs immer wieder nach, doch wurde stets nur groß und erstaunt angeschaut. Lächerlich, dabei lernte ich doch wöchentlich bei Madame Yu das elegante Mandarin und sprach auch stets mit diesem kleinen runden zartgeöffneten Mund. Mir schien, diese Herrschaften wollten mich einfach nicht verstehen.

Ja, und dann stand ich endlich davor, vor diesem Hospital am Ende von Beijing, am Ende einer Welt. Vor mir ein großer grauer, kahler und unfreundlicher Kasten.

Und ich tastete mich vor, passierte die Pforte, wies mich aus, zahlte einen Obolus und eilte dann durch endlose Gänge, Flure und Etagen, bis ich letztendlich das Wartezimmer von Dr. Quien erreichte. Kahl, weiß und nüchtern war hier alles. Ich nahm Platz und wartete. Dann wurde ich hereingebeten. Und durfte auf einem ebenso nüchternen und unkomfortablen Stuhl Platz nehmen. Da mich der hohe Herr sowieso nicht verstanden hätte, zeigte ich also nur auf meine lädierte Stelle im Zahnbereich und nach seiner Reaktion schien er zu wissen, wie da vorzugehen wäre. In diesem Moment wurde die Tür vom Wartezimmer aufgeschoben und herein trat ein Bäuerlein, verlegen grinsend, kam auf den Arzt zu, riss sich aus seinem Mund die obere Partie der Dritten und nuschelte dazu irgendetwas. Ich war baff, doch ungerührt nahm der Arzt das Halbgebiss in die Hand und schliff daran herum, reichte es dann unserem Bäuerlein und fragte ihn wohl, ob es jetzt besser sei. Dieser steckte sich den Oberbau wieder ein und malmte so einige Male hin und her, um dann enttäuscht zu gucken und wohl zu sagen, dass da noch etwas zwickte. Geduldig nahm Dr. Quien erneut das Oberhaus in die Hand schmirgelte erneut daran herum und wir konnten nun unser Bäuerlein erleichtert lächeln sehen, nachdem dieser seine Zähne wieder eingebaut hatte. Voller Dankbarkeit winkend verließ er uns.

Und nun, Dr. Quien, dachte ich, werden Sie sich die Hände spülen? Er tat es. Und auch war er Meister seines Fachs trotz aller antiquarischen Gerätschaften. Ein weiterer Besuch war nicht mehr vonnöten.

Chinesisch-Neujahr. Wir begehen das Jahr des Tigers. Ein vielversprechendes großartiges Jahr. Ganz China ist in Bewegung. Neujahr, das Fest der Familie, da eilt ein jeder, dem es möglich ist zurück ins Heimatdorf oder in seine Heimatstadt, zumindest irgendwo in den Schoß der Familie.

Wir beschließen, hinaus zum Sommerpalast zu radeln und dort – es war Vollmond – das Fest mit einer Flasche Champagner zu begehen.

Dort treffen wir auf eine Gruppe junger Chinesen und Chinesinnen, die voller Freude eine kleine Feier veranstalten, mit Barbecue, Musik und Tanz. Auf ihre Einladung hin gesellen wir uns hinzu und erleben die jungen Leute so voller Lebensfreude und Lebenslust, dass es unser Standard-Bild der starren, politisch ausgerichteten chinesischen Jugend schon sehr ins Wanken bringt. Zurück in Peking erleuchtet ein loderndes, großartiges Feuerwerk die Stadt. Und hiermit dürften nun alle bösen Geister vertrieben sein. Doch am Morgen zeigt der grauverschleierte, fest versmogte Himmel, dass sich da wohl doch noch so einige obskure Nebelfiguren in der Hemisphäre aufhalten. Sei's drum. Auch die werden verschwinden, wenn der Tiger seine Krallen zeigt.

Am nächsten Tag lade ich die chinesischen Ortskräfte unserer Botschaft, Frau Lao, die Herren Quin, Jin und Jao und ihre Freunde, zum fröhlichen Frühlingsessen in den Ritan-Park ein. Dort speisen wir die hier bestens zubereiteten Jiaozi (mit Gemüse und Fleisch gefüllte Teigtaschen), köstliche Nudelsuppe und schlürfen den süßen chinesischen Rotwein, stoßen mit Maotai an, diesem (für mich) scheußlichen Schnaps. ›Ganbei‹, heißt es immer wieder, ›Ganbei‹ (Prost) und irgendwo in meinem langsam wabernden Hirn schwelt die Erinnerung, dass dieser aus gekochtem Schlangensud entstanden sein muss. Mich wundert es wahrlich nicht: Riecht und schmeckt er nicht genauso? Aber, was soll's, über uns ein wunderbarer Sternenhimmel, wir in einem urigen, alten Lokal im verwunschenen Ritan-Park – in dem am Tag die alten Herrschaften in ihren blauen Mao-Uniformen Schatten boxen, Mah-Jongg spielen oder einfach dem Gezwitscher ihrer Vögel lauschen, die sie, in kunstvoll gefertigten Käfigen in die Zweige der Bäume hängen – und nun, um uns herum, nur frohes Lachen, Speisen, Trinken und Feiern. – Fröhliches Neujahr!

In Kanton war Messe mit deutscher Beteiligung. Außenminister Genscher hatte seinen Besuch angesagt. Die deutsche Wirtschaft, in großer Entourage, seine Begleitung. Sieht man doch in China den zukünftigen großen Exportschlager. Mit einem Kollegen wurde ich dazu auserkoren, das entsprechende Delegationsbüro einzurichten. Deutsche Techniker, die vorab eingeflogen wurden, sorgten für Kommunikationsanschlüsse und dergleichen. Der Termin mit der Presse stand fest und so hatten wir in allen relevanten Hotels die Information diesbezüglich hinterlassen, nur um kurz darauf zu erfahren, dass sich der Termin geändert hatte, – also erneut die Info-Tour durch die Gemeinde.

Ich war im Begriff, den Aufzug zum Delegationsbüro herbeizurufen. Der Lift schwebte von oben herab und tat sich auf. Und wer bevölkerte ihn? Monsieur le Ministre mit seiner Entourage aus Vertretern der deutschen Wirtschaft. Er sah mich und registrierte wohl, dass ich, da nicht unbedingt das Bild einer Einheimischen, wohl dem Delegationsbüro angehören könnte, und ließ darob seine Stimme erschallen, ohne mich jedoch eines weiteren Blickes zu würdigen: »Übrigens, meine Herren, ich verfüge über keine direkte Leitung nach Bonn.« (Bei dieser Art Leitung handelt es sich um ein rotes Telefon, das eine Sofortschaltung ins Auswärtige Amt hat.) »Oh«, rief ich spontan, »aber natürlich, das rote Telefon steht bei Ihnen auf der Kommode im kleinen Salon vor Ihrem Schlafgemach.« Den Ministertitel hatte ich bewusst unterlassen. Er schien ja auch durch mich hindurch zu schauen. Herr Minister stutzte, richtete dann das Wort an seine Mannen: »Hinauf, das muss ich sehen.« So geschah ‹s. Der Lift schoss wieder aufwärts. Fazit: Seine Exzellenz einschließlich Begleitung erschien erst eine halbe Stunde später auf dem Messegelände, wo bereits der chinesische Counterpart auf die deutsche Delegation wartete. Die gute Nachricht: Das rote Telefon funktionierte.

Auf seinem Messerundgang wurde seine Exzellenz von einem ganz speziellen Stuhl fasziniert. Seiner Meinung nach, wohl sehr chinesisch fremdländisch und wunderbar. Er ließ ihn ins Hotel bringen, und nun durfte ich mich damit beschäftigen, dieses gute Stück irgendwie zu verpacken, zu verschnüren, um es transportabel für den Heimflug zu machen. Und das, verehrte Damen und Herren, war keine leichte Kunst. Im Hotel fand man das akzeptable Packpapier natürlich nicht vor. Doch dann, irgendwann und irgendwie, war der Stuhl endlich reisefertig und ich geschafft.

Das Festbankett zum Abschluss der Messe fand am Abend statt. In einem der vielen Festsäle des Hotels wurden neun große runde Tische eingedeckt, an denen das zwölfgängige Menü serviert werden sollte. Oh ja, opulent wurden die Gäste zur damaligen Zeit noch bedient. Wie ich hörte, hat man diese umfangreiche Menüfolge drastisch gekürzt. Nun, wir waren noch im Genuss dieses Galadiners, was ich übrigens auch im großen Palast beim Besuch des Bundeskanzlers Kohls seinerzeit erleben durfte. Üppig und köstlich wurde auch dort aufgefahren.

Hier in Kanton gab sich Herr Genscher die Ehre, mit jedem der Gäste anzustoßen. »Ganbei« (Prost). Nun, es entzieht sich meiner Kenntnis, ob der Herr Außenminister wirklich stets sein Glas ausgetrunken hatte. Jedoch – bei Beendigung des Dinners – war da nicht ein seltenes Lächeln auf seinem Gesicht während seiner Abschiedsworte und ein winziges Schwanken in seinem Abgang?

Hier in Kanton wohnte man auch im gleichen noblen Hotel. Und am Morgen, auf dem Wege ins Delegationsbüro, drücke ich den Liftknopf und wer schwebt mir entgegen, als die Türen sich öffnen? Seine Exzellenz im weißen Bademantel, auf dem Wege zum frühen Bade. Natürlich sieht er mich nicht und natürlich weiß ich das.

Und zurück in Peking läuft der Alltag weiter. Immer wenn ich im Bett liege, raschelt es so komisch in der Kiste neben der Türe. Diese Wohnung ist aber auch zu winzig, um alles aufstellen zu können. Karg und mit wenigen Raummetern ist das Leben hier sehr beengt. Daher hat man noch so einigen Hausrat verpackt. Am nächsten Tag berichtet mir meine Aye, meine liebenswerte Haushaltshilfe, dass sie in der Küche eine Maus gefangen hat. Ola, quelle misère. Und da wird mir mulmig, sollten sich hier noch mehrere dieser Kreaturen in der Wohnung befinden? Ich stelle also eine Falle unter meinem Bett auf und kann nur erst nach längerem Hin- und Hergedrehe endlich einschlafen. Alors, das Rascheln der Mäuse ist nicht gerade ein passendes Lullaby!

Und der nächste Morgen kommt. Schlaftrunken mich erinnernd, blicke ich unter das Bett – und erstarre. Da blickt mich aus offenen, weitaufgerissenen Augen die Kreatur an. Um Himmelswillen, ist sie tot? Ich bin mir nicht ganz sicher. Klopfe dann ganz sacht auf den Boden, doch das Wesen bleibt regungslos. Nicht wissend, wie ich weiter verfahren soll, rufe ich eine Kollegin zu Hilfe, die, als Katzenmutter Erfahrung haben müsste und sich sofort bereit erklärt, das Viech zu entsorgen. Voller Empathie geht sie die Sache an, doch als sie da unter das Bett schaut, weicht auch sie entsetzt zurück. Die Maus starrt aber auch zu lebendig aus der Falle hervor.

Meine Kollegin, die Katzenlady, erhält Besuch aus Deutschland und plant eine Reise in den Norden Chinas. Nach Urumqui und Kashkar. Ich werde gefragt, ob ich mitreisen möchte, und da es der Urlaubsspiegel der Botschaft erlaubt, kann ich mir freie Tage nehmen. Wir beginnen unsere Reise in Tshisuan und besuchen dort das buddhistische Kloster und fühlen uns nach Tibet versetzt. Die Landschaft, die Menschen, die Atmosphäre. Fernab von Peking, liegt hier eine fremde andere Welt. Und mit dem Zug rattern wir später Stunden- und Stundenkilometer nach Urumqui, der Stadt am Rande der Gobi. Und hier landen wir in der Kälte. Es schneit. Wir suchen im riesigen Kaufpalast nach passendem Outfit, werden fündig und sehen anschließend aus wie echte Mao-Mannen, einwattiert in grüner und blauer Farbe. Und Hunger haben wir auch, durchstromern nunmehr das Städtchen.

Überall duftet es nach Shish Kebab und an jeder Ecke sitzen die Einheimischen, keine Chinesen, sondern Uiguren und Turkmenen und andere slawische Volksstämme, und bieten ihre köstlich duftenden Hammel- oder Hühnerspieße an. Auch herrscht hier ein vollkommen anderes froheres Ambiente als in Peking, ungezwungener, lockerer, fröhlicher. Chinesen sieht man nicht. Unser Hotel gleicht jedoch einer vergangenen Zeit. Alles liegt dumpf und verbrämt unter einer verkrusteten Schicht von Samt, Holz und Vergessen. Das betäubt. Doch ein neuer Tag bringt neuen Elan. Ich hatte mich informiert, dass ein beliebtes Ausflugsziel der Himmelssee in einer Höhe von 1500 Metern ist. Da wollte ich hin. Jedoch, durch die starken Regenfälle, war es nicht ratsam, zu dieser Zeit dort hinaufzufahren. Aber was hält mich schon ab? Und meine Kollegin hielt mit. Doch so einfach war es nicht, einen bereitwilligen Fahrer zu finden. Nach langen Diskussionen saßen wir dann in einem Auto ähnlichen Taxi und schnauften langsam, oftmals gefährlich zur Seite schlingernd, auf profillosen Reifen hinauf in die Berge – und wurden von einer grandiosen Bergwelt begrüßt. Unterwegs hatten uns freundliche Nomaden zum bitter-süßen Tee in ihr Zelt geladen und mit jungen chinesischen Soldaten eine fröhliche Konversation geführt. Letztere hatten Ausgang und auch diesen Ausflug erwählt. Entzückt waren sie, als wir Fotos von ihnen machten, ihre Anschrift notierten und die Zusendung der Bilder versprachen. Wir hielten Wort.

Um weiter nach Kashkar reisen zu können, benötigten wir ein Busticket. So war es notwendig, in den äußersten Norden von Urumqui zu pilgern, um dort am Busbahnhof, die Fahrkarten zu kaufen. Eine Odyssee, die letztendlich aber erfolgreich war, auch dank unseres in Peking mühsam erlernten Mandarins, denn dort am Counter saßen nur Chinesen.

Start am nächsten Tag. Unser Bus hatte augenscheinlich schon viele anstrengende Jahre durch die Gobi hinter sich und ächzte schon vernehmlich beim Anlassen des Motors. Wir sahen zu, wie unsere Rucksäcke hoch oben auf dem Dach verankert wurden und nahmen dann auf den engen harten Sitzen Platz. Hola, die Fahrt bestimmt kein Zuckerlecken! Doch Abenteuer pur – und deshalb waren wir ja schließlich hier. So rollten wir munter dahin, bis plötzlich unser Wagen bockte, holperte, stolperte und stand. Was war geschehen? Der Keilriemen war gerissen. Alles verließ den Bus und so standen wir also am Rande der Gobi und harrten der Dinge, die da kommen würden. Die nächsten zwei Busse erschienen, aus Sicherheitsgründen, fuhr man stets im Konvoi, und die Fahrer bastelten nun am lädierten Keilriemen. Uns bot sich nun die Gelegenheit, die Wüste in ihrer kargen Schönheit aus der Nähe zu betrachten. Und da war nicht viel zu sehen. Trostloses Land. Unbewohnt und ungastlich, graue Staubwolken schob der Wind vor sich her. Endlich war das Missgeschick behoben und die Kolonne nahm wieder Fahrt auf. Ziel war heute eine Karawanserei am Rande der Straße. Spärlich einfach, man kroch selbst hinauf auf den Bus und holte sich seinen Rucksack herunter und lag dann in einem riesigen Schlafsaal. Für die Morgentoilette gab es einen Kran mit fließendem Wasser im Rund der Karawanserei. Kaum einer wusch sich, kaum einer putzte sich die Zähne, wir waren die einzigen, die sich dort am kalten Wasser in den Tag hievten. Des Rätsels Lösung, wir waren die letzten.

Kashkar – verschachtelte Lehmhäuser, enge Gassen, dörflich verschlafenes Ambiente, umgeben von Reisfeldern und Maulbeerbäumen. Doch auf dem Basar pulsierte das Leben, die Silber- und Goldschmiede hämmerten, der Viehmarkt wogte, man handelte und diskutierte, prächtige Trachten der hier lebenden Minderheiten zeigten Rang und Ansehen der Händler und über allem ließ der Muezzin seine Stimme zum Gebet in der alten Moschee erschallen. – Ein fremdländischer, bunter Ort dort draußen am Rande der Welt. In der Ferne glitzerte der Pamir im Sonnenlicht. Es war Ramadan und der Flugverkehr auf dem kleinen Flugplatz ruhte. So nutzten wir den Tag, um erneut in der Umgebung zu stromern und Land und Leute kennenzulernen. Wir sprachen sie einfach an und wurden von ihnen in ihre Häuser und Gärten geladen. Und die Tage waren sonnig und warm und wir fuhren mit dem Eselsgespann hinaus aufs Feld und liefen über die Grasnarben der Reisfelder zurück. Die Maulbeerbäume blühten und die wundervollen Seidengespinste, die dort in den edlen Boutiquen der Kapitale zu Träumen entarteten, erwachten hier zum Leben.

Und dann der Tag des Abflugs. Zurück über die Taklamakan-Wüste, über Korla und Turfan nach Xi'an, zu dieser monumentalen Grabanlage des Kaisers Qin Shi Huang Di mit der berühmten Terrakotta-Armee. In Xi'an nächtigen wir in einer kleinen Pension, nahe der alten Pagode. Wir befinden uns im Jahre 1985, die Touristen sind noch Jahre entfernt, noch gehören die Hügel hier um Xi'an den Einheimischen. Keine Luxushotels verschandeln die Landschaft, keine wie irre knipsenden Reisenden schieben sich durch das Land. Die Welt um uns herum ist noch wunderbar still, wir sind Pioniere in Xi'an und genießen es.

Ein neuer Botschafter stand ins Haus. Und das hieß: Wechsel. Und jeder im Hause war gespannt. Doch wir wurden nicht offiziell vorbereitet.

Zur Weihnachtszeit empfing unser derzeitiger Botschafter einen Gast, der höchst interessiert am Botschaftsleben teilzunehmen schien und uns als hoher Beamter aus Bonn vorgestellt wurde. Nun, wir, die Belegschaft, nicht völlig ahnungslos, waren gespannt, wie dieser Herr sich entscheiden würde, denn so erfuhren wir hinter der Hand, war es seine Absicht, herauszufinden, ob ihm der Posten zusagen würde. Am Abend fand das Galadiner in der Residenz statt. Der Gast schien unruhig, wechselte oft seinen Platz und sprach mit den diversen Kollegen. Und plötzlich saß er auch unserer Stuhlreihe vis-à-vis.

Picasso wurde diskutiert. »Nun«, meinte ich, »großartig der Künstler in seiner blauen oder rosa Periode. Aber später, mit seinen absurden Gemälden von Kopf am Rumpf und Augen am Hals oder dergleichen, machte er sich doch lustig über uns. Ich jedenfalls, würde solch ein Bild, auch kreiert vom Meister, nicht an die Wand hängen.« »Madame«, warf da dieser Fremde ein, »was beflügelt Sie zu dieser Annahme?«

Nun, ich, noch vollkommen in meinen Betrachtungen versunken, reagierte darauf nicht, fühlte mich auch nicht angesprochen. »He«, erhielt ich da einen Stoß in die Rippe, Andreas der Übersetzer der Botschaft, zu meiner Rechten machte sich bemerkbar. »Barbara, Deine Meinung wird erfragt.« Ich war irritiert. Der Herr dort gegenüber schaute doch meine Kollegin an meiner linken Seite an, oder? – Oh weh, ich begann zu ahnen, Monsieur schaute mit leichtem Silberblick in die Welt. Und, demzufolge, galt die Frage mir.

Die junge Kollegin aus der Rechtsabteilung hatte auch über Ostern freie Urlaubstage und so verabredeten wir uns, nach Guilin zu reisen. Und es wurde eine beeindruckende Fahrt entlang des Jangtse bis hin nach Chongqing und dann weiter nach Guilin. Anfangs schier endlos die Zugreise, aber dann landeten wir glücklich in dieser traumhaften chinesischen Region. Radelten durch die herrliche Gegend, bewunderten die erleuchteten Stalagmiten und Stalaktiten einer verwunschenen Tropfsteinhöhle und unternahmen später auf dem legendären Fluss Li die Bootsfahrt nach Yangzhou. Und wieder ein Geschenk der Zeit: Unser Boot teilte nur mit zwei oder drei anderen altmodischen Flussdampfern diese Fahrt entlang der vielen Windungen und Biegungen des ruhig fließenden Gewässers. Allmächtig die Landschaft mit ihren unzähligen grünüberwucherten Kalkformationen, winzigst die Fischer und Angler dort am Ufer, auf ihren speziellen Kanus und Hausbooten. Hier sind die Kormorane die Assistenten der Fischer, und ich fand es grausam, – ihnen werden die Hälse zugebunden, damit sie die Fische nicht schlucken. Doch dann wurde ich versöhnt: Nach erfolgreichem Fang verfütterten die Meister einen Teil der Beute ihren Anglerfreunden. Klug und eigentlich nur fair.

Winterzeit, es war lausig kalt in Peking. Und Weihnachtszeit, also freie Tage. Die mussten genutzt werden. Ein paar Kollegen, ich war dabei, entschieden sich für Datong, den Ausflug zu den Yun-Gang-Grotten, wo über 50.000 Statuen in 53 Tempelgrotten zu besichtigen sind. Und außerhalb Peking schien es noch kälter zu werden. Eingemummt in Tücher und Jacken pilgerten wir zu den imposanten Grotten und meine Finger schienen zu Eiszapfen gewandelt, als ich den Film wechselte. Noch heute wundert es mich, dass der Film nicht vor Kälte durchbrach und die Fotos entwickelt werden konnten. Hinauf ging es zur Neun-Drachen-Wand zum Hua-Yuan-Tempel. Und, man braucht schon eine riesige Portion Mut, um dort im felsigen Kloster an der steilen Wand zu atmen. Und immer wieder ist man fasziniert von diesem China, das so gewaltig, so mutig, so anders ist. Die wenigen Mönche dort oben in ihrer Einsamkeit schienen sie gefunden zu haben, die Harmonie und Mitte, den Gleichmut und das Gleichgewicht im Leben.

Ein Besuch animiert immer zu neuen Ufern. Also hatte ich beim Besuch meiner lieben Mutter auch Chengdu eingeplant. Die Fahrt ins Stammland der Qing-Kaiser hin zur Sommerresidenz der letzten Kaiserdynastie Chinas. Die Zugfahrt war harmonisch und angenehm und wir wurden in Chengdu von einer reizenden chinesischen Reiseleiterin in Empfang genommen, ins kleine Hotel geleitet und erst einmal verabschiedet. So machten sich also Barbara und ihre Mutter durchs Städtchen alleine auf den Weg. Und viel war nicht zu erforschen, wie all überall in China, außerhalb auf dem Land, herrschen Armut und eigentlich Trostlosigkeit. Wir suchten das kleine Lokal auf, von unserer Reiseleiterin empfohlen, und wussten nicht, auf was wir uns einlassen würden, als wir da unseren Bestellzettel aufgaben. Obwohl versichert, dass hier köstliche Spezialitäten serviert würden, waren wir leicht irritiert, da in diversen Eimern und Wasserbehältern doch recht seltsame Kreaturen herumkrochen und – schwammen. Nun, wir überlebten, was auch immer wir verspeisten in fröhlichem Ambiente. Der Palast anderntags, in Begleitung der jungen Chinesin, präsentierte sich imposant und großartig und man bekam einen weiteren Eindruck, in welch einem Reichtum und Prunk die chinesischen Kaiser damals lebten. – Und dann dieser gewaltige Einbruch – die zehnjährige Kulturrevolution –, wie man weiß, wurde in dieser Epoche in China fast alles ausgerottet, zerstört und vernichtet. Es existierten nach diesen grauenvollen Jahren kaum noch Vögel, kaum noch Kleintier, kaum noch Wissen, kaum noch Hoffnung, Mao hatte alles zerstört. Wenig verständlich, wie ein Mann diese Macht und diesen Fanatismus zur Blüte brachte. Nun, vielleicht war das Leben der einfachen Chinesen so grundtief desolat, dass sie eh nicht mehr an Besserung glaubten und sich in ihrer Verzweiflung immer mehr verrannten. Und, kaum glaublich, Mao wird auch heutzutage noch hoch verehrt!

Es ist später Nachmittag, Dienstschluss. Ich suche die beschauliche Ruhe des Ritan-Parks auf, der da vor meinem Wohnkomplex Qi Jia Yuan liegt, und betrachte die alten Männer dort in der Sonne, wie sie zärtlich ihre Käfige mit ihren Lieblingen in die Bäume hängen und hingebungsvoll ihren Gesängen lauschen. Hören wir, in unserer so freien und begüterten Welt, überhaupt noch den melodiösen, kostenlosen Gesang der Amsel im Sonnenuntergang? Wohl wenige. Sie aber, die Alten dort draußen im Park, sie kennen ihn. Auf ihren gegerbten und faltigen Gesichtern erscheint dieses selige Lächeln, während sie lauschen und sich dem Mah-Jongg-Spiel mit ihren Freunden hingeben.

Und doch ist alles so widersprüchlich hier in China. Zum Beispiel der große Vogelmarkt vor der Stadt. Einmal nur war ich dort. Und es betrübt, wie sehr der Chinese den Vogel trotzdem als Ware erachtet und erhandelt. Eine fremde, bizarre Welt.

Kollegen aus Bangladesch hatten mich zu einem Besuch eingeladen. So plante ich auf der Rückreise von Deutschland nach China den Stopp in Dhaka. Wir kannten uns aus Kenia und wahrscheinlich gibt es kaum gegensätzlichere Punkte wie Afrika und Asien.

Ich flog von Singapur aus nach Karachi und wollte von dort mit der Bangladeshi Airline nach Dhaka fliegen. Ja, und nun muss ich gestehen, dass ich mein Impfzeugnis leicht, das heißt federleicht, manipulierte. Zehn Jahre dauert der Schutz der Gelbfieberimpfung, die ich erhalten hatte, und nun fehlte mir ein Jahr. Beim Transfer in Karachi kam ich in Schwulitäten und plötzlich zitierte man mich heraus aus der Reihe. Mein Impfzeugnis wurde angezweifelt. Fazit: Man brachte mich, mitsamt einiger anderer suspekter Gestalten in einem VW-Doppellader zu einem eingezäunten Karree in der Pampa außerhalb Karachis.

Und ich wurde in einen spärlich erleuchteten Raum, mit einer Sparlampe, die da von der Decke baumelte, untergebracht. Die Tür fiel zu und ich schaute nur noch in die langsam untergehende Sonne hinter den vergitterten kleinen trüben Fensterscheiben. Meine Güte, wo war ich gelandet? Die Tür hatte man hinter mir abgeschlossen. Wild begann ich an ihr zu rappeln und schrie hysterisch den Wer-auch-immer-Leuten hinter der Wand entgegen: »Lasst mich hier heraus, sofort, ich will den Chef des Hauses sprechen.« Kein Response, dann hörte ich Schritte, hörte Schlüsselrasseln und man hielt vor meiner Türe, aber nur, um mir einen Tee zu offerieren. »Was«, schrie ich, »vielleicht haben Sie ihn vergiftet!« Ich muss wohl ziemlich viel Tobak hier veranstaltet haben, besonders auch, nachdem man mir eine asiatische Duftlady einquartiert hatte. »Jetzt reicht es«, schrie ich, »wer weiß, was ich mir hier noch einhole!« – Und dann das Wunder, plötzlich öffneten sich die Türen, stillschweigend wurde ich in einen kleinen Karavan verfrachtet und zum Flughafen gekarrt, im Transitraum abgesetzt und dort wartete und erschlief ich mir dann den Weiterflug. Die Maschine, in die ich dann einstieg, war unglaublich. In ihr waberten alle erdenklichen orientalischen Gerüche. Die Sitze, völlig aufgelöst und verschlissen in ihrem bunten, floralen Design, mit und ohne Gurte und voll besetzt mit einheimischen, nach Knoblauch und Ingwer duftenden Fluggästen. Doch ich landete safe.

Dhaka, man glaubt zu ersticken. Die Metropole eng, feucht, menschenbepackt, mit Rikschas, alten Lastwagen und rostigen Autos. Die Armut, das Elend grinst aus allen Fugen und Ecken. Wir fahren aus der Stadt hinaus, doch das Elend verfolgt uns. Dort sitzen Steine hackende Kinder und alte Leute und der Himmel flimmert und irisiert vor Hitze, Qualm und trostlose Gesichter reflektieren den Weg. Der Fluss, aufgequollen im Monsun, überspült das Dorf ohne Rücksichtnahme, ohne Mitleid – und der Mensch, stoisch gesichts- und mimiklos. Im Garten des Diplomaten werden die Kobras zum Tanz aufgefordert. Und züngeln und schlängeln und plötzlich sind sie im hohen Gras verschwunden. Voller Panik rase ich zurück zum Haus. Eine der Kobras blieb verschwunden.

Und ohne zu wissen, wo diese abgeblieben ist, reise ich am nächsten Tag ab. Es geht weiter nach Osten. Noch habe ich ein weiteres Jahr in China abzuleisten. Und hier bieten sich immer wieder neue Überraschungen.

Heute die Gelegenheit, die »unterirdische Stadt« zu besichtigen. Unterirdische Stadt, man konnte sich wenig darunter vorstellen. Eine kleine Schar der Botschaftsmitglieder war geladen. Wir wurden mit einem offiziellen Kleinbus der chinesischen Regierung abgeholt und zum Westtor der Stadt gefahren. Dort befand sich eine kleine Pagode, um die herum ein reger Wochenmarkt stattfand. Wir betraten den

Tempel und verschwanden dann diskret durch eine versteckte Türe in einer Schrankwand, um auf vielen engen Stiegen in die Unterwelt Beijings abzusteigen. Unglaublich, welche Räumlichkeiten uns hier unten erwarteten. Krankenstationen, Lagerhallen, Wohn- und Übernachtungsräume. Heute frage ich mich, wie es kam, dass man uns dieses unterirdische Labyrinth zeigte. Diese doch wohl geheime Zuflucht für hohe Regierungsbonzen.

1984, wie schon erwähnt, war ein ganz besonderes Jahr in China. Ein Hauch von Freiheit durchwehte das Land. Mit Deng Xiaoping, dem 80-jährigen Revoluzzer, der seinem Land eine kapitalistische Revolution bescherte, deren Früchte, sein Volks begeistert aufnahm. Seine Losung war »sich zu bereichern«. Und die Partei war auf der Spur. Volkskommunen wurden aufgelöst, Bauern hatten ihre privaten Felder und so fand man auf den Märkten eine Fülle von Obst und Gemüsen und anderen Haushaltsartikeln. Und kam man als »Langnase«, so der schmeichelnde Ausdruck für uns, die Ausländer, so kam da plötzlich unter dem Ladentisch irgendeine kleine Kostbarkeit in Form eines antiken Tellers, eines verstaubten Buddhas, eines Teetopfes oder auch von Opiumgewichten hervor. Heimliche Blicke wurden getauscht und leise Zahlen genannt. Und oft ein Geschäft besiegelt. Ob ich hier stets als Sieger davonging, möchte ich bezweifeln, aber den Kitzel war es wert.
    Die Gesellschaft, ob Männlein, ob Weiblein, trug nicht mehr strikt die blauen und grünen Mao-Uniformen, nein, man beobachtete viele junge, hübsche Damen, die in hellen, leichten Kleidern, Röcken und Blusen und kecken Hüten hier im Frühling des Jahres 1984 umherradelten. Im alten Trakt des Beijing-Hotels wurden wir sogar Zeuge eines Tanzabends für Jugendliche. Und hier zuzuschauen, war wahrlich amüsant. Die westlichen Melodien schienen den jungen Tanzpionieren doch anfänglich befremdlich und so gestalteten sich denn auch ihre Bewegungen dementsprechend leicht roboterhaft. Auf der Dachterrasse des altehrwürdigen Peking-Hotels gab es sogar die Mög-

lichkeit, einen Tee oder einen Drink zu nehmen. Alles quasi sehr einfach und windig, jedoch mit herrlichem Blick über die Stadt. Und hier passierte es auch, dass wir von der Parade überrascht wurden, die zum Nationalfeiertag probte. Mein Auto war dermaßen eingekeilt, dass eine Rückfahrt nicht mehr möglich war. Also kletterten wir mit Hilfe eines Freundes durch die Fenster der Toilette im Beijing-Hotel, um von dort aus auf Hintergassen und durch Hutongs, die damaligen kleinen Vororten der Stadt, Richtung Qui Jia Yuan, zu unseren Wohnungen vorzustoßen.

Der bekannte Journalist, Abenteurer und Asienliebhaber Tiziano Terzani wurde zum Interview mit Deng Xiaoping empfangen und ich war zur Diktataufnahme dabei. Aufregend und ein umständliches Procedere, mein Chinesisch diente eben nur dem Hausgebrauch und so nahm der Übersetzerdienst Zeiten und Zeiten in Anspruch. Doch Herr Terzani strahlte eine ungeheure Ruhe aus und das Gespräch verlief darob in einer außergewöhnlich freundlichen, relaxten Atmosphäre.

Doch sich so vollkommen aufzugeben in einer asiatischen Welt, wie eben ein Tiziano Terzani, liegt nicht jedermann und auch nicht mir. Seinem Lebensende im fernen Himalaya in einem buddhistischen Kloster entgegen zu sehen, wohl auch nicht. Sein Buch »Meine asiatische Reise«(Deutsche Verlagsanstalt, 2010) gibt Erkenntnisse und Einblicke.

Bonn

Sommer 1986

Und nun blühte mir also Bonn. Dieses idyllisch am Rhein liegende, malerische Provinzstädtchen, das kaum den Ernst und die Bedeutung einer Hauptstadt erweckte. Das realisierte man erst vage, beim Eintritt in die staubig alten Amtsstuben und beim Anblick der stoisch dreinblickenden Beamten. Jetzt also, nach fast siebzehnjähriger Auslandstätigkeit stand der Umzug von Peking nach Bonn an. Und, fragte ich mich, gibt es einen größeren exotischeren Kontrast? Wohl kaum, antwortete ich mir, denn das sollte ich fürwahr auch bald erkennen.

Den Herren meiner Umzugsfirma im Reiche der Goldenen Mitte unserer Weltkugel gebührt jedoch mein größtes Lob. Sie verstanden es bestens, meinen Hausrat rechtens zu verpacken. Nichts, aber auch gar nichts ging zu Bruch. Keine der wunderbaren chinesischen Vasen noch irgendwelche anderen, durch die verschiedensten Dienstorte geschleppten Kostbarkeiten. Auch mein chinesisches Piano, das ich mir trotz Raummangel zulegte, bekam seinen Sicherheitsgürtel in Form einer Holzpalette. Das nenne ich Kunstverständnis.

Der Abflug und Abschied aus China fiel mir schwer. Was würde mich dort in den Rheingauen erwarten? Dort, wo ich niemals zuvor in irgendwelchen Abteilungen tätig war, nur hin und wieder den Gesundheitsdienst aufsuchte zwecks jährlicher Tropenuntersuchung und sonst niemanden kannte? Und das Debakel folgte auf dem Fuße. Im eleganten Wohnhaus in Godesberg, wo ich mich einquartierte, war Unruhe und alles, was Turbulenzen verursachen würde, verpönt, denn hier residierten, wie ich leider zu spät entdeckte, vornehmlich betuchte ältere Herrschaften. Und die wollten Ruhe und keine Aufregung. Und da brachte schon die Ankunft des riesigen exotischen Containers mit anschließender Entladung der endlosen Kartons und Kisten, aus denen wiederum ein Wust von Papier, Zellwolle und dergleichen entquoll, schiere Panik. Und irgendwie hörte man auch die verehrten Nachbarn hinter verschlossenen Türen wispern. Frau Nachbarin unter mir war noch beredter und zeterte mit spitzer Zunge gleich los. Weh mir, dachte ich, und meldete mich am nächsten Tag bei meinem Planer zu stetem Bereitsein für Versetzung. Nicht nur monierte sie, die Nachbarin, anfangs die Kisten und Kasten dort in den Gängen des honorigen Hauses, nein später auch die Wassertropfen, die hinunter auf ihren Balkon rieseln würden, als ich da mit meinen Blumen sprach und sie begoss. Und bald darauf wurde ich, beim Spiel der Sonaten von Beethoven, durch krampfartige Klopflaute unter meinen Füßen irritiert. Da riss mein Geduldsfaden und ich eilte hinunter ins Reich der Megäre. Sie empfing mich mit tadelndem Blick aus strengen Augen unter einem frisch grau ondulierten Lockenmuff: »Laut Hausordnung ist Musizieren erst ab 15.00 Uhr wieder erlaubt.« »Gute Frau«, dachte ich, »geh zum Henker!« und wies auf ihre Küchenuhr, die noch die Winterzeit angab. Etwas kleinlaut verteidigte sie sich, ihr Mann hätte eine Silberplatte im Kopf und stets Schmerzen. Wortlos verließ ich die ungastliche, in Altdeutsch mit schwerer Eiche gestaltete Stätte (die übrigens vorzüglich zu diesen Herrschaften passte). Verständlicherweise verging mir nun aber die Lust am Klavierspiel und der Drang, aus Deutschland herauszukommen, wurde drängend und schmerzlich. Eine Standzeit von zwei Jahren jedoch war angesagt, bevor ein weiterer Auslandsaufenthalt möglich wäre, so die Regelung. Und so verblieben nur Abordnungen und Dienstreisen, um meiner kleinen Hölle daheim zu entgehen. Meine Arbeit im Sprachendienst im Compound des Bundeskanzleramtes war jedoch interessant, vielseitig und einfach angenehm. Hier wurden die wichtigsten Dokumente wie Agréments, Noten, Reden, Regierungsvereinbarungen, Gratulations- und Kondolenzschreiben und weiteres mehr in die jeweils notwendigen Sprachen übersetzt. Während der Pausen durften wir im herrlichen Park des Kanzleramtes lustwandeln und sahen nicht selten seine erlauchte Gestalt. Drüben vom Rosen- und Gemüsegarten aus hatte man einen atemberaubenden Blick auf den Rhein. Und auch die Verköstigung in der Kantine in großzügig schöner Umgebung war bekömmlich und gut. Also, eigentlich kein Grund zur Klage. Auch Kollegen und Kolleginnen damaliger Dienstposten waren momentan zurück in der Heimat, taten Dienst im Auswärtigen Amt und so gab es fröhlichen Austausch. Sich im Muttergebäude des AA, so die Abkürzung des Auswärtigen Amtes, zurechtzufinden, gestaltete sich anfangs jedoch schwierig. Alles ist dort verwinkelt und verschachtelt und hier immer die richtige Treppe zu besteigen oder aber dem »Paternoster« auf der entscheidenden Etage zu entkommen, wahrlich ein Kunststück. Oft war ich verloren auf langen, knarrend leeren Holzfluren und stets froh, endlich auf ein Lebewesen zu stoßen, das Auskunft zum gesuchten Büro geben konnte. Und hier traf ich in der Regel auf gemächlich einherschreitende, jedoch gewichtig dreinschauende, unter der Bürde einer Akte sichtlich schwer tragende Kollegen oder auf einen der emsigen Bevollmächtigten, für den alltäglichen Aktenaustausch zuständigen Bediensteten, die jedoch schnellstens wieder ihrem Ruheplatz im nächsten Aktenarchiv zustrebten. Nun, verehrter Leser, kennen Sie einen Paternoster? Nein? – Nun, auch mir wäre dieser Name wohl nie ein Begriff geworden, wäre da nicht eben das Auswärtige Amt gewesen. Es handelt sich hier um einen türlosen antiquarischen Aufzug, der in stetem, gleich bleibendem Rhythmus schnaufend, auch quietschend hinauf- und hinabrollt. Und ist man beladen mit Akten, Taschen oder anderem, ist das Auf- und Abspringen eine gute oder weniger geglückte Zirkusnummer. Und ein Profi wurde ich nicht. Bevorzugte nämlich das Treppenhaus.

Mein Domizil war, wie bereits erwähnt, im Stadtteil Godesberg. Dort gibt es herrliche kleine Alleen und viele Parks. Und einsame Ampeln, die keinem dienen. So stand ich wartend alleine im Grünen vor einer dieser überflüssigen Leuchten, denn sie zeigte »rot«. Und ich schien dort eine Ewigkeit zu stehen und war wohl in Gedanken versunken. Da radelte plötzlich ein betagter »Bönner« im Stehertempo heran und an mir vorbei und ich hörte in erfrischendem Dialekt: »Gröner wüd det nich.« (Oder so ähnlich.) Ich verstand den Mann erst gar nicht, dann schnallte ich, dass die Ampel inzwischen auf Grün geschaltet hatte und es wohl hieß: »Grüner wird es nicht.« Ja, das waren Zeiten. Wo gibt es heute noch eine Ampel, vor der man fast einschlafen kann? In Deutschland gewiss nicht, da sitzt dir immer irgendjemand wie die Laus im Pelz und hupt und blinkt schon bei »gelb«. Übrigens, noch eine Kuriosität, damals in Bonn-Mitte hing eine Anlage droben in der Luft. Sie funktionierte, und zwar rot von links nach rechts, und grün von rechts nach links. Dieses System traf ich, übrigens, 1984 auch schon in Peking an. Der Kollege Karl Lander, ein Schelm wie er im Buche steht, überfuhr oder besser gesagt unterfuhr seinerzeit dieses Signal und wurde prompt nach 20 Metern vom Gesetzeshüter gestoppt. »Und«, sprach der Mann in Grün gewichtig, »haben Sie nicht das Haltesignal gesehen?« Irritiert schaute unser Freund auf und ihn an und meinte zerknirscht: »O pardon, ich dachte, dieses Signal wäre für die Flugzeuge.« Doch leider, leider war dieser Kollege der Bonner Polizei vollkommen humorlos oder zugereist. Lander musste seine Knolle zahlen.

Im deutschen Straßenverkehr vergaß ich es damals immer wieder, mich anzuschnallen, so fuhr ich auch heute erneut »ohne Gürtel« am Rhein entlang und kam zum Halt vor der kleinen Kreuzung im Ampelrot, vor den Toren Bonns. Zufällig blickte ich hinüber zur Gegenfahrbahn und dort, in schneidigem Grün, auf schnittigem Motorrad ein Gentleman Polizist. Lässig machte er die Geste des Anschnallens, ich reagierte spontan und so waren wir beide im untadeligen Bereich. Doch normal ist solch ein Entgegenkommen nicht, wie mir Kollegen berichteten. – Nun, ich hatte an diesem Tage Geburtstag!

Begegnungen mit dem Ordnungspersonal hatte ich nicht wenige. Unter anderem auch auf der Fahrt nach Rheindorf, wo eine Kollegin mich an jenem Septembertag zum Essen erwartete. Und ich fuhr, unbeabsichtigt wieder gürtellos. Siedend heiß durchschoss es mich, als hinter mir die grüne Minna donnerte, blinkte und ihre Kelle aus dem Fenster schwenkte, mich überholte und anhielt.» Nun, Frau Schröder, ich muss Sie leider verwarnen, Sie fahren ohne Gurt.«

»Meine Güte, Barbara«, dachte ich, »jetzt kennen die auch schon Deinen Namen.« Dann blickte ich auf und sah in die Schmunzelaugen eines BGS-Beamten, der zu meiner Zeit auch Dienst an der Botschaft Ankara ausgeübt hatte. Wie ist die Welt doch klein! Und so saß ich ein paar Tage später auf dem Rücksitz eines tollen grünen Motorrades, mein Haupt geschützt durch einen enormen Helm, und preschte durch die Rheinauen. Oh ja, auch Bonn hat seine Exotik.

Doch auch das Lustwandeln im Garten des Bundeskanzlers wird zur Langweile und Routine, ereilt es dich alltäglich. Da bot sich die Gelegenheit einer Abordnung nach Brazzaville. Brazzaville im Kongo, nicht gerade ein Paradies. Aber eine Möglichkeit der Flucht aus Bonn. Und wahrlich, es wurde abenteuerlich. Im Haus einer Kollegin durfte ich einhüten und auch ihren Wagen fahren. Wagen? Was da vor ihrer Haustür stand, war ein alter, riesiger, amerikanisch anmutender Geselle. Dreimal schaffte ich es, ihn zu bewegen, doch hustete und hüstelte er immerzu dermaßen aufmüpfig, dass ich es beim dritten Mal und seinem stundenlangen starren Verharren unten am Karree vor dem Supermarkt aufgab. Dieses Vehikel war einfach peinlich. Und so marschierte ich ab sofort. Richtige Straßen gab es hier eh nicht. Nur lehmige, verschlammte Wege, die sich im Regen auflösten und eine Straße mit Kraterlöchern, die hinab zum Markt führte. Und zum Dienst wurde ich dankenswerterweise abgeholt.

Unglaublich, wo sich die Botschaft befand. In einem Eckgebäude, so trist und dunkel und verrottet, dass man sich am Ende des Nirgendwo befand. Auch die Büroräume, das Equipment, unfassbar! Ein Verließ schien der Chiffrierraum. Duster und nur mit einer Funzel erleuchtet. Und wiederholt fragte ich mich: Barbara, wo bist du nur gelandet?

Die Kollegen passten dann einfach ins Bild. Ein Botschafter gleich einem Zigeunerbaron: klein, dunkel, laut mit Schnäuzer, überambitioniert und ein bisschen verrückt. Ein Kanzler, feminin, sensibel, völlig konträr. Seine Mozartkonzerte im mondbeschienenen Garten hallten jedoch wundersam wohltuend lange nach. Ein lächelnder, sich den Umständen entsprechend eingestellter Zahlstellenleiter und Registrator, der mit seiner Ehefrau seinen Dienst absaß, und einer jungen Beamtin, die sich wohl auch wunderte, welche obskuren Seiten der auswärtige Dienst bot.

Herr Botschafter, der zu einem Essen lud, verkündete, dass er seinen Kater als schwarze Eminenz stets zu seiner Rechten sitzen ließ. Zeuge wurde ich nicht, doch der Kater dort auf dem Fenstersims war schwarz und schielte uns warnend mit grünen, bösen Augen an. Vielleicht war also doch Vorsicht geboten.

Highlights in Brazzaville wurden der Besuch der deutschen Marine, Ausflüge mit der alten Eisenbahn an die Küste und hinüber nach Kinshasa. Auf dem kleinen Fährboot über den wilden Kongo zu setzen, war ein unglaubliches Gefühl. Dieser mächtige Fluss, diese Weite und die fernen dschungelverhüllten Ufer. Auch später die Fahrt ins Umland von Kinshasa war spektakulär. Die Hauptstadt selbst hinterließ jedoch einen trostlosen, verwahrlost schmutzigen Eindruck, mit hohen, dunklen Gebäuden, dem weiten, fast leeren Platz, dem kärglich bestückten Markt und seinen ebenfalls duster, fast feindselig blickenden Einwohnern. Und das ist eigentlich unüblich für Afrika.

Ich war zurück in Bonn. Doch nur einige Monate vergingen und schon erging ein neues Angebot. Die Begleitung der Inspektion – eine dreimonatige Reise in den Senegal, an die Côte d'Ivoire, nach Togo und Ghana. Eine Kollegin würde wegen Krankheit ausfallen. Ob ich Interesse hätte. Und ob ich hatte. Doch war ich ohne Ahnung, wen und was eine Inspektion beinhaltet. Jedoch bei Erwähnung der Reiseroute sagte ich einfach ja. Und bald wurde ich dann klüger. Das Inspektionsteam umfasst den Chef, den Herrn Botschafter, einen Amtsrat und eine Sekretärin. Na, und die letztere war nun ich, die alle Berichte, Erfahrungen und Empfehlungen, die dort in den jeweiligen Botschaften aufkamen, aufs Papier bringen musste. Für Unterkunft wurde vor Ort gebucht und für unsere Mahlzeiten kauften wir bei Metro Schnellsuppen und dergleichen ein. Meine Herren jedoch wussten, da seit langem in dieser Mission unterwegs, dass die Mitglieder eines solchen Teams der Regel nach von der Belegschaft der Botschaften bestens verköstigt würden, sei es zu Abend oder zu Mittag, jeweils vorab initiiert von der jeweiligen Botschaftsführung, wahrscheinlich auch mit Hinblick auf ein positives Prüfungsergebnis! Das war mir alles fremd und anfangs setzte ich mich von der Truppe ab, um Land und Leute kennenzulernen. Doch das widerlief der Regel, wie mir stillschweigend kundgetan wurde, und so unterließ ich später tunlichst weitere Alleingänge.

Die Größe und Wichtigkeit einer Botschaft war ausschlaggebend für die Länge des Aufenthalts und der Prüfung. Was einleuchtend ist.

Wir erreichten den Senegal. Dakar, die Hauptstadt, auf der Kap Verde-Halbinsel am Atlantik, in einer schützenden Bucht gelegen, ist die am weitesten westlich gelegene Stadt des afrikanischen Festlandes und ein bedeutender Umschlagplatz im Flugverkehr mit afrikanischen Staaten, mit einer für Westafrika beachtlichen deutschen Botschaft. Ein längerer Aufenthalt war angesagt. Hier traf ich auf eine Kollegin und Freundin der österreichischen Botschaft, die mit mir eine längere Zeit in Kenia verbracht hatte. Mit ihr unternahm ich den Ausflug auf die Insel Gorée, diese legendäre Sklaveninsel, die einen trostlosen, verlassenen und vergessenen Eindruck machte. Und hier besonders das Maison des Esclaves, das Sklavenhaus, das heute als Museum die damaligen Leiden der Sklaven widerspiegelt. Bis hinein ins Jahr 1848 sammelte man hier die Sklaventransporte und trotz heute überbordender Bougainvilleablüten, Palmen und Stille unter blauem Himmel lastet über der Insel eine verlorene Traurigkeit. Wenige Menschen wohnen hier und die, denen man zufällig begegnet, blicken dich teilnahmslos oder gar feindselig an. Zurück in Dakar, pulsiert wieder das Leben. Farben, Gerüche, Bewegung – Afrika pur.

Drüben im Westen der Stadt begegnen wir einer aus vulkanischem Gestein geborenen wilden Steilküste, doch auch mit verträumten Buchten wie dieser mit dem wohlklingenden Namen Soumbedione. Hier tagt ein lebhafter Fischmarkt und etwas weiter ein Kunsthandwerksmarkt, wo Silber, Elfenbein, Elefantenhaar und edle Hölzer verarbeitet werden.

Am Abend des vierten Tages wurden wir zum Empfang in die Botschaftsresidenz geladen, einem kühnen, roten Burggelände. Großartige Architektur. Hier gab es keine Ecken und Kanten, alles schien rund und geschmeidig ineinander zu fließen. Ob solch ein Ort auch auf Botschaft und Botschafter abfärben, konnte ich in den Tagen unseres Aufenthalts jedoch nicht erkennen.

Am letzten Wochenende wurde eine Fahrt hinaus zum Club Aldiana ans Meer geplant. Ein traumhaft schöner Ort am Atlantik mit verwunschenen Bungalows in dschungelähnlichen Gärten. Schlemmen wie Gott in Frankreich. Ein edler Rotwein ließ die Seele schwingen und das anschließende Bad im eiskalten Seewasser rapide alle Sinnen neu beleben.

Abidjan, in den Lagunen am Golf von Guinea gelegen, damalige Hauptstadt der Elfenbeinküste, hat trotz neuem Regierungssitz in Yamoussoukro tief im Landesinnern diplomatische Vertretungen und Regierungsstellen behalten. Und alleine der Name des Landes erweckt Träume. Und diese wurden wahr. Und alles wurde natürlich noch wunderbar umrahmt von einem gewissen Luxus und VIP-Aspekt. Wir waren Gäste des Botschafters, der ein persönlicher Freund des Inspekteurs war und gegenüber der Lagune in einer wunderschönen Residenz wohnte. Die Botschaft lag im Stadtteil Cocody und so war es stets eine beachtliche und auch, je nach Tageszeit, ermüdende Fahrt zwischen Botschaft und Residenz, da die beiden schmalen Brücken den Autoverkehr kaum bewältigen konnten. Doch wir wohnten in der Stadt und konnten zu Fuß zur Botschaft laufen, die wiederum malerisch umgürtet war von einheimischem Leben. Anfangs bot sich mir auch hier ein großartiges Szenario für meine Fotosafaris. Der Markt hinter der Registratur war so schillernd und bunt und vielseitig, dass man jeden Tag andere Situationen wahrnehmen konnte.

Es war wieder einmal Wochenende und wir waren Gäste des Herrn Botschafters, der uns hinaus zum Club Mediterrané einlud. Eine herrliche Fahrt hinaus ans Meer zu einem fantastischen Sandstrand. Dort genossen wir ein köstliches Mittagessen und durften uns in der Sonne aalen. Auf dem Rückweg, unter den leichten spritzigen Klängen kreolischer Musik, machte sich der Wunsch breit, den australischen Film ›Crocodile Dundee‹ zu sehen, der gerade in Dakar gezeigt wurde, und man muss wissen, liefen derartige Filme in Afrika, war das schon eine Seltenheit und man sollte dann die Gelegenheit am Schopfe fassen. »Doch«, gab da der Botschafter zu bedenken, »es ist immer sehr kalt in diesen Kinos, die leidige air conditioning«, und wir waren ja nun mal alle im Strandoutfit. »Oh, kein Problem«, meinte ich, »wir kommen an unserem Hotel vorbei. Dort hole ich meine Stola, die Sie sich gerne übers Knie legen können.« (Monsieur trug Shorts!) Hörte ich da ein tiefes Atmen? »Ja, in Ordnung«, ertönte es dann und so saßen wir später Seite an Seite im kalten Kino und Herr Botschafter, wärmend über seinen Knien, die von meiner Schwester einst in geduldiger Handarbeit gehäkelte, schwarze Wollstola.

Auch die Botschaft in Abidjan ist eine verhältnismäßig große und so fiel eine Menge Arbeit an. Nicht jedoch für mich in den ersten Tagen, während die Herren Akten und Konten erforschten, Zahlen und Berichte prüften, den Klagen und Anmerkungen der Bediensteten lauschten und so weiter, und so weiter. So nahm ich die Einladung von jungen Kollegen mit Pläsier an, ein wenig das Nachtleben am Ort zu studieren. Hallo, und da war allerlei los. Kann mich nicht entsinnen, jemals einen derartig fetzigen Rock 'n' Roll in meinem Leben getanzt zu haben. Und hier war es ein wildfremder Franzose, der mich plötzlich dazu animierte. Dieser brachte mich zu Überschlägen, Drehungen und Wendungen, die in meinem Leben einzigartig waren und es für immer bleiben würden. Und es wurde spät, das heißt, es wurde früh, sehr früh am Morgen, ehe ich nach kühlender Dusche um sechs Uhr erst in die Federn sinken konnte. Und war kaum im angenehmen Traum versunken, hüpften und sprangen die Münzen in irrem Pling, Pling auf dem Teller, die ich unter dem Wecker posiert hatte. Wurde ich doch um sieben Uhr zum Dienst abgeholt. Und in der Befürchtung zu verschlafen, hatte ich diese doppelte Vorsorge meines Weckdienstes getroffen. Und stand also schon wieder unter der Dusche. Langsam erwachten dann auch meine Lebensgeister und ich schien bald darauf, nach dem guten Frühstück auch diese wilde Nachtorgie soweit überlebt zu haben. Der Vormittag kroch zwar langsam dahin, aber viel Abwechslung bot der Ausblick aus meinem Büro. Gegenüber lag der Busbahnhof und herrliche bunte Gestalten gaben sich dort ein Stelldichein. So fotografierte ich munter drauf los, bis dann der Tiefpunkt kam. Es war gegen zehn Uhr dreißig, als mich alle guten Geister verließen. Ich verriegelte meine Türe von innen, breitete auf dem Boden sämtliche Zeitungen aus Deutschland, die sich mittlerweile bei mir angesammelt hatten, doppelschichtig aus und legte mich nieder. Und muss alsbald eingeschlafen sein. Wie lange, war mir nicht bewusst, doch erfrischt ließ ich mich dann wieder unter den Kollegen sehen, und registrierte dankbar, dass man mich zwischenzeitlich nicht vermisst hatte. Glückliches Abidjan.

Und nun waren wir in Lomé, in Togo. Ein kleines Land. Die deutsche Botschaft, ein neueres Gebäude, liegt malerisch am Strand. Schön brandet das Meer und romantisch rauschen die windzerzausten Palmen, doch erfahren wir das große Leidwesen der Kollegen. Gerne ergehen sich die Togoer in morgendlicher Toilette am Strand und erleichtern sich nicht selten. Nun, da sehe ich vor Augen ein lustiges Szenario, das mir ein Kollege bei meinem Besuch in Dhaka erzählte. Auch dort lebten die Herren und Damen Diplomaten nicht schlecht in schönen Häusern, umgeben von Gärten und Natur. Ein Engländer, der hier hinter seinem üppig bestückten Garten noch Wald und unbebaute Natur erblickte, gewahrte an jenem Morgen diesen arglosen Bangladeshi, der da seine Hose heruntergezogen hatte und gerade in intimer Einsamkeit sich erleichtern wollte. Doch dazu kam es leider nicht, unser englischer Freund, zog seine Flinte und schoss dem armen Kerl ein leichtes Pulver in den Allerwertesten. Nun, der sprang gleich einem wild aufgescheuchten Reh in einem Riesenluftsprung vorwärts und verschwand hinter dem nächsten Busch.

Doch zurück in Lomé, hier am Strand ist die Erosion das große Problem und wurde von den deutschen Bauherren nicht rechtzeitig erkannt. Wo heutzutage – im Jahre 2013 – unsere Botschaft steht, in welcher Nähe zum unmittelbaren Wasser, weiß ich nicht und wage es auch nicht zu ahnen.

Lomé wurde im 18. Jahrhundert von den Ewe gegründet. Seit Mitte 1880 gehörte Togo zum Kolonialgebiet des Deutschen Reiches. Der Gouverneurspalast und die neugotische Kathedrale sind Zeugen der Vergangenheit. Das Grab des damaligen Gouverneurs mit Namen Köhler liegt auf dem nahen Friedhof.

Zurzeit laufen in Togo die Dreharbeiten zum Film ›Cobra Verde‹ unter der Regie von Werner Herzog. Auf unserer Wochenendfahrt hinunter ins Land erreichen wir die Burgruine, in der gerade gefilmt wurde. Das Bett von Kinski, ordentlich gemacht, unter einem Malarianetz, sahen wir oben im Burgturm, doch von ihm, dem Wilden, keine Spur. Im Schlosshof und auf den Treppenstufen zum Burgeingang sah man jedoch Statisten zuhauf.

Wir fahren über Land nach Ghana, nach Accra, an der sogenannten Goldküste, unserem letzten Posten der Dienstreise.

Und afrikanischer konnte diese Region kaum sein. Üppig grün und dicht ist die Landschaft. Auch bei Ankunft in Accra selbst war man sich sicher, im tiefsten Afrika zu sein. Alles be- und verwachsen.

Diese lehmigen Wege und Pfade, diese buntquirlenden kleinen Märkte, fröhliche, schöne Menschen. Alles überstrahlt von einem besonderen ansteckenden, frohen Flair. Die weichen, samtigen Gesichtszüge der Ghanaer strahlen ihren ganz speziellen Liebreiz aus. Hier scheint man außerdem dem Schönen zu huldigen. Nicht nur durch die Überbordung der Reichhaltigkeit der Natur und Früchte, alles ist hier üppig. Kollegin Ingrid brachte mich zu einem namhaften ghanaischen Modeschöpfer, der bereits seinen Namen dort im noblen Paris etikettierte. Von ihm erstand ich ein traumhaftes Abendensemble in leuchtender bedruckter Seide und machte darin einen gelungenen Entrée am Abend bei der Abschiedssoirée des Botschafters. Doch, Tage vorher, waren wir Gäste des Leiters der hiesigen Vertretung und fuhren hinaus zum Strand. Und dieser war immens und leer und weit und grandios. Dort lagerten wir in einer Art Laubhütte. Ein lokaler Fischer kam vorbei mit taufrischen Langusten und diese mussten nun im kochenden Wasser für uns ihr Leben lassen. Obwohl das irre Piepen der armen geschundenen Kreaturen mir noch heute im Ohre klingt, habe ich sie damals verspeist. Vielleicht mit weniger Gusto, denn zuvor. Die Todesqual der Viecher vor Augen vergällte mir doch den allzu guten Appetit.

Und immer noch war ich in Bonn. Es ging auf Weihnachten zu und der Gedanke, im Schoß der Familie unter dem Baum zu sitzen, trieb mir die Gänsehaut auf die Arme. Da las ich durch Zufall im Bonner Regionalblatt die Reiseeinladung nach Peru, Argentinien, Chile und Brasilien. Per privatem Flugzeug. Hallo, der Preis war hoch, jedoch, kam nicht gerade ein Sparkonto zum Output? Und eben in der erwünschten Höhe? Ich feilschte also nicht lange mit mir und hatte schon alsbald den Hörer in der Hand und bewarb mich um einen Platz an Bord dieses Traumfliegers. Wenige Plätze waren noch verfügbar, ein Grund mehr, mich schnell zu entscheiden. Und in mir brodelte die Begeisterung und Erwartungsfreude. »*Das wichtigste Stück des Reisegepäcks ist und bleibt ein fröhliches Herz.*« (Hermann Löns, 1866–1914)

So flog ich also in den vorweihnachtlichen Dezembertagen im Jahre 1987 Richtung Südamerika voller wunderbarer Erwartung und nicht ahnend, dass ich in späteren Jahren dort dereinst Posten beziehen würde. Und vielleicht gerade, nicht ahnend, dass man zurückkehren würde, nimmt man alles doppelt dankbarer und aufnahmebereiter an und hortet Erinnerungen voll unsagbarer Kostbarkeit und Einmaligkeit.

Indonesien

1988–1993

Unglaublich, doch mir wurde von heute auf morgen Jakarta als neuer Dienstort angeboten. Ein Notfall – und man wäre für eine schnelle Entscheidung dankbar. Spontan sagte mein Herz ja. Jedoch bat ich um eine kurze Bedenkzeit, waren da doch viele Dinge zu erledigen. Vor allem die behutsame Benachrichtigung der Familie und der Freunde, die sich dann auch wenig begeistert zeigten.

Die nunmehr anfallenden Formalien der Abmeldungen, Autoverkauf (verzweifelt suchte ich tagelang nach meinem Fahrzeugbrief) und das langwierige Prozedere des Umzugs mit Einholung von Angeboten, Neuvermietung der damaligen Wohnung etc., etc. hätte mich killen müssen. Doch ich musste im Rausch gewesen sein, der Drang, wieder hinaus zu dürfen, war grandios, und beflügelte alle meine Schritte. Und so klappte es auch, dass ich nach relativ kurzen vier Wochen, die Reise nach Asien antreten konnte.

Dann erstarb die erste Euphorie. An einem Samstag flog die Lufthansa in Jakarta ein, und der Verwaltungschef, der Kanzler der Vertretung, holte mich ab, der mir da offenbarte, dass er seinen freien Tag opfern musste. Man ahnt, wie mir zu Mute war. »Nun«, ließ ich ihn meine Antwort wissen, »erwartet habe ich Sie nicht, und warum schickten Sie nicht einen Fahrer?« Da war er stille geworden.

Aber, wie man vermutet, ein denkbar schlechter Einstieg, der da noch seine unliebsamen Folgeerscheinungen haben sollte. Das fing mit der Wohnungssuche an, nichts war diesem Herrn recht. Ich sollte wohl in einer kleinen Hütte am Stadtrand wohnen. Und er selbst? Bewohnte eine Villa, ein Stadthaus im herrschaftlichen Stil mit pompösem, blauem Pool, umringt von stolzen Kaiserpalmen – beeindruckend klar und kühl, jedoch ohne persönlichen Charme. Aber, nun gut, für diesen Herrn war es die Residenz mit fünf Sternen.

Nach zähem Hin und Her durfte ich dann letztendlich den kleinen Bungalow anmieten, den ich mir erkoren hatte. Er lag wunderschön da draußen an der Stadtgrenze im Grünen. Und nachdem ich mein Hauspersonal, die Köchin Fatima und den Gärtner Dharma, engagiert hatte, lief zumindest privat der Alltag. Zwar sollte auch dieses schmucke Häuschen alsbald seine Probleme offenbaren, kaschierte sie aber anfangs noch wunderbar im traumhaften kleinen Garten und fern der Regenzeit. Obwohl ich nun schon so manche unliebsame Erfahrungen in vergangenen Domizilen machte, zogen mich diese besonderen Bleiben stets an. Und das sollte seltsamerweise nie enden. Egal, irgendwie fühlte ich mich dort immer wunderbar hingehörend.

Ein weiser, älterer Kollege riet mir zum ›Selamat‹, einer Einführungsparty mit den benachbarten Bediensteten. Also bereitete Fatima viele köstliche Speisen vor und Dharma verteilte meine Einladungen. Der große Tag kam. Und auch alle kamen, In langer Reihe saßen wir am Boden vor den vielen gefüllten Schüsseln und Gläsern. Bevor nun der große Schmaus begann, sprach ich einige Willkommensworte und flocht ein bisschen ›bahasa indonesia‹ hinein, darauf wurde ich dann fröhlich in die Gemeinschaft aufgenommen. Klar, dieses Vorgehen ist nicht opportun im Kreise der Diplomaten und Botschaftsangehörigen, doch eine charmante Geste, die Freundschaften und somit auch Erleichterungen im Zusammenleben schaffen kann. Auch verlieh dieses Vorgehen meinen Leuten einen besonders beachtungswerten Status in ihrem Umfeld und sie schienen das zu genießen.

Fatima konnte wunderbar kochen. Sie zauberte ein Gado Gado, dieses für Indonesien typische Reisgericht, oder das Saté, die Hähnchenspieße auf gedünstetem Reis mit wunderbarem Aroma sowie die delikaten frischen Salate in großem Tempo und voller Freude hervor und man war als Gastgeber stets beglückt, wenn die Gästeschar ihre Lobeshymnen erschallen ließ.

Mein einstöckiges, großräumiges Haus war umrahmt von zwei kleinen Gärten, hohen Büschen und Palmen, hatte einen hübschen Pool und war so ein recht angenehmes, intimes, freundliches Fleckchen Erde inmitten einer kleinen Wohnsiedlung. Dharma hatte die Bananenzucht übernommen. Und wahrlich, wir ernteten zweimal im Jahr einen riesigen Strunk, und es war jedes Mal ein Abenteuer, Dharma mit seiner Panga hantieren zu sehen. Es gab solch eine reichliche Ernte, dass wir alle uns satt essen konnten, Dharma und seine vierköpfige Familie, Fatma, weitere Freunde und ich. Doch auch köstliche Litschis, Avocados und Papayas wuchsen in diesem kleinen Paradies. Die Papayas, dort fast in der Größe von Melonen, pendelten auf dünnen, hochgewachsenen Bäumchen und man schaute jeden Tag fasziniert nach, ob alles noch aufrecht stand. Beim Anblick dieser Frucht auf diesem Baum wurde ich stets an eine Kollegin erinnert, die lange staksige Beine hatte und einen enormen Busen, auch bei ihr hatte ich immer die leichte Befürchtung, sie könne die Balance verlieren.

Ich hatte eine Ratte gefangen. Oh ja, diese Spezies blieben nicht aus in einer Nachbarschaft wie hier im feucht tropischen, satten Indonesien. Sie war überschaubar, die Ratte, daher trug ich sie in einem Eimer zur Toilette, dort wollte ich sie hinunterspülen. Doch das war eine Illusion. Als ich das Viech hineinbugsiert, den Deckel geschlossen und die Spülung gezogen hatte, war ich sicher, das Werk vollbracht zu haben. Jedoch, als ich den Deckel vorsichtig wieder anhob, paddelte dort hysterisch die Kreatur und wollte wieder heraus. Krachend ließ ich den Deckel wieder fallen und rief Dharma zu Hilfe. »Eine Ratte in der Toilette.« Sein Blick sprach Bände. »Was hat sie denn jetzt schon wieder.« So war er in etwa zu definieren. Doch er kam mit, als ich ihn drängte und staunte alsbald nicht schlecht, als er das strampelnde Individuum entdeckte. Und was geschah nun? Er holte sich etwas Papier und packte die Ratte und trug sie hinaus in den Garten. Ja, und ließ sie da frei. Na, und die kam doch gewiss wieder vorbei!

Und immer wieder polterte und rumpelte es auf dem Dachboden. Und irgendwann bat ich Dharma, nachzusehen, was da schon wieder los war. Bald erschien er dann auch wieder in der kleinen Luke und verkündete, dass eine Mungofamilie sich da oben ausgebreitet hatte. Und die ließen sich auch nicht vertreiben.

Übrigens, bin auch ich einmal durch die schmale Luke auf den Dachboden geklettert. Über Balken entlang balanciert, im Gewirr von Drähten und Leitungen fast hängengeblieben. Unglaublich, wie es dort oben zuging. Und mein Dachboden war wohl kaum eine Ausnahme. Deutsche Sicherheitsbehörden würden SOS hoch fünf ertönen lassen.

Besuch hatte sich angesagt. Meine Eltern waren im Anflug. So hatte ich einiges vorbereitet. Ein Flug auf das winzige Eiland Papatheo stand an. Es war mir empfohlen worden. Und, meinen lieben Eltern, ja, und auch mir, war natürlich nicht bewusst, auf was wir uns da einlassen würden.

Wir flogen mit einer kleinen Propellermaschine nach Pulau (Insel) Panjang. Und von dort aus ging es per Boot nach Papatheo und das war wirklich ein Inselchen. Voller Mangroven und Gebüsch und Warane. Inmitten dieser winzigen Erderhebung trutzte ein winziges Häuschen, in dem die Bewohner und das Restaurant untergebracht waren. In zehn Metern Entfernung gab es drei kleine Bungalows, in denen man nächtigte. Die Insel war so klein, dass man sich vom anderen Ende zuwinken konnte. Und die Warane tummelten sich dort munter auf dem Müllplatz und hinterließen überall ihre Spuren. Unheimliches Gefühl, am Abend ohne Mond im Dunkeln über den Steg zum Schlafgemach zu wandern und zu wissen, 20 Zentimeter unter dir duckt sich der Waran in den Sand. Ein weiterer katastrophaler Umstand: Wir wurden von Mücken »heimgesucht«. Man vermummte sich zwar gleich einer Mumie, aber diese Biester mussten besondere Sensoren haben und stießen durch alles durch. Auch die stärkste »Pestizide«, die uns den Atem nahmen, ließen sie weiter unser Blut saugen. Auch hier in den kleinen Holzhütten gab es das übliche ›kamar mandi‹, ein Becken aus Beton gegossen, das an die deutschen vorkriegsähnlichen Waschzuber erinnerte. Und hier hockte man sich nicht hinein – was wohl den geschätzten Eltern auch kaum gelungen wäre –, sondern schöpfte sich das Wasser daraus über den Buckel, so erklärte ich dann auch das Procedere.

Kurze Anmerkung: Daheim verfügte ich jedoch über eine riesige Badewanne und eine fließende Dusche.

Der nächste Tag brach an und in einem kleinen Fischerboot – woher auch immer das plötzlich auftauchte –- wurden wir von einem fröhlichen, älteren Fischer mit großem Strohhut zu einer märchenhaften kleinen Inselbucht geschippert. Dort schnorchelten und betrachteten wir die munteren bunten Fischlein unter Wasser. Darunter auch jene, die einen immer wieder anstupsten. »Nun«, rief ich meiner Mutter zu, die da mit ihrer Taucherbrille intensiv unter der Wasseroberfläche ins Meer blickte, »siehst du was?« Als sie nicht antwortete, stupste ich sie an und fragte erneut mit erhobener Stimme. Da schoss sie empor aus dem kühlen Nass, riss sich den Maulkorb vom Gesicht und prustete los: »Wie kann ich denn im Wasser eine Antwort geben?« Na, wo sie Recht hat, hat sie Recht. Unterdessen stand mein lieber Vater am Meeresstrand, kühn die Schnorchelbrille auf den Schopf gestülpt, und betrachtete die vielen kleinen roten Punkte, die ihm die Attacken der kleinen Elektrofische eingebracht hatten.

Hier in unserer intim charmanten Sonnenbucht war das Schnorcheln noch angenehm und freundlich, da keine große Bewegung im Wasser war. Jedoch, was ich draußen in den Wassern vor Sulawesi erlebte, war dann doch weniger erheiternd. Dort war ich mit Freunden im kleinen Boot hinaus in die Bucht gefahren und fernab vom rettenden Ufer mit Flossen und Schnorcheln bestückt, ins Meer geglitten. Und alsbald befand ich mich fernab der Truppe und gewahrte neben mir im Wasser eine Steilwand von immensem Gefälle und plötzlich schwamm über mir gleich einem dicken weißen Wal ein weißes Ungetüm. Mir wurde angst und bange. Schnellstens paddelte ich, nachdem das Monstrum verschwunden war, hinauf an die Oberfläche, suchte das Boot in der Weite des Wassers und nahm nach Ortung fluchtartig Richtung dorthin auf. Übrigens, schien das Schnorcheln mir nicht unbedingt zu liegen. Denn auch damals auf Ceylon kam ich draußen am Riff in Schwulitäten. Okay, die Flut kam auf und trotz einer Warnung wollte ich die Okkasion nutzen, da erneute Gelegenheit, in dortige Gewässer einzutauchen, sich wohl kaum mehr ergeben würde. Vergaß nun aber im Übereifer des Gefechts, den Kostbarkeiten unter Wasser näher zu kommen, dass ein Schnorchel nur einen extrem kurzen Luftschlauch hat. Fazit: Beim rapiden Abtauchen ergaben sich wild turbulente Wellenbewegungen vor den Augen innerhalb meiner Taucherbrille und atmen konnte ich auch nicht mehr. Verlor folglich die Orientierung und haspelte wild durch die Strömung. Panik pur. Doch dann schaffte ich es irgendwie emporzutauchen und wieder einmal zu überleben.

Eine deutsche Wirtschafts-Delegation, auf der Rückreise von China nach Deutschland, mit dem damaligen Staatssekretär Jonny Klein im Tross, machte Station in Jakarta. Und nach den vielen vereinbarten Wirtschaftsgesprächen und Foren wurde auch zum Empfang in die Residenz des Botschafters geladen. Für mich war es ein frohes Wiedersehen mit der Chefdolmetscherin der Truppe, die ich in Peking und im Sprachendienst des Auswärtigen Amts kennengelernt hatte. Und Peking war damals noch abenteuerlich und unschuldig dörflich. So gab es viel zu erzählen und wir zogen uns auf eine Couch im Salon der Residenz zurück. Doch da saßen wir nicht lange. Plötzlich näherte sich mit rotem Kopfe unser Botschafter, im Schlepptau den Herrn Staatssekretär und einige indonesische gewichtige Herrschaften und bat uns, den Platz zu räumen. Was und wie er das genau formuliert hatte, ist mir nicht mehr in Erinnerung, jedoch geschah dies alles ein bisschen ungeschickt. Nun, wir die zwei schönen, jungen Damen, die wir zu jenen Zeiten noch waren, erhoben uns sofort leicht irritiert und entfernten uns schweigend, fanden jedoch alsbald auch wieder eine hübsche Nische an der Gartenterrasse und zollten dem Vorhergegangenen somit keine weitere Aufmerksamkeit. So sind die Herren der hohen Diplomatie. Buckeln amtierenden höheren Herrschaften stets entgegen und vergessen so ab und zu ihre guten Manieren. Langsam leerte sich das Haus. Auch ich stand dort vor dem Portal und wartete auf meinen Chauffeur. Klingt großartig, wie? Nun, zum heutigen großen Tag hatte ich einen befreundeten Kollegen um seinen Fahrer gebeten. Nobel geht die Welt zugrunde oder auch nicht, war manchmal meine Devise. Und wie ich da so warte, tritt auf einmal Minister Johnny Klein vor mich hin, schmunzelt und meint: »Nichts für ungut, Madame, eine gute Heimfahrt und erhalten Sie mir Ihr Wohlwollen.« Ja, aber hallo, das ging die Gurgel hinunter wie Nektar und der Augenblick gewann noch an Bedeutung, als ich aus dem Blickwinkel wahrnahm, dass der Hausherr, Herr Botschafter, und auch Madame mit leicht säuerlicher Miene das Prozedere verfolgten. Huldvoll lächelte auch ich, stieg ein in meinen Wagen, einen silbernen eleganten Mercedes, und rauschte lautlos von dannen.

Wirtschaftsgespräche standen am nächsten Tag auf der Agenda und mein Chef, der natürlich die Herren begleitete, war den ganzen Tag außer Haus. Für den Abend war ein Bankett auf indonesischer Seite vorgesehen und so hatte Sabine einen freien Abend. Die Übersetzungsdienste würden von indonesischer Seite geleistet.

Heute Abend hatten mich chinesisch-stämmige indonesische Freunde zum Essen und zum Karaoke-Singen geladen. Und hierzu nahm ich Sabine mit. Und es wurde ein fröhlicher Abend voller Lachen und Gesang, oftmals schief, jedoch aus voller Kehle. Das junge Ehepaar lebte in einem eleganten Appartementhaus am Rande der

Stadt und war äußerst geschmackvoll eingerichtet. Das Essen, in größter chinesischer Vielfalt, war exquisit, doch dann schockte uns der junge Hausherr, da er uns offenbarte, dass er die Embryonen der Mäuse schlucken würde, um gesund und fit zu bleiben. Das wäre ein überliefertes Rezept seines Großvaters. Und wir mussten schlucken, und schüttelten uns wohl oder übel vor Unbehagen. Und das herzhafte Lachen des jungen Chinesen lag im Raum und man wusste nicht: Hatte er nun die Wahrheit gesagt oder uns eine Schwindelgeschichte erzählt? Obwohl, in China ist einfach alles möglich.

Schwester und Schwager waren im Anflug. Und wieder die Gelegenheit, eine Reise zu unternehmen. Ich hatte schon wieder begeistert Pläne geschmiedet und auch eine entlegene Route ausgewählt. Die Reise sollte nach Flores über Bali und Java zurück nach Jakarta führen. Eingeplant hatte ich noch das Eiland der Komodos, den Wohnsitz dieser Riesenechsen. Jedoch scheiterte dies am Veto des Schwagers. Ihm war wohl das Abenteuer zu groß, zumal das Auto, das uns später quer durch Flores zur Küste bringen sollte, nicht unbedingt vertrauenerweckend aussah. Auch traute er keinem Schiffer, der uns bei Flut von Flores auf die Insel schippern sollte. Schade, ich hätte, das Abenteuer auf mich zukommen lassen, und war gewiss, dass dies ein Highlight geworden wäre. Vielleicht hat ihn aber auch die Fahrt nach der Stadt Ende über die engen, durchlöcherten, oft höchst gefährlich vom Monsun unterhöhlten Bergstraßen gewarnt. Fürwahr, wild und zertost lagen sie unter uns, die Wälder und Täler und später der Blick auf die drei Kraterseen, schwarz, weiß und grün, bedingt durch die in ihnen schlummernden Mineralien, ließ schon schaudern. Und, nicht zu vergessen, der Wassertank des Autos. Der Fahrer schien keine Ahnung zu haben, mein Schwager jedoch umso mehr. So fragte er, warum der Pfeil am Wassertank ausgeschlagen hätte. Und da stellte es sich heraus, dass wir »trocken« fuhren, dass hieß, bald würde der Motor kochen. Und dies geschah beim Durchqueren eines Flussbettes im Schoße der

Natur. Hier und da sah man einige Wasserlachen und am Flussufer hantierten die Frauen, die ihre Wäsche in wenig gefüllten Tümpeln schwenkten. Achmad, der Fahrer, war sehr still geworden. Und ergab sich völlig der Order von Schwager Manfred. So hatte man irgendwie eine Dose und Flasche organisiert und lief dutzende Male hin und her, um den Wassertank zu füllen. Doch der war inzwischen porös geworden und eine Werkstatt wurde dringend notwendig. So tasteten wir uns dann langsam mit Halts und Stopps, Abkühlen und Auffüllen des Motors und Tanks den Weg ins Städtchen Ende vor. Und dort erfuhren wir die Hiobsbotschaft. Das Auto hatte einen soliden Motorschaden und es würde dauern, bis es wieder fahrbereit wäre. Na, prost, und das am Ende der Welt, denn wie zum Hohn, hieß diese Stadt hier am westlichen Ende der Insel wahrhaftig »Ende«.

Und auch kein Flugzeug bewegte sich dort am Himmel. Unsere Zeit verbrachten wir unter anderem mit einer Bootsfahrt und sahen zu, wie vom Berghang die Kokosnüsse in die Bucht geschleudert, dort eingesammelt und später zum Markt gebracht wurden. Uns wurden einige kredenzt und sie mundeten köstlich. Nach drei langen Tagen endlich war der Wagen wieder fahrbereit und wir starteten die Fahrt zurück ins Landesinnere. Ein Flugzeug hatte sich mittlerweile nicht gezeigt. Unsere Rückreise verlief erstaunlich lautlos. Nun, die Passagen, die wir durch wild- und windzerzauste Wald- und Berghöhen sowie durch engste Schluchten und auf schmalsten wenig befestigten Fahrbahnen zu durchfahren hatten, ermutigten auch nicht gerade zu euphorischem Jauchzen. Aus diesem Grund war es vielleicht verständlich, dass Schwager Manfred vor der Inseldurchfahrt zurückschreckte und ich der Warane nur in meinen Träumen gedenken konnte.

Auf also nach Bali. Und das kennt inzwischen fast jeder, doch gibt es auch hier noch traumhafte, verschwiegene Regionen, die den einmaligen Charme der Insel verkörpern. Verborgene, kleine, jadegrüne Reisterrassen, die im Sonnenlicht glitzern, überwucherte, vergessene

Tempelanlagen, winzige Dörfer mit bunten, lebhaften Märkten. Im Sonnenuntergang segeln wir später im Katamaran von Kibo vor der Küste und freuen uns schon auf das köstliche Dinner von Fatima, seiner drallen fröhlichen Ehefrau, das sie uns dort im überrankten Gärtchen ihrer kleinen Pension servieren wird. Dann geht es zurück nach Java, Ziel ist hier die große buddhistische Tempelanlage Borobodur. Überwältigend der Anblick. Neun Stockwerke ragen mit 72 Stupas und einer gewaltigen Hauptstupa vor uns in den Himmel. An den Wänden kann man das Wirken und Leben von Buddha in Flachreliefs verfolgen. In den Jahren 750 bis 850 soll dieses Bauwerk entstanden, dann aber jahrelang unter der Asche des Merapi-Vulkans begraben und vergessen worden sein. Erst im Jahre 1835 sollen die Europäer dieses Kunstwerk wiederentdeckt haben. Heute zählt es zum Weltkulturerbe.

Indonesien ist unerschöpflich und bietet dem reisenden Abenteurer Unermessliches. Das Land hält einen gefangen und immer und immer wieder durfte ich Neues entdecken. Zum Beispiel die Reise nach Sumatra zum Lake Toba. Erschreckend jedoch waren auf dem Wege dorthin die riesigen Plantagen. Hier hatte man den Dschungel brutal gerodet, um des schnöden Mammons willen. Palmöl wird geerntet und daher wird die Natur brutal geschunden. Ich erreiche den Lake Toba, diesen größten und tiefsten Vulkansee der Welt. Wie ein blauer Opal liegt er da, umrandet von herrlichen Berghöhen. Lasse mich hinüber zur Insel Samosir schippern, um hier ein bisschen den Pulsschlag des Batakvolkes zu spüren. Sie wohnen in wunderschönen, buntbemalten Häusern, deren Dächer gleich einem Schiffsbug hochgewölbt sind. Werde zu einem Gläschen Tuak, dem traditionellen Palmwein, eingeladen, höre ihre spezielle Musik und sehe ihre prächtigen handgewebten, rotschwarzgemusterten Tücher, die noch heute zu besonderen Ereignissen wie Hochzeiten und Begräbnissen getragen werden. Meine Reisetasche kann bald nicht mehr all die Herrlichkeiten fassen.

Fahrten nach Sulawesi mit seiner traumhaft schönen Landschaft und seinen paradiesischen von köstlichen Gewürzen geschwängerten Luft und Surabaya schlossen sich an. Und eine jede Reise war ein Höhepunkt. Freunde hatten mich nach Surabaya eingeladen. In aller Herrgottsfrühe ging es hinauf zum Mount Bromo, genannt nach dem Hindugott Brahma. Am Fuße des Vulkans steht ein Tempel und hier beginnt auch der Pilgerweg der vielen tausenden von Gläubigen, die jedes Jahr zum Kasada-Fest sich am Kraterrad versammeln, um ihre Opfer zu bringen. Wir erreichen den Gipfel und die Sonne schiebt sich plötzlich an den Nebeln und Wolken vorbei. Eine Farbsymphonie ergießt sich über uns, die schier trunken machte. Man glaubt, sie zu durchschweben, diese duftig zarten, rosa-, pink- und rotdurchwirkten Schaumwolken, und im Hintergrund, schemenhaft unwirklich, liegen gleich rauchigen Gemälden die blau getönten Krater.

Mein Klavier hatte ich bei den Eltern abgestellt und bereute es und nun lernte ich durch einen Zufall Carla kennen, die Inhaberin einer Musikschule, die auch Klaviere zum Verkauf anbot. Diverse Exemplare standen zur Auswahl. Für mich immer maßgebend, der Anschlag und der Ton. So fand ich Gefallen an einem alten Klavier aus Österreich. Carla ließ es zu mir nach Hause bringen. Und ich spielte. Leider stellte ich dann fest, dass das Spiel nach mehreren Stunden zu ermüdend war, das Klavier brauchte zu viel Druck. Und dankenswerterweise verstand Carla mich und nahm das Klavier zurück. Angetan hatte es mir von Anfang an ein Toyota-Konzertklavier, das sich wunderbar leicht spielen ließ. Doch leider war dies schon für eine Konzertpianistin vergeben. Doch dann die Wendung, das Klavier stand zum Verkauf. Wunderbar. Es begleitete mich fortan durch Brasilien, Hanoi und Guinea. Und hat mich nie enttäuscht. Dann zurück in Deutschland habe ich mich leider von ihm getrennt, träumte ich doch von einem weißen, kleinen Flügel.

Die Gattin des Gesandten der Botschaft Jakarta spielte wunderbar Geige. Es war ein Traum, mit ihr zu musizieren. Sie erzählte von ihren Übungsstunden mit einer russischen Geigerin in Moskau. Und ich konnte von meiner Freundschaft mit einer wunderbaren brasilianischen Pianistin berichten, die mir exklusive Privatstunden schenkte. So ergänzten wir uns wunderbar und nur wer Musik liebt, kann nachempfinden, welche erfüllenden Momente hieraus erwachsen können.

In entlegenen Dienstorten genießt man doppelt das, was in Deutschland und unseren sogenannten Industrieländern so selbstverständlich erscheint. Großartige Konzerte, Begegnungen und Gespräche mit wunderbaren Menschen oder einfach nur das fließende Wasser aus dem Wasserhahn. Das diesjährige Neujahrskonzert in Indonesien mit den Philharmonikern aus Tokyo, den unglaublichen Chopin-Abend in Hanoi mit einem vietnamesischen Pianisten, Askenase mit seinem Klavierabend in Nairobi, den Abend mit Moustaki im fernen Conakry dort am Golf von Guinea. Erlebnisse, die sich tief eingepflanzt haben und die man niemals vergisst. Und nie, nie mehr, lasse ich Wasser einfach laufen, weiß ich doch, welch kostbares Gut es ist. Glaubte ich je, Wasser kaufen zu müssen? Lächerlich, doch dann geschah das Unfassbare. In Guinea, Afrika, wurde das Wasser knapp und abgestellt. Der Tankwagen kam ins Dorf und wir ließen das blaue Reservoir füllen. Voll kostbarem, teurem Wassers.

Und wieder stand Besuch ins Haus. Eine Kollegin, befreundet durch gemeinsame Dienstzeit in China, scheute wahrhaftig nicht die lange Anreise aus Afrika. Und das sollte sich auch lohnen. Vorab hatte ich sie animiert, mit mir eine Reise nach Neuseeland zu wagen. Und, wundervoll, sie war bereit. Natürlich erforschte sie während ihres Aufenthaltes auch einige Regionen im Land, während ich noch dem Dienst frönen musste, aber zusammen starteten wir dann unser Abenteuer ins Land der Schafe und Kiwis. Anne hatte als Gastgeschenk köstlichen französischen Käse mitgebracht, eine Rarität damals hier in Indonesien. Doch die Gute hatte es zu gut gemeint. Diese Mengen konnte man nicht in kurzer Zeit verspeisen, so entschied ich, obwohl streng verboten, diese Köstlichkeiten mit auf Reisen zu nehmen, – den Genuss wollte ich mir nicht nehmen lassen. Anne warnte mich, doch ich nahm getrost den doppelt und dreifach mit Plastik umgürteten Käse in die Hand und marschierte in Auckland kühl durch den Zoll. Zückte meinen blauen Pass und ließ mich nicht aufhalten. Schauten die Zöllner da doch etwa skeptisch? Rümpften sie sogar ihre Nasen? Dachten die Herren etwa, deutsche Diplomaten waschen sich nicht immer perfekt? Egal, ich war auf der anderen Seite und später beim Picknick in der neuseeländischen Natur schmeckte dieser Käse einfach göttlich. Und, wie ich es vermutete, hier in dieser Welt gibt es wahrlich mehr Schafe als Menschen. Die Natur, ein Garten Eden. Meer, Wolken und Himmel dominieren und die riesigen Farne an den Straßenrändern geben dem Bild etwas Geheimnisvolles und Mystisches. Geysire, Fjorde, Gletscher und endlose Einsamkeit. Was für ein großartiges Land. Hoch oben im Schnee, auf dem Gletscher, wurde mir auf einmal mulmig: Was, wenn der Schnee plötzlich nachgibt und ich versinke und sinke und sinke? Doch, dem Himmel sei Dank, da stand ich, eingesunken zwar bis zu den Knien, über mir endlos blauer Himmel, unter mir das ewige Eis, doch neben mir die Hand von Bob und seines rettenden Helikopters.

Die Wildwasserfahrt brachte unser Herz fast zum Stillstand. Wie knapp unser Boot an den Klippen entlangstreifte war aufwühlend und erregend. Doch suchten wir nicht den Kitzel? So also bekamen wir ihn. Nachdem wir die Nordinsel durchquert hatten, erreichten wir die Bucht und setzten hinüber zur Südinsel und das Paradies endete erst tief im Süden im jadegrünen Milford Sound. Was mag sich dort unten, in einer Tiefe von 1700 Metern, abspielen? Ein Geheimnis, das wir mit zurücknehmen, von einer märchenhaften Reise. Der kleine diamantene Kiwi, der mir damals geschenkt wurde, strahlt heute noch funkelnd im Schrank und versprüht ohne Pause seinen Reiz und die Erinnerungen.

Anne musste zurück nach Deutschland. Doch mich lockte noch die Südsee. Tahiti, Fidji, Samoa. Also, auf nach Papeete. Auf den Spuren Gauguins. Olàlà, quel choque. Ici il faut payer l'air. Hier musste man das Atmen bezahlen. So teuer erschien mir dieses exquisite Eiland. Parbleu, wo fand ich nun eine geeignete Unterkunft? Doch auch dieses Problem wurde gelöst, ich fand sie, eine wunderhübsche, kleine Pension am Rande der Stadt, vor einer Lagune. Sie wurde von einer Französin mit einheimischem Gatten geführt. Die Zimmer waren zwar spärlich und man schlief auf Bastmatten am Boden, doch im Speiseraum traf man familiär zusammen und bekam ein köstliches Essen. Es war Weihnachtszeit. Und alle schienen ausgelassen und fröhlich zu sein. Mir war plötzlich elend zumute und ich zog mich in mein Zimmer zurück. Als ich da so auf der Matte lag und vor mich hin meditierte, kitzelte es mich dermaßen überall und erschrocken gewahrte ich, dass da plötzlich munter die Kakerlaken auf mir herumturnten. Entsetzt schoss ich hoch. Und in diesem Moment klopfte es an meiner Türe und man lud mich zum abendlichen Weihnachtspunsch ein. Da folgte ich gerne.

An nächsten Tag unternahm ich mit Dianne und Fritz eine Fahrt nach Moorea. Dianne, eine stattliche, junge amerikanische Mormonin, die ich leider ziemlich echauffierte, als ich sie fragte, ob es stimme, dass den Mormonen die Vielehe erlaubt sei. Hallo, das war ein totaler Fauxpas von mir und ich musste mich ziemlich anstrengen, um hier wieder friedliche Luft zu atmen. Fritz war, nun der Name macht es eigentlich schon deutlich, ein junger Deutscher. Wir machten uns also auf zur Fähre nach Moorea und der Ausflug dorthin sollte wunderschön werden. Die Fahrt am Meer entlang, das Bad in der Lagune und unter dem Wasserfall, der Besuch des Gauguin-Museums und die herrliche Landschaft. Von ferne sahen wir die abrasierten Palmen von Bora Bora, wo vor nicht allzu langer Zeit der Taifun gewütet hatte. Für so viele der eigentliche Inseltraum. Nun, ich denke, diese Herrschaften legen hier besonders Wert auf die Unterkunft. Auf diese Luxuskabanen, die da eng an eng in der Lagune stehen. Doch das brauchten wir nicht. Moorea schien leer von Touristen zu sein, das Paradies gehörte uns.

Dianne und Fritz flogen anschließend zurück in ihre Heimat. Mein Flug ging weiter Richtung Fidjis. Als ich auf dieser Zuckerrohrinsel landete, glaubte ich mich wahrlich versetzt an den äußersten Horizont. Es mutete alles wie eine einstige Domäne der frühen Seefahrer an. Auch hier hatte ich mich natürlich nicht in einem Luxusbungalow am Meer eingemietet, sondern wohnte in einer winzigen Eckpension im winzigen Städtchen. Nun, die Zeit musste genutzt werden und ich erfragte einen Taxi-Fahrer, der mir die Insel etwas näher bringen sollte. Und der fand sich. Ein kerniger, hausbackener Geselle, der mich freundlich überall hin kutschierte. So konnte ich die schönsten Aufnahmen in aller Ruhe einfangen. Mit einem der wenigen Ausländer kam ich ins Gespräch und wir vereinbarten, eine Busfahrt nach Suva zu unternehmen, der Hauptstadt der Fidschis, und das war recht amüsant und unterhaltsam. Suva hat einen alten kolonialen Charme und versprühte, wie auch sonst im Lande, keine Hektik. Mein letzter Tag war verplant für eine Segeltour. Es ging hinüber zu den Inseln. Mary begleitete mich. Ansonsten waren nur drei weitere Fremde auf dem Schiff. Magisch, die leuchtende blaue See, die verträumten kleinen, von feinstem Sand umgebenen Inseln. Man durchläuft alles wie in Trance, in einer schieren Unfassbarkeit. Auf der Rückfahrt wurden die rostroten Segel gehisst und die Crew spielte an Bord einheimische Rhythmen. Und nicht, weil man uns, den wenigen Reisenden imponieren wollten, nein, sie spielten aus purer Lust und das spürte man.

Auszug aus einem Brief

»Heute Abend gehen wir mit einer Gruppe der Botschaft ins Senay-an-Stadion hier in Jakarta. Es spielen die zwei Tennis-Asse Mecir und Yang. Nicht die allererste Garde, aber immerhin.
Gestern zelebrierte in eben diesem Stadion der Papst eine Messe. Er ist ja zurzeit in Indonesien auf Besuch. Ich bin ja nicht katholisch, habe es mir aber im Fernsehen angeschaut. Es war entsetzlich langweilig. Sogar der Papst hat gegähnt. Also, liebe Freundin, da halfen auch die vielen bunten Fähnchen nicht, die eifrig geschwenkt wurden.

Mit mir habe ich auch inzwischen zu Gericht gesessen. Konnte mich nicht mehr leiden. So ging ich zum Friseur. Ließ meine Haare schneiden und erblondete. Das leicht ergraute Haar bleibt nun hoffentlich vorläufig unsichtbar!!! Nur mit meiner Figur will es noch nicht so richtig klappen, die Maße einer Audrey Hepburn werde ich wohl kaum erreichen!!

Am letzten Wochenende wurden wir zu einer Inselfahrt eingeladen. Entfernung von Jakarta circa eine Stunde Flug. Dort mussten wir dann sechs Kilometer rennen. Ich wusste wohl, dass ein Fun-Run stattfinden, aber nicht, dass dies ein richtiger Wettlauf sein würde. 1.700 junge Leute nahmen teil, die kamen von den verschiedensten Inseln aus der Umgebung. Unsere Gruppe aus Jakarta zählte 40 Leutchen. Und ich war einer der ältesten in diesem Haufen. Und dann stell Dir vor, ich gewann einen Pokal, einen wunderschönen, rotgoldenen, mit eingravierter Silberschrift: ‚Gewinnerin des Wettbewerbs der über 40-jährigen‹!!!. Die Insel an sich bietet nichts Außergewöhnliches, außer einem wunderschönen, weißen Sandstrand. Dort will man nun die Touristik ansiedeln und aus der Insel ein zweites Bali machen. O ja, wir Menschen verstehen es großartig, die Natur zu verschandeln.«

Brasilien

1993–1997

*Bevor die Portugiesen Brasilien entdeckten, hatte Brasilien die Glück-
seligkeit entdeckt.*

Oswald de Andrade

Nun, mir erging es wohl damals wie den Portugiesen, ohne Kampf
kein Paradies.

Dienstende in Indonesien. Drei Posten standen zur Auswahl. Tehe-
ran, Belgrad und Brasilia. Und letztlich erwählte ich also Lateiname-
rika. Das Land der Sonne, des Sambas und eben der Glückseligkeit.
Zwar etwas mit Wehmut, denn Persien und das wilde Serbien waren
auch höchst verlockend. Doch wollte ich unter Schleier und Verhül-
lung meine Tage verbringen, nicht Auto fahren, noch frei umherreisen
können? Oder Kälte und Winter in den Fluchten asiatisch östlicher
Breitengrade erleben? »Nein«, wollte ich nicht. So also Brasilien. Leider
nahm nun aber der nette Herr im Planungsbüro die portugiesische
Sprache auf die leichte Schulter, obwohl ich klar und deutlich sagte:
»Also Brasilianisch spreche ich nicht.« »Nun«, meinte er, »das ist auch
nicht so wichtig. Sie sprechen Spanisch und das dürfte ausreichen.«
Wohl denn, seine Worte in Gottes gnädigem Ohr.

So flog ich also frohen Mutes die lange Strecke von Jakarta aus
nach Brasilien, um Land und Leute zu erkunden und mir eine Bleibe
zu suchen. Ja, man ist großzügig im Auswärtigen Amt. Ein Recher-
chieren vorab ist gestattet. Und ich glaubte mich alsbald im Laufe
des endlosen Fluges unterwegs zum Mars. Nach Ewigkeiten landete
die Lufthansa endlich in Rio und dort hieß es, nach mehrstündiger
Warterei auf die VARIG, die brasilianische Luftlinie, in Richtung Brasilia umzusteigen. Und inzwischen war mir um keinen Deut leichter
ums Herz geworden. Wenn, fragte ich mich, doch erwartet wird, dass

man Brasilianisch spricht? Auch hier zu wissen, dass das Brasilianische seine nicht unbedeutenden Abweichungen vom Spanischen und auch Portugiesischen hat. Nun, alsbald sollte ich Gewissheit erhalten.

Der Kanzler im hiesigen lateinamerikanischen Hause – inzwischen weiß man, dass dieser besagte Herr die Amts- und Verwaltungsgeschäfte einer Botschaft führt – erklärte mir nämlich klipp und klar, dass ein Arbeitsfeld im Vorzimmer des Botschafters ohne brasilianische Sprachkenntnisse unmöglich sei, denn dieser, lange bereits in Südamerika lebend, verlange dies. Überhaupt verstehe er nicht, dass man in Bonn so verfügte hätte. Heißa, das waren wahrlich klare Worte, und ich fühlte mich wie zu Boden geschmettert. Wortlos verließ ich die Stätte und auf dem Wege zurück ins Hotel machte ich im Lufthansa-Büro Halt, um den nächsten Retour-Flug nach Deutschland zu buchen. Und ich glaubte, die Maschine, die weiter nach Sao Paulo geflogen war, auf dem Rückflug noch erreichen zu können. Doch war mir nicht der Zeitverschiebung bewusst. Die Maschine flog längst über den Wellen des Atlantiks zurück Richtung Old Germany. Ich würde hier also eine Woche warten müssen. Eine Welt brach in mir zusammen. Völlig apathisch hockte ich da auf meinem Stuhl. Da umwaberte plötzlich der würzige Duft eines Kaffees meine Nase und eine freundliche Dame der hiesigen LH-Agentur hatte eine Verbindung zur Botschaft getätigt. – Und später, übrigens, sollte ich hier eingehen in die Annalen als erste und wohl einzige Person, die den sofortigen Rückzug gewählt hatte. Nicht gerade rühmlich, aber in meiner damaligen Situation aus meiner Sicht völlig verständlich.

In der folgenden Woche logierte ich im Hotel und fand langsam mein Equilibrium zurück. Die Wohnungssuche ging vonstatten und da wurde ich auch alsbald fündig. Ein wunderschönes, im spanischen Ambiente errichtetes Domizil, geschmückt mit unzähligen üppig blühenden Bougainvilleen, einem herrlichen Garten mit azurblauem Schwimmbad und einer Bodega mietete ich an. Also reiste ich nun getrost ab, um in Jakarta meinen Umzug vorzubereiten.

Die zweite Anreise in Brasilia verlief weniger bestürzend. Den Botschafter hatte man natürlich informiert und die Weichen waren gestellt. Ich wurde ins Büro des Gesandten, dem Vertreter des Leiters, gesetzt, und hatte demzufolge doch auch die Vertretung im Vorzimmer zu übernehmen. Nicht gerade rosige Aussichten betreffend den gestrengen Herrn mit seinem portugiesischen Sprachenspleen. Aber da uns, einer mit anreisenden Kollegin und mir, ein Sprachkurs in Bahia genehmigt wurde, drehte sich das Karussell alsbald zur positiven Seite. Nicht unerwähnt sollte bleiben, dass dieser Lehrgang in die Zeit des Karnevals fiel und wir trotz intensiven Sprachstudiums eine aufregende Zeit in Salvador de Bahia verbringen durften. Glück hatte ich mit meinem Zimmer des kleinen Hotels. Ich schaute hinaus aufs Meer und die alte Festung und genoss stets die wunderbarsten Sonnenuntergänge. Am Wochenende erforschten Karin und ich die Umgebung oder ließen uns mit den Techno-Rhythmen der Karnevalsumzüge treiben. Die Altstadt von Bahia ein Schmuckstück und die Strände um Bahia herum Juwele. Doch unser Ziel war das Erreichen des Examens, denn falls man hier scheiterte, durfte man die ganze Herrlichkeit selbst bezahlen. Wir schafften es. Und genossen nunmehr während der letzten Tage noch die berauschenden Phasen des Karnevals. Unglaublich, wie diese Menschen feiern, tanzen und einfach das Leben leben können. Man wurde mitgetragen von dieser Woge der überschwänglichen Lust. Erschöpft ruhten wir später stets auf dem stillen Platz neben unserem kleinen, abseits gelegenen Hotel aus. Auf den Holzstühlen unter den Platanen saßen dort auch die Alten und schlürften ihren »Brahma« oder auch »Skol«. Auch wir genossen die Stille und das kühle brasilianische Bier. Drüben am Strand versuchten sich noch einige Youngsters im Capoeira-Tanz, diesem von den afrikanischen Sklaven überlieferten Kampfsport, mit dem diese Erbarmungswürdigen sich vormals ihren ganzen Frust, ihre Qual und Verzweiflung von der Seele tanzten. Bewegung, Schläge, Tritte und Sprünge in immer rasanteren Tempi sind angesagt, doch ohne den

Gegner zu berühren, und das erfordert äußerste Körperbeherrschung und seelisches Gleichgewicht.

Noch fehlte uns das mystische Erlebnis der Candomblé-Zeremonie. Candomblé, diese bis zum heutigen Tage anhaltende Synthese des Katholizismus mit den afrikanischen Naturreligionen. Und so erfuhren wir, dass durch das damalige Verbot der Missionare, ihre afrikanischen Götter zu verehren, die Sklaven ihren einheimischen Göttern die Gestalten der katholischen Heiligen verliehen. Und ihr Gott Oxalá verkörperte Jesus Christus. Durch zahlreiche Legenden und mündliche Überlieferungen blieben Riten, Mythen und Praktiken erhalten und leben fort in Zeremonien und Festen in ihren speziellen Kultstätten, den ›Terreiros‹. Zwischen den Göttern und Heiligen und ihren Gläubigen vermitteln Priester und Priesterinnen, hierfür besonders trainiert in großer Abgeschiedenheit durch rituelle Bäder und eine Initiation, die aus einer Ölung mit Tierblut und Hühnerfedern besteht. Weiter erfahren wir von Paulo, unserem Lehrer, dass die Priester und Priesterinnen nicht nur Vorsteher eines Terreiros in geistiger und administrativer Hinsicht, sondern auch allgemein anerkannte Persönlichkeiten darstellen. Sie sind bewandert in allen Lebenslagen und könnten helfen, die positiven Energien aller Lebewesen, Pflanzen, Naturgewalten, das ›Axé‹, zur Entfaltung zu bringen.

Paulo hatte sich erkundigt. Heute, am späten Abend, würde in einer kleinen Casa im Pelourinho der Cidade Alta, der Altstadt von Salvador eine Zeremonie stattfinden. Bus No. zwei ging hinauf in die Oberstadt. Schweigend fuhren wir im fast leeren Abteil hinauf zum Zentrum und durchliefen erst einmal viele dunkle Gassen und bogen immer wieder an irgendwelchen Häuserecken ab. Dann standen wir vor einem unscheinbaren kleinen, dunklen Eckhaus. Durch den Hinterhof ging es in einen engen, verräucherten Raum, wo schon dicht an dicht auf harten, kleinen Holzbänken viele Gläubige und auch einige wenige fremde Besucher saßen. Und irgendwie hockten auch wir dann irgendwo und harrten miteinander gebannt des Kommenden. Die

Trommeln erwachten, rhythmisch markant und dunkel, und wurden zunehmend lauter und wilder. Und dann schoben sich weißgewandete opulente Priesterinnen mit Gesang und Tanz durch die Türe und bewegten sich bald in immer leidenschaftlicheren Rhythmen durch den Raum, bis eine der Geweihten in Trance versunken zu Boden glitt, sich dort mit zuckenden Bewegungen entlang robbte und unartikulierte Laute ausstieß. Die Trance, wie ich las, ist ein Zustand des totalen Vergessens, des Außer-sich-sein, von Unterwerfung einerseits, von Besessenheit anderseits, – hervorgerufen durch monotones Trommeln, durch die sich mehr und mehr aufpeitschenden Tänze, vielleicht auch durch Farben, Gerüche oder Klänge. Und hier nun die Trance, in der die Götter des Candomblé, die Orixás, kurzzeitig in die körperlichen Hüllen der auserwählten Anhänger schlüpfen, um sich auf diese Weise zu offenbaren. Wohl in der eigenen Sprache der Priesterinnen, deren Bewegungen auch zunehmend hektischer und bizarrer wurden und plötzlich abbrachen. Die in Trance sich windende Person trug man hinaus und ein in bunter Robe gekleideter, wie ein Schamane mit Knochen und Federn geschmückter Medizinmann trat ein, auf einem Tablett einen traurig gefesselten Hahn, der alsbald dem Gott Oxalá unter vielem Gemurmel und jämmerlichem Gekrähe geopfert wurde. Ja, und da wurde es nicht nur mir elendig zumute, – benommen, still und schnell zog sich unsere kleine Schar alsbald zurück.

Fortan gestaltete sich der Dienst in der Botschaft weniger aufregend. Und mein Herz klopfte nicht mehr ängstlich, wenn der Übersetzer, Senhor Carlos, mir seinen portugiesischen Text in den Computer diktierte oder ich die vielen Einladungen im Vorzimmer telefonisch durchsagen musste. Die Herren Brasilianer hatten nämlich die Unsitte, auf schriftliche Einladungen nicht zu reagieren, und daher legte Herr Botschafter Wert darauf, vorab telefonisch eine Zusage zu erhalten. Apropos, auch das nützte wenig. Ein Brasilianer handelt nach Laune und Gemüt der Lage.

An einem neuen Posten ist man auch immer bestrebt, mobil zu sein.

Also hatte ich mir einen schicken silberfarbenen GOL, den in Brasilien produzierten Golf, bestellt. Die Fertigung dauerte leider länger als vorgesehen, so übernahm ich von einem Kollegen den alten, khaki-farbenen Volkswagen und sollte mein blaues Wunder erleben. Schon beim Ankauf kam mir der Geruch im Wagen etwas verwegen vor. Ja, und das bestätigte sich dann, der kleine VW fuhr mit Alkohol. Zum Aufwachen brauchte dieser jedoch stets sein gewisses Quantum Benzin. Meine Güte, was hatte ich mir da zugelegt! Erlebte die tollsten Überraschungen und betete jeden Morgen, dass dieses Unikum ansprang. Die Töne der von mir traktierten Kreatur klingen noch heute in meinem Ohr. Den Weg zur Botschaft kannte ich inzwischen. Hier in Brasilia hat alles seine Ordnung. In der Mitte liegt der See. Oberhalb des Sees das Diplomatenviertel. Weiter landwärts das Ein-kaufsviertel und auf der anderen Seite die Ministerien und offiziellen Gebäude der brasilianischen Regierung. Die Stadt, wie man weiß, 1956 im Nirgendwo erbaut vom legendären Architekten Oscar Nie-meyer. – Auf dem Weg zur Botschaft streikt plötzlich mein Vehikel. Und ich stehe da, einsam und noch ohne große Kenntnisse der Samba durchtränkten, melodischen Sprache. Die Polizei erscheint und fragt nach der Ursache meines Stopps. Nach vielen akrobatischen Wendun-gen ins Brasilianische, Spanische und Englische kapieren die Herren letztendlich das Grundlegende. Ich arbeite an der Deutschen Botschaft und meinem Auto fehlt der Alkohol. Die Herren drücken mir eine Münze in die Hand, damit ich von der nicht weit entfernten Säule die Botschaft anrufen kann. Irritiert halte ich das Geldstück in der Hand. Meine stillen Fragen: Wie funktioniert der Apparat? Und wie war noch gleich die Nummer der Botschaft? In diesem Moment erscheint eine Kollegin auf der Bildfläche und fängt mich auf. Kulante Geste der Polizei – sie würden mein Auto während meiner Abwesenheit unter Kontrolle behalten. Denn, so wurde ich wenig später von meiner Kolle-gin informiert, ist dies auch das Land der Langfinger. Nun, da sah ich ja rosigen Zeiten entgegen, die sich dann auch spektakulär entfalten sollten, hinsichtlich Einbrüchen und Kidnapping. Momentan nun aber fuhren wir den leichten Serpentinenweg hinauf zur Botschaft. An der dritten Linksbiegung stehen wieder herrliche rote Rosen und eine Flasche Rum. Jeden Morgen findet man hier frische Blumen und eine neue gefüllte Flasche. Was die Flasche anbelangt, offenbarte mir später ein ortsansässiger Kollege, dass er keine Skrupel kennen würde, diese einzusammeln. Ja aber, ob er sich hiermit nicht den Groll der Götter, Ahnen oder des Spenders zuziehen würde, fragte ich ihn. Sein Lachen war Antwort genug. Er war übrigens derjenige, der dann mit drei Flaschen Alkohol mein Auto wieder fahrtüchtig machte.

Die Zeit verging und die Weihnachtstage standen an. Mir wurde die Gelegenheit geboten, eine Amazonas-Tour auf einem Hausboot mit Kollegen und ihren Besuchern aus Deutschland zu unternehmen. Das klang abenteuerlich. Wir flogen nach Santarém und bestiegen dort das Hausboot von Kapitän Pablo do Silva, eine ›African Queen à la Brasil‹. Und unser Herr Kapitän stand seinem Original, dem rabaukigen, doch liebenswerten Humphrey Bogart, in nichts nach. Er hievte uns täglich ein- bis zweimal mit kleinem Boot in die unzähligen Seitenarme des Amazonas und ließ uns unser Abendbrot, dort in den Mangroven, selber angeln mit diesen ganz speziellen Angeln der Region. Hier sind einige Meter Nylonschnur mit einem Angelhaken auf ein Stück Holz gewickelt. Als Köder benutzt man kleine Würmer und Fleischstücke. Wie oft nun aber meine Angelschnur sich dort in den Wurzeln und Schlingen der Pflanzen verhedderte, konnte ich nicht nachhalten. Und einmal riss ich den Haken zu schnell empor, da ich eine besondere Beute vermutete, doch nur eine alte Sandale (!) hing im zerzausten Mangrovengeflecht am Haken und mein Finger blutete. Na, das war letztendlich das Festessen für die Piranhas und die verspeisten wir später zum Nachtmahl.

Heute, am Nachmittag auf dem Rückweg, waren wir völlig erledigt. Durchnässt und erschöpft, bedingt durch einen unglaublich starken Tropenregen, nahm unser Kanu flotten Kurs auf ›Frida‹, so der Name unseres Hausbootes, und als wir dann später getrocknet, müde und hungrig auf Deck Platz nahmen, zeigte sich die Welt letztendlich wieder in Ordnung. Denn, qué alegria, welcher Genuss, wir durften uns an gegrillten Hühnerschenkeln im Reis- und Gemüsebett laben. Woher diese Köstlichkeiten kamen, entzog sich unserer Kenntnis, jedoch waren wir selig, nicht wieder die unzähligen Gräten der Piranhas aus den Zähnen pulen zu müssen.

Diese Reise sollte noch weitere diverse Höhepunkte beinhalten. Auch nachts fuhren wir im kleinen Kanu hinaus und Pablo zeigte uns im Lichte seiner Taschenlampe die Schlangen und Echsen, die dort in den Gebüschen und Verstecken der grünen Hölle ihr Leben fristen oder genießen, und o Schock, einer der Leguane wurde ins Boot gehievt. Und meine Kollegin Karin machte sich eine diebische Freude daraus, mir diesen kleinen Drachen vor die Nase zu halten. Fast wäre ich vor Schreck beim Zurückweichen über Bord geplumpst. Diese besagte Kollegin, wir kennen sie aus Bahia, liebt auch Schlangen. Fasst sie kühn und emotionslos an und spielt mit ihnen. Beim leisen Gedenken rieseln mir die Schauder über den Rücken. Und unter diesen Gesichtspunkten sollte mich eigentlich auch nicht ihre nüchterne Verhaltensweise gegenüber Kranksein erstaunen. Doch ich wurde erschüttert. Dies geschah zwei Jahre später.

Zwischen all meinen herrlichen Reisen und Fahrten muss ich natürlich auch arbeiten und zwar hart arbeiten, aber wen interessiert das. Nun, ich erwähne es trotzdem. Sitze also, wie üblich, vor immensen Stapeln von Akten, deren Bearbeitung wieder einmal während meiner Abwesenheit »vergessen« wurde. O ja, das sollte regelmäßig vorkommen. Vor meinem Fenster steht ein wunderschöner Honigbaum. Und hier der besondere Zauber. Kolibris flirren und schwirren um und in den Blütenkelchen einer und beruhigen mein Gemüt. Ein Anruf aus der Wirtschaftsabteilung: »Barbara, bitte übernehme, ich habe die Gräfin Gloria von Thurn und Taxis am Apparat. Sie möchte den Botschafter sprechen.« Hallo, hat Herta wieder einen ihrer neckischen

Tage? Und schon war die Leitung durchgestellt und eine dunkle, angenehme Stimme fragte mich freundlich, nachdem man sich vorgestellt hatte, wie es mir geht. Das nenne ich Stil. Nun, ich konnte ihrer Hoheit aber leider auch nicht weiterhelfen, da der Botschafter aushäusig war, und man verblieb, dass erneut Kontakt aufgenommen würde.

Meine Schwester war im Anflug. Und ich hatte da wieder eine tolle Route ausgearbeitet. Zu erwähnen wäre, so nebenbei, dass kaum einer der Botschaft gleiche abenteuerliche Exkursionen unternahm. Gründe mögen neben gewissen Ängsten wohl auch der Geldbeutel gewesen sein. Nun, Angst kannte ich nicht und mein Geldbeutel hatte das Jammern schon früh aufgegeben.

Unsere Route diesmal sollte ins Pantanal führen, dann weiter hinauf zum Amazonas, zur Insel Fernandes de Noronha und zurück über Recife nach Brasilia. Und jede Minute wurde zum einmaligen Erlebnis. Das Pantanal, das größte Binnenfeuchtgebiet der Erde, ist ein Naturparadies. Riesenottern, Kaimane, schwarze Störche, Pagageien, Tapire, Capybara (Wasserschweine), Nasenbären – um nur einige der Tiere zu nennen, die wir sehen durften –, bevölkern dieses Gebiet. Unser Aufenthalt in der alten Fazenda der Familie Duarte war beeindruckend und ein Geheimtipp, den ich einem exklusiven brasilianischen Reisemagazin entnommen hatte. Die begeisternde Beschreibung des Ortes war ansteckend und hat sich beim Aufenthalt tausendfach bestätigt. Wir waren die einzigen Gäste und erfuhren VIP-Betreuung. Warum, fragten wir, wird dieser paradiesische Ort nicht mehr frequentiert? Nun, ließen uns Senhor und Senhora Duarte wissen, sie nähmen nur noch sporadisch ausgewählte Gäste auf, da ihr Sohn, in der Landeshauptstadt Cuiabá lebend, leider keinerlei Ambition zeige, die Fazenda touristisch zu vermarkten. Und Madame schien hierüber traurig zu sein. Ein kleines Flugzeug hatte uns von der Cuiabá also tief hinein in die Region gebracht und uns Gelegenheit gegeben, aus der Vogelperspektive das wilde, unbewohnte Gebiet, durchschlängelt vom immer wieder Schleifen schlagenden Fluss Paraná, kennenzulernen. Auf dem winzigen Flugplatz wurden wir von Senhor Duarte persönlich abgeholt, einem vornehmen, wohlbeleibten älteren Herrn, der trotz Autorität und mittelgroßer, patriarchalischer Figur eine gewisse Melancholie verströmte. Seine zarte, agile kleine Ehefrau verkörperte das genaue Gegenteil, wie wir bald bei Ankunft in dieser Traum-Fazenda am Ufer des Nebenflusses Paraguai feststellen können. Umsäumt ist der alte Hof von riesigen Weiden und Buschland, savannenartigen Hügeln und kleinen Seen. Das alles würden wir später noch erforschen. Auf dem Pferderücken, per Jeep und vom Boot aus jene exotischen Tiere beobachten, die das Pantanal bevölkern. Und jetzt saßen wir auf der großen heimeligen Veranda am reichgedeckten langen Holztisch und wurden den Nachbarn vorgestellt. Wohltuend und herzlich war die Atmosphäre. Ein Abendspaziergang zum Fluss schloss sich an und da funkelte und glitzerte es von aber- und aberhunderten von kleinen Lichtern durch das Wasser. Es waren die Augen der Kaimane, die da neugierig an der Oberfläche des Wassers äugten. Und später glitzerten und funkelten die Sterne in einer Pracht und Klarheit am Himmel, dass es die Sinne rauben ließ. Fürwahr unvergesslich diese Stunden, hier an einem der wenigen Portale zum Paradies.

Wir verließen das Mato Grosso und flogen nach Manaus, der Eingangspforte nach Amazonien, gegründet Ende des 19. Jahrhunderts von reichen Kautschukbaronen. Das wunderschöne Theater war leider geschlossen, doch unten am Hafen fand ein bunter Markt mit kurzweiligen Entertainements statt, der uns die Wartezeit zur Abfahrt ins weitab gebuchte Baumhotel verkürzte. Auf der Flussfahrt, nicht weit entfernt, vor der Stadt, erleben wir ein grandioses Naturspektakel. Hier treffen die Fluten des dunklen Rio Branco auf die weißgelben, schlammigen des Rio Solimões, die vorerst kilometerlang parallel einherfluten, bedingt durch unterschiedliche Fließgeschwindigkeiten, Wassertemperaturen und Säuregrade. Es erinnerte mich an den Zusammenfluss des weißen und blauen Nils vor Khartoum und Omdurman im Sudan.

Unglaublich die Breite und Leere des Flusses und die immensen grünen, endlosen Dschungel dort in der Ferne. Man fühlte sich isoliert und fernab von allem Irdischen. Und irgendwann landeten wir dann an einer Fährstation und wurden dort von Felipe in Empfang genommen, der uns mit seinem Jeep zu einem Nebenarm des Rio Negro brachte. Dort gingen wir erneut an Bord eines kleinen Motorbootes, das uns nun zum Zielort bringen sollte. In einer winzigen Bucht jonglierten wir über schmale Stege an Land und erreichten nun unser Ziel. Und hier ging es zu wie in einem engen, kleinen, aber höchst lebendigen Baumzoo. Die Zimmer der Gäste, versteckt in den Baumästen, waren den natürlichen Gegebenheiten der Bäume angepasst, mit winzigen Veranden auf knorrigen Astgabeln oder Stufen, Fenstern und Türen an geeigneten Holzflächen, umgeben von prächtigen Papageien und dreisten Affen. Mit einem der letzteren durfte ich dann auch bald meine ganz persönliche Bekanntschaft machen. Hatte mich nach Ankunft gleich zum ersten Fotografieren nach draußen begeben und war nun auf dem Weg zurück ins Zimmer. Beim Überqueren des kleinen Flurs sprang er mich plötzlich an, dieser freche, kleine Halunke. Griff mir begeistert in die Haare und schwang sich dann fröhlich hinauf auf die Lampe, auf der er wild hin und herpendelte. Dann stürzte er sich wieder mit Feuereifer auf mich herab und saß mir auf der Schulter und meckerte vor Wut oder Freude. Mit welchen akrobatischen Kunststücken ich indes versuchte, dem Kerlchen Paroli zu bieten, kann man sich kaum vorstellen. Ich schrie laut um Hilfe, doch keiner hörte mich. Meine Schwester stand unter der Dusche, wie ich später erfuhr. Und der Fluchtweg zur Terrassentür wurde immer wieder von diesem kleinen grauen Teufel verstellt. So dauerte der Kampf eine Ewigkeit, wie es mir schien, bis sich dann die Türe zu unserem Zimmer öffnete und ich einer erstaunten Schwester gegenüber stand. Ich muss wohl ziemlich mitgenommen ausgesehen haben und ihr sich langsam ausbreitendes gurrendes, dann schallendes Gelächter tat meiner verwundeten Seele wahrlich nicht wohl.

Die Fahrt im schmalen Kanu bringt uns in das kleine Indianerdorf Paluca, dort im dichten, undurchdringlichen Urwaldgrün. Die Leute sind scheu, misstrauisch. Wir sind nur wenige im Boot, ich hatte einige Geschenke dabei und hier brachten dann besonders bei den Kindern die Süßigkeiten ein Lächeln und freundliche Momente hervor. Man zeigte uns die winzige Schule, ein aus Lehm gebautes, tristes, kleines Langhaus, umgeben von den einfachen Hütten der Einwohner. Sie schlafen in Hängematten zum Schutz vor Getier und ernähren sich grundsätzlich von Maniokwurzeln, die man zerreibt, presst, trocknet und röstet. Die dann recht schmackhafte und gesunde, gelbliche Masse dient neben Fisch als Hauptnahrungsmittel. Auf dem Rückweg passieren wir, auf Flößen aufgebaute winzige Verkaufsläden mit Vorräten von Öl, Benzin, Maniokmehl und mehr.

Der Weiterflug unserer Reise führt in den Nordosten des Landes. Immense Dünenlandschaften, azurblaue Süßwasserlagunen und dichte Mangrovenwälder erwarten uns. São Luis, die Hauptstadt des Staates Maranhão, ist ein zauberhaftes, von Franzosen gegründetes Kolonialstädtchen mit prächtigen Kachelfassaden und verspielten Altstadtgassen. Hier sitzen wir in einem der kleinen Gärtchen und verfolgen zusammen mit temperamentvollen Einheimischen die Fußballweltmeisterschaft. Gol, Gol – schießt die Seleção ein Tor, kocht der Kessel. Wir schlürfen unseren Caipirinha und jubeln mit den Brasileiros.

Fernando de Noronha, ein weiteres Highlight unserer Reise, war der Tipp eines Kollegen. Die Insel, fernab jeglichen Touristentrubels, ist wieder einer der Vorposten zum Paradies. Die weißen, endlos leeren Strände, das azurfarben blaugrüne, rauschende Meer, die darin fröhlich dahinfliegenden Delfine, die Weite und Unendlichkeit der Umwelt geben das Gefühl des Unwirklichen. Der Abschluss der Reise liegt im Staat Pernambuco. Die Saison ist vorbei und so residieren wir außerhalb Recifes in dem wunderschönen privaten Strandressort in einem dieser charmanten, kleinen Bungalows allein. Der Strand ist endlos. Er gehört ausschließlich uns und nur einigen Reitern der naheliegenden Pousada. Und es regnet. Doch wir buchen die Fahrt nach Porto de Galinhas. Und sie wird zum Trauma. Regenmassen überschütteten uns plötzlich mit dermaßen ausschweifender Wucht, dass wir hinfort geschwemmt wurden. Und Fahrer Paulo zeigte dann auch seine Angst überdeutlich. Sofort wollte er umkehren. Nur die Sturzflut auch hinter uns hinderte ihn daran. Und, den tausend Göttern sei Dank, hielt dieses Wetter nicht an, die Fahrt ging weiter. Doch Porto de Galinhas und seine regenverhangenen Traumstrände wurden von weiteren nassgrauen Wolken verschleiert, zeigten sich wenig verlockend und so kehrten wir, nachdem wir uns in einem kleinen Straßencafé gestärkt hatten, zurück.

Am nächsten Tag gab es wieder Sonne pur und wir verlebten einen wunderschönen Tag in Olinda, diesem zauberhaft, verspielten Städtchen mit seinem uralten Kopfsteinpflaster und seinen bunten, verschnörkelten Hausfassaden und –balkonen, verspeisten köstliche Tapiocas, die Maniokmehlfladen der Region mit pikanter Füllung, und genossen den Blick von den Höhen hinüber zur Stadt Recife. Auf dem Weg zum Flughafen passierten wir eine Künstlerwerkstatt, in der herrliche Papageienfiguren und weiteres mehr geschnitzt wurden. Vor der Türe stand ein uriges, ziemlich rohgeschnitztes, unfertiges Exemplar, das es mir angetan hatte. Aber leider wollte der alte Herr sein Werk nicht verkaufen. Es wäre sein erstes gewesen. Ich kenne dieses Gefühl, ich habe mein erstes Bild auch nicht verkauft. So wählten wir einige andere kleine Stücke und machten uns wieder auf den Weg. Doch nicht allzu weit entfernt vom Flughafen – auch erlaubte es noch die Zeit – bat ich den Fahrer, zu wenden. Ich wollte mein Glück erneut versuchen und – unglaublich – er vermachte mir dieses, sein erstes wunderbares Kunstwerk. Per Landweg kam es dann Wochen später nach Brasilia und heute steht dieser Papagei in meinem Wintergarten im alten Deutschland und lässt die Erinnerungen sprudeln.

Ich bekam einen Anruf von meiner Kollegin Karin. Ob ich heute Abend Zeit hätte, vorbeizuschauen. Und irgendwie klang ihre Stimme seltsam. Als wir uns dann später auf ihrer Terrasse mit Blick in ihren herrlichen Garten gegenübersaßen, meinte sie so nebenbei: »Ich habe Krebs, ich muss ins Krankenhaus. Werde übermorgen operiert.« Ich war völlig geschockt und schwieg betroffen. Dann fuhr sie fort, es wäre nicht das erste Mal und sie möchte, dass alles stillschweigend vonstattenging. Sie würde sich für einige Tage abmelden und ich sollte die Vertretung übernehmen. Außerdem sollte ich ihren Vater in Deutschland anrufen und ihm diese Mitteilung machen. Karin war inzwischen mit einem Brasilianer liiert, der außerdem für alles weitere sorgen würde. Man kann erahnen, wie erschüttert ich war. So vergingen dann die ersten Tage. Doch als ich Karin dann im Krankenhaus nach der Operation besuchte und sie mir ihre Wunde zeigte, war ich völlig verzweifelt und fragte mich, durfte ich gegenüber der Botschaft hier schweigen. Und leider teilte ich zwei der Damen, mit denen Karin sehr gut befreundet war, ihren Zustand mit und bereute dieses alsbald aufs Tiefste. Denn als ich Karin am nächsten Tag besuchte, trafen mich ihre Augen, so kalt wie die einer Schlange, die sie so liebte. Und wahrscheinlich hatte sie Recht, mich so anzublicken. Hatte ich doch ihr Vertrauen missbraucht. Nun, Karin gesundete, ehelichte ihren brasilianischen Partner in einer Traumzeremonie am Strande der Karibik und wurde an die Botschaft Lima versetzt.

Während meiner Dienstzeit frequentierte die Elite der deutschen Regierungsvertreter auch Brasilien. Bundespräsident Herzog, Bundeskanzler Kohl, Außenminister Kinkel und Umweltminister Töpfer, und jedes Mal rotierte die Botschaft. Da wurde geplant und bedacht und mit den Verantwortlichen des Gastlandes verhandelt, dass es nur so rauchte. Der Tag der Deutschen Einheit, in der Residenz des Botschafters, sollte der Höhepunkt für unseren Bundespräsidenten werden, und als Ehrengast war der brasilianische Präsident Cardoso geladen. Ja, und dieser kam und gab sich elegant und ungemein sympathisch. In dieser Hinsicht könnten sich nach meinem Dafürhalten die hohen Herrschaften der deutschen Diplomatie doch manches Mal so einiges abschauen. Anderntags lud die Ehefrau unseres Botschafters die Damen der Botschaft in die Residenz zum Tee. Frau Herzog gab sich die Ehre, uns zu begrüßen. Sie war freundlich, höflich, leicht distanziert. Und wir wussten alle nicht, welche unsagbar traurige Gewissheit hinsichtlich ihrer Gesundheit sie da schon überspielen musste. Wie oft urteilen wir, die anderen, die nicht Wissenden, über jemanden vorschnell ob seines uns befremdlichen Handels, Sagens oder Vorgehens.

Im Süden, auf dem weiteren Stopp des Bundespräsidentenpaar spielte man beim Defilee die Nationalhymne der untergegangenen Deutschen Demokratischen Republik. Nun, im Moment ein Aufschrei, aber eigentlich kein Beinbruch. Wen interessiert eigentlich in dem so riesigen Brasilien schon die deutsche Bundesrepublik, die ein Mosaiksteinchen in der Landkarte dieses Landes sein könnte. Vierundzwanzig Mal könnte man uns als Puzzle dort einsetzen.

Beim Kanzlerbesuch erinnere ich mich an den irrwitzigen Wunsch seiner Exzellenz, dort droben im Baumhotel in Amazonien Erdbeeren mit Sahne zu verköstigen. Und an ihn selbst, wie er gleich einem majestätischen Buddha ähnelnd, in einem Kleinbus vorne rechts neben dem Fahrer thronend, zu seinen Treffen durch Brasilia chauffiert wurde. Und so denke ich, er bekam auch seine Erdbeeren. Beim Verlassen der Delegation wurden in Brasilia wichtige Akten vergessen, ich wurde daher beauftragt, diese noch schnellstens zum Flughafen zu befördern. Also raste der Cheffahrer des Botschafters mit mir auf Umwegen Richtung Aeroporto und wir trafen justament vor Abflug der Delegation ein. Der Kanzler, im Begriff auszusteigen, stutzte, als ich auf ihn zu glitt, blickte irritiert auf, doch mir gelang ein zackiger Haken und ich nahm geistesgegenwärtig Kurs auf seinen Sekretär, drückte jenem die Akte in die Hand und zog mich zurück. Und alsbald entschwanden auch schon die hohen Herrschaften hinter den VIP-Glastüren.

Außenminister Kinkel geruhte während seines Besuches, die Belegschaft der Botschaft zu empfangen und Fragen zu beantworten. Es ging um ein Zugeständnis der Russen. Ich wagte mich vor, ihn zu befragen, welche Sicherheit gegeben wäre, dass die Russen mitziehen würden. Unwillig meinte er, dass hätte er nun schon viele Male in brasilianischen Interviews erklärt. »Entschuldigen Sie, Herr Minister«, so ich, »da war ich leider nie zugegen.« Und wandte mich ab und verschwand hinter meinen Kollegen und ärgerte mich, hier so eine Abfuhr erlitten zu haben. Doch dann, o Wunder, erörterte Herr Minister nochmals seine Argumente.

Umweltminister Töpfer schien keine Probleme mit seinen unmittelbaren Mitmenschen zu haben. Er stand plötzlich in unserem Büro und fragte uns nach unserem Befinden und unserer Arbeit. Völlig locker, völlig sympathisch. Und Herr Botschafter wartete inzwischen leicht ungeduldig.

Nach meinen diversen Auslandsaufenthalten schlich sich wohl bei mir auch der Eindruck ein, dass die Botschaften neben ihren laufenden Tätigkeiten ein gut funktionierendes Reisebüro unterhalten müssen. Und dies glaubten vorderhand wohl auch die hochwohlgeborenen Bundestagsabgeordneten. Ja, und da ist es immer von Nutzen, hat man gerade das richtige Parteibuch im Jackett. Schon ein bizarrer Verein, die Herren Politiker.

Meine Schwester liebte Brasilien, also kam sie ein zweites Mal. Und diesmal ging unsere Reise nach Rio, zu den Iguazú-Fällen, bis hinunter nach Florianópolis.

Wunderbar der Aufenthalt in der Pousada de Aranjos in der Nähe von Porto Allegre. Riesige Zuckerrohrplantagen umgaben unser Gehöft; verströmten einen Duft, der berauschte. Beim abendlichen Ausritt schien man hinein in die untergehende Sonne zu entschweben. Die Luft geschwängert vom süßlichen Aroma, das Meer in der Ferne glitzernd und funkelnd. Zum Dinner versammelte man sich am langen Holztisch, nachdem die jungen Hausherren je am Ende der Tafel Platz genommen hatten. Es war ein vornehmes Zeremoniell und über allem hing in gewisser Art und Weise eine vergangene Melancholie, was wohl vornehmlich an der leicht erstarrten Haltung und dem traurigen Lächeln der Hausherrin lag.

Rio, ein Erlebnis – die Strände Copacabana, Ipanema, die Gondelfahrt hinauf zum Corcovado, eine Revue mit großartigen Kostümen und Gewändern am Abend im Cabaret vor der Stadt, ein Mittagessen in einer der stadtbekanntesten Churrascarias, der Besuch des Maracana-Stadions und der Mile der ausgehenden Samba-Schulen sowie ein Abschiedsessen mit Marlena, unserer reizenden Reisebegleiterin, im Jachtclub. Meine Schwester und ich flanierten am späten Nachmittag unseres letzten Tages in Rio an der Copacabana entlang, nur gekleidet mit T-Shirt und Shorts, ohne Schmuck, ohne Taschen. Denn man hatte uns gewarnt. Dann wagten wir doch eine Parallelstraße zur Copa, um dort die schönen Auslagen einiger Geschäfte zu betrachten. Doch schnellstens trollten wir uns wieder Richtung Hotel. Dort in der wenig erleuchteten Straße lungerte eine Gestalt, die uns viel Respekt einflößte.

Und später in Brasilia erfuhr ich, dass unserem Gesandten, der am helllichten Tage mit Ehefrau und Sohn an der Copacabana entlang flanierte, ein Messer entgegengehalten und er aufgefordert wurde, Geldbörse, Uhren und Schmuck auszuhändigen. Auch Kollegen des Konsulats in Rio wurden an der Kreuzung bei roter Ampel aufgefordert, Geld und Schmuck zu übergeben.

Unserem Himmel sei Dank, wir wurden von derlei Unbill verschont. Sahen nun auch nicht gerade wie Paris Hilton oder Madonna aus.

Erfrischend lustig verlief das Churrasco-Essen. Das Lokal, zum ersten von immenser Größe, und zum zweiten das Buffet mit einer Diversität an Salaten, an Extras, an Köstlichkeiten und Delikatessen als Zusatz zum gegrillten Fleisch – unglaublich. Inga, meine Schwester, und ich saßen also an unserem Holztisch und warteten der Dinge, die da kommen sollten. Und schon kam der erste Ober daher mit einem immensen gegrillten Steak. Und bald folgte ein zweiter mit einer gegrillten Leber, ein dritter mit gegrillten Rippchen und nebenher wurden wir immer wieder aufgefordert, uns mit Zugaben vom Buffet zu bedienen. Ich hatte da unter anderem einige obskure, weiße Rundlinge mir auf den Teller gehäuft und erst beim späteren Erkunden wurde bekannt, dass ich mir hier die edlen Teile der getöteten Rindviecher einverleibte. Meine Güte, und ich hatte am Buffet nicht gezögert, hier noch nachzulangen, ohne, bitte schön, zu wissen, um was es sich hier handelte. Dann am Tisch, als wir plötzlich Gewissheit hatten, und ich meiner Schwester von den erstaunten Blicken der Leute erzählte, packte uns ein dermaßen aufrüttelnder, schockelnder Lachkoller, dass sogar Ober und Gäste, angesteckt wurden, natürlich ohne zu wissen, um welch delikates Sujet es sich handelte. »Mia donna«, sagte ich, »wer mich sah, der muss ja glauben, ich wäre süchtig.« Und meiner Schwester fiel vor Gekicher glucksenden Lachens das Brot aus den Händen.

Iguazú – die Wasserfälle sind gigantisch. Es war schon am späten Nachmittag. Doch wir wagten noch die Fahrt. Mit einem Jeep ging es zunächst die Buschpfade entlang, zunehmend wurde es dunkler und die Strauchformationen nahmen schnell schattige, unheimliche Umrisse an. Wir erreichten den Fluss, wurden in Schwimmwesten geschnallt und nahmen auf dem Schlauchboot Platz. Dann, in leichter Dämmerung, fuhren wir auf die Fälle zu. Und die Eindrücke wurden von Minute zu Minute spektakulärer, bedingt durch die Lichtveränderungen, durch die Geräuschkulisse der Fälle. Und die Erinnerungen zerflossen in nebulösen Filmrissen. Am nächsten Tag, auf dem schmalen Pfad entlang der Fälle und durch den Flug über die schäumenden imposanten Katarakte wurde plötzlich alles real und bunt. Und ich weiß nicht, welchen Moment ich bevorzuge. Traumhaft auch unser Aufenthalt im Hotel. Den Charme einer früheren Epoche verströmte das dortige Ambiente. Alter Zauber und ein Hauch aus einem früheren Jahrhundert.

Und so völlig anders hier im Süden, in Florionapólis. Wir setzen über zur Ilha de Santa Catarina. Leer und verlassen auch hier die Strände. Die Saison ist vorbei. Und so gehört die herrliche Welt uns. Wandern an den Felsriffen und am Kliff entlang, unter uns die schäumenden endlos brandenden Wellen. Eine Farbe, die berauscht. Diese Blau-

und Grüntöne und hier an den Mulden die Sträucher und Gewächse in unbändiger Farbvielfalt. Es leuchtet in rot, gelb lila und malve. Später unten am Strand laufen wir durch die Priele und nehmen in der kleinen Cabana von Senhora Marita einen Abendtrunk. Marcello, ihr Mann, sitzt am niedrigen Tisch und knetet aus Sand und Lehm Figuren. Er schenkt mir einen kleinen Clown. Auch er sitzt heute hier in meiner Sammlung.

Und weiter und weiter dreht sich das »carussell brasileira«, – Maceió – eine wunderbare Reise schließt sich an. Voller Begeisterung begleitet mich meine 82-ährige Mama und fliegt mit mir hinauf nach Maceió an den Strand. Wir logieren hinter der riesigen Düne und fahren mit dem Buggy über den endlosen Strand bis hinaus zu der Stelle, an der auf dem Seeweg nach Osten auf kürzestem Weg Afrika zu erreichen ist. Hin zum Senegal. Hier landeten einst die Sklavenschiffe. Trauriger Punkt in der Geschichte der Unmenschlichkeit. Aber durch diese Epoche gewann Salvador de Bahia sein wunderbares Gesicht. Diese Stadt ist das Leben, pulsierend, bunt und in ewiger Bewegung und – das las ich eben – der Inbegriff von Cachaca, das ist die Essenz brasilianischer Lebensfreude.

Vietnam

Briefe aus Hanoi, 1997

10. Juli 1997

Lieber Herr Vater, liebe Frau Mutter!

Es ist 17.30 Uhr, Samstagnachmittag! Es regnet Bindfäden und ich bin in die Botschaft geflüchtet, wo ich mein neues Fahrrad deponiert habe. Welch ein Abenteuer. Heute um 15.00 Uhr am Nachmittag kaufte ich mir das taiwanisches Rad, na das ging lustig zu. Ließ mich mit einer Rikscha in die Straße der Fahrräder bringen, aber natürlich fanden wir diese zuerst nicht, da mich die goldigen vietnamesischen Menschlein recht schlecht verstanden. Aber mit viel Geduld und Hin und Her und fröhlichem Lachen sowie anschließendem »Probefahren« kaufte ich dann ein Rad mit Korb, Klingel, Schloss und Licht. Alles in allem handelte ich den Preis auf 70 Dollar herunter. Sicher, immer noch ein Wucherpreis und der stets lächelnde Verkäufer lachte sich wohl auch noch still ins Fäustchen bei diesem Deal mit dieser »Langnase«. Aber immerhin billiger als ein Auto, so mein Gedanke. Das Auto von der Kollegin hatte einen Unfall und der Preis war trotzdem immens hoch. Zwei Kollegen rieten mir sehr davon ab. Also bin ich dem Rat gefolgt und denke, gut daran getan zu haben. Hatte nämlich auch kein gutes Bauchgefühl. Das Haus am See, ausgeguckt bei meiner Wohnungs-besichtigungsfahrt, behagt mir auch nicht mehr. Ich möchte da nicht mehr einziehen, erstens in punkto Sicherheit und zweitens auch wegen der Distanz sowie drittens wegen der Räumlichkeiten. Jetzt erst zeigte man mir die Wohnungen der Kolleginnen und sehr wahrscheinlich werde ich die von meiner Vorgängerin anmieten. Sie ist recht groß und liegt zentral im ehemaligen kommunistischen Diplomatenviertel. Die Bundesrepublik übernahm die früheren Wohnungen der DDRler. Für Gäste gibt es kein Problem. Muss nur sehen, wie ich aus dem Vertrag rauskomme, damit ich die 6000 Dollar wiederbekomme. Ein

Vietnamese von der Botschaft will mir dabei helfen. Dieser kennt, wie man so sagt, »Gott und die Welt« und wenn er will, kann er wohl alles bewerkstelligen. Ohne solche Leute ist man ganz schön in diesen Ländern auf verlorenem Posten, aber eigentlich nicht nur in diesen Ländern, sondern überall. Beziehungen und Fürsprache sind einfach alles. Verfolgt Ihr auch die Lage in Kambodscha? Vielleicht auch deshalb wäre ein zu weites Entfernt-Sein von der Botschaft nicht ratsam. Aber Angst braucht man eigentlich nicht zu haben. Nur ist man hier eben zentraler und kann schneller mal mit dem Rad irgendwohin flitzen. Gestern – Sonntag – fuhr ich zum Beispiel zum See hinüber. Schaute mir noch einmal die Lage meines Hauses an und zwar von der gegenüberliegenden Seite, aus Sicht der Lotosfelder. Dort gibt es einen kleinen Tempel, in dem die Leute Opfer brachten und beteten und es sehr ruhig und friedlich war. Als ich dann wieder durch die Stadt fuhr, glaubte ich mich erneut im Irrenpark. Ihr könnt Euch einfach nicht vorstellen, wie die hier fahren. Ob Motorrad-, Rikscha-, Fahrrad- oder Autofahrer oder auch Fußgänger, die machen hier, was sie wollen. Fahren oder gehen links oder rechts oder mittig auf der Straße und ich mache das natürlich jetzt auch, sonst komme ich nicht zum Ziel, dabei wird kräftig gehupt, nicht nur einmal, sondern anhaltend und dauernd.

Samstag war ich mit Kollegen unterwegs und lernte somit einige Geschäfte kennen. Da gibt es schöne billige Rattansachen, Porzellan, Stoffe und so weiter. Anschließend war ich bei Frau Barton eingeladen, der Kollegin, deren Wohnung ich übernehmen kann. Sie kochte solch einen guten Braten wie Du, Mutti, schmeckte fast genauso großartig.

Meine Güte, gießt das da draußen. Ich kann gar nicht zum Hotel zurückgehen. Werde hier wohl übernachten müssen!! Oder klatschnass werden!!

11. Juli –- Inzwischen wurde ich klatschnass. Bin zum Hotel durch knöcheltiefes Wasser gewatet. Nunmehr besitze ich aber auch ein Regencape und einen Schirm. Auf dem Schirm steht: »a good friend« – und eine Miezekatze ist schwarzweiß abgebildet!

Gleich um 10 Uhr (heute ist Montagmorgen) ziehe ich in ein billigeres Hotel um, weil wir von Bonn wenig Unterstützung bei Hotelunterkunft bekommen. Das ist zwar dann auch nicht so komfortabel, aber was soll's. Hier in Vietnam vergisst man Dior etc. Ich weiß gar nicht, warum ich mir die teuren Klamotten gekauft habe. Die schaue ich mir dann ab und zu an und denke an luxuriöse Zeiten.

Wusch mir am Wochenende die Haare und habe nun eine tolle Erkältung, kann kaum schlucken, durch die dämliche Klimaanlage holt man sich echt die Schwindsucht!
So, Ihr Lieben, für heute vom Ende der Welt liebe Grüße, da kam ich mir in Brasilia doch noch auf einem bewohnt-kultivierten Stern vor! Wenn ich hier vier Jahre aushalte, dann habe ich auch Schlitzaugen.
In Liebe
Eure Dicke

22.Juli 1997
Liebe Eltern,
bisher erhielt ich keine Post, wünsche und hoffe aber, dass es Euch gut ergeht. Meine starke Erkältung ist noch nicht abgeklungen und mir geht es scheußlich. Zwischendurch bin ich mal für einen Tag in ein billigeres Hotel gezogen, aber dort kam ich mir vor wie in Hamburg auf der »Kastanienallee«, Mutti, kannst Du Dich erinnern? Obwohl alles eigentlich sauber war und die Leute sehr freundlich, behagte mir jedoch die ganze Atmosphäre nicht. Jetzt bin ich also wieder in meinem Mafia-Headquarter und komme mir zumindest als »Edelmädchen« von der Kastanienallee vor.
Wie gesagt, die Nähe zur Botschaft ist hier auch ausschlaggebend und das gute Fernsehprogramm. Denn man hat in Hanoi nichts, quasi nichts. Worauf ich mich da eingelassen habe, weiß der Kuckuck. Jetzt weiß ich nicht, ob ich Euch das schon alles geschrieben habe, denn es

war mit dem Datum vom 10. d. Mts datiert. Macht nichts und wenn, doppelt hält besser.

Am letzten Wochenende machte ich eine kleine Tour und zwar mit einem Minibus der »Darling-Reiseagentur«. Circa fünf Stunden von Hanoi entfernt am Meer liegt die berühmte Halong-Bucht mit ihren vielen tausend Kalkberginseln, von der mir schon in Brasilia Dr. Schonin erzählte und der dazu meinte, dass ihm ein Kapitän gesagt hätte, neben Rio de Janeiro sei diese Bucht eine der schönsten der Welt. Ja, ganz unrecht hat der Kapitän da nicht, da ich die Bucht von Rio auch kennenlernen durfte. Schon eine phantastische Gegend. Viele Stunden waren wir mit dem Boot draußen, hielten uns in Grotten auf und fuhren mit kleineren Booten in malerische Buchten. Dr. Schonin bat mich damals, ihm einen Film zu schießen, da er bei seinem Besuch dazu nicht in der Lage gewesen war. Doch leider war das Wetter nicht am allerschönsten und auch hatte ich seinen Film verlegt. Kaufte nun einen neuen und schoss Fotos drauflos. Und er wird wohl mit diesen zufrieden sein müssen. So oft komme ich ja nun auch nicht in die Bucht und werde dann auch nicht immer Dias schießen.

Bin gespannt, ob diese Woche Post von Euch eingeht.

Liebe gesunde Grüße

Eure Dicke

22. Juli 1997

Ihr Lieben,

inzwischen ist das Ende des Monats bald erreicht und ich sitze immer noch im Hotel und warte auf eine Wohnung. Die Hausanmietung draußen am See hat sich zerschlagen und ich warte darauf, dass ich die 6000 Dollar Vorausmiete zurückbekomme. Stehe ganz schön bescholten da, der Makler und Hausvermieter wollen natürlich nicht mit dem Geld herausrücken. Ich vermute, dass die schon alles verbuttert haben in alte Schulden. Die Sache mit dem Auto hat ja auch nicht geklappt. Zurzeit werde ich vom Schicksal wenig verwöhnt. Aber was soll's – irgendwie geht es schon weiter.

Von der Umzugsfirma erfuhr ich jetzt, dass wohl gegen den sechsten August meine Sachen aus Brasilien in Deutschland ankommen werden. Ob in Bonn oder in Hamburg, wer weiß, sie schrieben es nicht. Nun, der ganze Umzug wird hier wohl erst im Oktober eintreffen. Dann kann ich schon fast wieder abreisen, – das war natürlich ein Witz!!

So, Ihr Lieben, bleibt gesund und munter, ich werde jetzt wieder in meinen Luxuspuff ziehen.

Mit lieben Grüßen

Eure Barbara

August 1997

Hallo liebe Eltern,

Und immer noch sitze ich im Hotel. Der Vietnamese will mir die 6000 Dollar nicht zurückzahlen. Doch ein Auto habe ich inzwischen gekauft, aber habe es noch nicht hier in Hanoi. Es ist von einem Kollegen der dänischen Botschaft in Saigon. Da geht es jetzt um den Papierkram. Beabsichtige, den Wagen mit einem Fahrer von Saigon nach hier zu überführen.

Lege einen Zeitungsausschnitt über den letzten Taifun Zia bei. Ich Wahnsinnige bin in diesem Taifun zu meiner neuen Wohnung geradelt, wo ich mich mit den verantwortlichen Leuten des Diplomatenbüros treffen wollte. Die waren natürlich in diesem Sturm und Regen daheim geblieben. So klatschnass war ich mein Lebtag noch nicht gewesen. Was musste ich auch gegen Wind und Flut ankämpfen, durchquerte Straßenseen, umpflügte umgestürzte Bäume und hörte es außerdem beängstigend über mir in den Baumkronen krachen und knarren. So schnell mache ich das auch nicht noch einmal.

Warum übrigens die Post so lange braucht, ist mir ein Rätsel.

Vielen Dank für die Briefmarken, nur leider gelten ab dem ersten

September die neuen Bestimmungen. Ein Brief wird 1,10 kosten. Keiner an der Botschaft hat 10-Pfennig- Briefmarken. Damit das Schreiben aber abgeht und ankommt, klebe ich mehr drauf.
Nun bin ich gespannt, wie lange der Brief unterwegs sein wird.

Herzliche Grüße aus einem momentan sonnigen Hanoi – hoffentlich ein gutes Omen.
Eure Barbara

21.09.1997

Hallo, Ihr zwei Lieben,
und jetzt bin ich auf dem Wege nach Saigon, um mein Auto abzuholen. Hoffentlich klappt alles. Schlafe zurzeit auf einer Matratze auf dem Boden in meiner neuen Wohnung. Ein Vietnamese meinte: »Sie leben wie ein Mönch.« Wie recht er hat. Mein Umzug ergibt Schwierigkeiten. Ich soll irgendwelche Gelder zahlen, was absurd ist. Nun, hier heißt es: abwarten. Der Weg jeden Morgen durch den Trubel des Verkehrs ist ätzend. Das steht auch in den Sternen, wie lange man das heil durchsteht. Das Gehupe der Motorräder und Autos macht taub. Neben meiner Wohnung, nur durch eine Mauer getrennt, wohnen Vietnamesen, die zwei Schweine halten. Jeden Morgen grunzen sie ganz erbärmlich. Außerdem haben sie einen Vogel, aber der singt morgens ganz wunderschön, nur sehr früh. Fängt schon um fünf Uhr an.
Ich hoffe, Ihr seid gesund – vielen Dank für die Briefmarken. – Morgen, Sonntag, 22.09., fliege ich los. Toi, toi, toi.
Euch liebe und gute Grüße
Eure Dicke

7.10.1997

Seid gegrüßt daheim,
inzwischen werde ich nicht mehr von kahlen Wänden umringt, sondern von Kisten, Kasten, Kartons und weiteren Kisten. Ich weiß nicht,

wohin mit dem Zeug. Habe schon die Hälfte verschenkt. Außerdem finde ich lebensnotwendige Dinge wie Töpfe, Bettzeug, meinen Kleiderschrank und ähnliches mehr nicht vor. Da scheint die Firma mir ein tolles Durcheinander geschaffen zu haben. Einen Teil der Kisten, mit Gläsern etc., packe ich gar nicht erst aus. So steht also mein Gästezimmer voller Kartons und ein Bett hat keinen Platz mehr. Auch in meinem Schlafzimmer türmen sich noch die Boxen und ich laviere mich immer mit Kompass zum Bett!!

Ein paar tolle Reisen habe ich auch schon hinter mir. Die Fahrt mit meinem Wagen von Saigon nach Hanoi – eine Woche – war super. Wir kamen in einen mächtigen Taifun und ich lernte nette Leute kennen.

Ihr Lieben, im Moment bin ich ziemlich im Arbeitsstress. Verabschiede mich für heute und wünsche Euch das Beste. Gesundheit ist so wichtig, wie merkte ich das, als ich meine armen Knochen suchte, nachdem ich die vielen Kisten schleppte und öffnete.

Mutti, ächzt und stöhnst Du auch immer morgens bei Deinen Übungen? Jedes Mal doch sicherlich ein fürchterlicher Angang.

Schrieb ich schon, dass meine vietnamesischen Nachbarn im Grundstück hinter der Compoundmauer unseres Viertels neue Schweine erworben haben? Na, und die quieken vielleicht laut, morgens und abends.

Für heute wieder liebe Grüße aus einem wetterlaunischen Hanoi – heute Morgen strampelte ich im strömenden Regen mit den Einheimischen um die Wette, gegen Mittag dann der blaueste Himmel und jetzt schon wieder grau. Nun, mein Regencape liegt parat.

Eure Dicke

»Umzugsfreuden

Entladung des Containers am Dienstag im Diplomaten-Compound konnte erst mit drei Stunden Verspätung stattfinden, da das staatliche Service Bureau keinen schriftlichen Bescheid vorliegen hatte. Die Firma Vietrans, die den Transport von Haiphong-Hafen nach Hanoi bewerkstelligte, hatte Leute »von der Straße« fürs Ausladen und Entpacken angeheuert. Zehn Mann an der Zahl. Dieser Umstand wurde mir aber erst später bekannt.

Die Leute leerten den Container derart chaotisch, dass man nur noch sprachlos dastehen konnte. Alles lag wie Kraut und Rüben durcheinander, im Hof, in der Garage, auch in der Wohnung. Da ich alleine war – die Vietrans-Agenten schauten nur stumm vor sich hin –, rotierte ich ganz beachtlich zwischen Container, Wohnung und Garage, aber trotzdem wurde das Chaos immer größer. Hof und Garage standen voll, inmitten der hingefetzten Kisten lagen halbaufgerissen mein Bett, Schränke, Eisschrank und weiteres in Unmengen von Packpapier vergraben. Und nun der Hammer: Zur Mittagszeit wurde mir dann eröffnet, dass man nunmehr fertig sei. Ich sollte den entsprechenden Lieferschein unterschreiben. Ich war sprachlos. Außerdem fing es an zu nieseln. Dann ließ sich der Vietrans-Agent dazu herab, mit den »Packern« zu verhandeln, alle meine Sachen in die Wohnung zu schaffen. falls ich ihnen dafür 300.000 Dong bezahlen würde. »Und Sie?«, fragte ich ihn. »Nun, unsere Arbeit ist getan!« Und mit diesen Worten zogen sie in der Tat ab. Was blieb mir nun anderes übrig, als gute Miene zu bösem Spiel zu machen. Ich bat die Packer, zumindest vor dem Mittagessen noch den Schrank und das Bett ins Haus zu tragen.

Nach dem Mittagessen stand ich da alleine mit zehn Leuten, deren Aussehen dem der Piraten nicht unähnlich war. Sie trugen knallbunte Kopfbinden, zerfranste Hemden, verbeulte, aufgekrempelte Hosen, Lederbändchen – wohl Charme-Bändchen gegen den bösen Blick – und weiteres mehr, – verständlich, wenn sie immer in dieser Manier arbeiteten. Der Begriff »Packer« muss denen so fremd sein wie mir ein Außerirdischer. Ein bisschen Hilfe fand ich in einem gaffenden Assistenten vom Service-Büro, der sich dann freundlicherweise anbot, mir bei der Aufsicht zu helfen. Er sprach sogar etwas Deutsch.

Und dann streikten plötzlich die Leute wieder. Warum, ist mir heute noch ein Rätsel. Nur mit Hilfe des Service-Büro-Vertreters konnte ich sie dann dazu bringen, mir für viele weitere Dollars, Zigaretten und Getränke die Kisten und Kasten zumindest in die Wohnung zu schaffen. Aber wie dort die Dinge verstaut wurden und auf welchem Wege (meine Türen sind effektiv zu eng, jedoch waren sie es nicht für diese Herrschaften!), ist schier unglaublich.

Das Chaos in meiner Wohnung schrie zum Himmel, aber ich wagte an diesem Tage nicht, noch etwas zu sagen. War einfach heilfroh, dass man die Sachen vom Hof räumte. Um einen Überblick über meine Sachen zu erhalten, blieb mir nichts anderes übrig, als den Papierwust auseinanderzuzerren und zu falten, denn in den Lagen versteckten sich weitere kleinere Kartons. Und die »Brüder« machten munter ihre Finger lang. Was ihnen unter die Hand kam und sich ohne Schwierigkeiten öffnen ließ, ließen sie mitgehen, einige Videokassetten, Schallplatten zum Beispiel konnte ich sicherstellen. Aber wer hat schon so viele Augen, um ein Heer von zehn Packern zu überwachen. Nebenbei bemerkt, die Wohnung brauchte nunmehr auch einen neuen Anstrich. Mit bloßem Auge konnte ein Laie sehen, dass es zum Beispiel der Eisschrank nie durch die Küchentüre schaffen würde, aber diese Leute wollten mir partout das Gegenteil beweisen. Bemerken möchte ich noch, was mein armes Klavier erdulden musste, um erst einmal vom Container herabzurutschen und dann die Treppe zum Apartment heraufgehievt zu werden. Unglaublich.

Es war für mich ein erstes Mal, wie Spediteure »auch« verfahren können.«

Meine Lieben,

war der Geburtstag schön? Mit lieben Gästen, Kartoffelsalat und Hühnerschenkelchen? Ja, lieber Hans-Walter, der Enkel wurde 28 und Du ein bisschen älter. Möchtest Du noch einmal 28 Jahre alt sein und würdest Du dann manches anders machen, wenn Du könntest, oder möchtest Du Dein Leben leben, wie es war?

Am Samstag machte ich mit einigen Kollegen der Botschaft und Vietnamesen, die in der DDR studiert hatten, einen Ausflug in die Umgebung und zwar zu einem wunderschönen Stausee. Wir fuhren wieder durch eine herrliche Landschaft, in der die Bauern emsig ihre Reisfelder bestellten. Es ist stets ein malerisches Bild, wenn man die Vietnamesen mit ihrem Spitzhüten im Feld stehen sieht, mit oder ohne Wasserbüffel. Ihr kennt die Bilder gut von Indonesien.

Der See ist riesengroß, wir fuhren mit einer uralten Barkasse (wahrscheinlich noch aus letztem russischen Bestand) hinaus auf den See, begegneten dort einigen Fischern und dann später am Ufer einigen Farmern, die am Rande des Sees Manioka anbauten. Diese Art von Ersatzkartoffeln, die es auch in Afrika gibt. Es sind lange, braune Wurzeln, sozusagen braune Rettiche, die scheußlich schmecken, aber sehr gehaltvoll sind. Sie werden zerrieben oder zerstampft zu Brei gekocht und mit Gemüse oder Fleisch (das letztere nur an einem Festtag) verspeist. Irgendwie vermehrt sich der Maniok beim Kauen und wird mehr und mehr im Mund – meine Erfahrung.

Heute hatte ich die erste Vietnamesisch-Unterrichtsstunde. Meine Güte, mein Mund hat spastische Zuckungen!!

So, heute ist ein neuer Tag. Gestern war das Schweinequieken so schlimm, dass ich dachte, man hätte die Viecher ermordet. Stellte mich auf die Mülltonne in meinem Compound und da sah ich, wie man zwei dicke fette rosa Schweine kopfüber an einen Stecken gebunden und sie dann in einer Rikscha festgeschnallt hatten. Die kamen bestimmt in die Schlachtstube und müssen das geahnt haben. Solch ein schlimmes Geschrei habe ich lange nicht gehört. Ob der Mensch in Todesnot auch so schreit? Ich bestimmt nicht, nur, natürlich wenn man lausige Schmerzen hat, dann kann ich nicht garantieren.

Ansonsten träumte mir, ich wäre mit Herrn Kohl zum Essen gegangen. Wir trafen auf Herrn Waigel und seine Sekretärin. Ihr seht, in welch erlauchten Kreisen ich meinen Schlaf verbringe.

Hier ist es zurzeit recht kühl, so dass man die Pullover anziehen muss. Meine Hände morgens am Lenkrad sind ganz taub, noch tauber, als sie so schon sind. Ich kann gar nicht mehr richtig den Tennisschläger halten. Wage gar nicht ans Klavier zu gehen. Meine Zeit, wenn das Elend jetzt schon so krass anfängt, was wird dann erst in ein paar Jahren? Mutti, hattest du auch schon diese Anfänge mit den Knochen in den Fünfzigern? Habe Hände wie Bratpfannen. Nichts Edles, weder an der Hand noch an den Fingern.

Das wäre es für heute.
  Viele liebe Grüße
  Eure Dicke

19.11.1997

Ihr Lieben zuhause,
Danke für Euren Brief vom 11. November. Ihn erhielt ich letzten Donnerstag und heute – eine Woche später – geht erst der nächste Kurier.

Ja, die Zeit rast, bald haben wir das Jahr 1998 und man fragt sich, was der Himmel noch so alles vor hat mit den geplagten Erdenbürgern. Über den Taifun Linda habt Ihr sicher in den Zeitungen gelesen, wahrscheinlich wurden auch Bilder im Fernsehen gezeigt. Schlimm, wie dieses Land gebeutelt wird. Lese gerade das Buch »Saigon«. Erzählt von der Okkupationszeit der Franzosen und dem traurig-berühmten

Vietnam Krieg. Erschütternd, wie auch die Franzosen mit den Vietnamesen umgingen. Sie behandelten die Kulis, die billigen Arbeitskräfte für ihre Gummiplantagen und Bergwerke, brutal. Um hier die nötigen Arbeitskräfte zu beschaffen, zerstörten sie im Norden die Reisfelder der Bauern, versprachen ihnen gute Verdienstmöglichkeiten mit Wohngelegenheiten auf den Plantagen und bescherten ihnen die Hölle. Es gab hier genau wie unter den Juden die Mittelsmänner, die ihre eigenen Leute an die Ausländer verrieten, um die eigene Haut zu retten. Das Buch war höchst interessant zu lesen, da ich nunmehr auch viele der Orte kenne, die hier erwähnt werden, die ich inzwischen, sei es auf der Fahrt von Ho-Chi-Minh-Stadt (Saigon) oder durch meine Fahrten in die Umgebung von Hanoi, kennenlernte.

Und Solingen ist eine einzige Baustelle? Macht wohl Berlin Konkurrenz. Schade um den schönen Mühlenplatz, aber man muss wohl auch mit dem Wort »schade« leben. Man kann es überall anbringen. Früher war es eben besser. War es? *»Das Merkwürdigste an der Zukunft ist wohl die Vorstellung, dass man unsere Zeit später die gute alte Zeit nennen wird.«* (Ernest Hemingway) Doch aus meiner Sicht kann man dies mit gutem Herzen bejahen, denn da gab es noch viel Natur und noch viel mehr menschliches Mitgefühl und einfach »Herz«. Wahrscheinlich existieren bald auch nicht mehr die Felder hinter der Schule Rauhenhaus, sondern auch dort werden sie bauen, bauen, bauen – falls man das Geld dazu hat. Aber erstaunlich, für unschöne Sachen hat der Mensch immer Geld.

Hanoi, 1.Advent 1999

Ihr Lieben,
die Krähen schrei'n, ziehen schwirren Flugs zur Stadt,
bald wird es schnei'n, weh dem, der keine Heimat hat.

Mutti, am Telefon sagtest Du, dass es schneit und schneit und schneit, da dachte ich an diesen Vers, er ist, wenn ich nicht irre, von Brecht. O, ich sehe sie richtig vor mir, die Krähen, wie sie krächzend ihre schwarzen Flügel schwer schlagen, auf den kahlen Zaunpfählen hocken in der Weite der grauen Schneelandschaft und ihre kleinen bösen Augen krallig zeigen.

Welch ein Genuss ist es, wenn ein Mensch lächelt – dann strahlt Wärme ins Herz. Und lächeln können die Vietnamesen. Doch auch nicht immer und manchmal möchte ich sie im Doppelpack zum Himmel befördern, wenn sie wie losgelassene Ratten auf ihren Mopeds durch den Verkehr preschen, ohne rechts oder links zu schauen, sich vor den Ampeln wartend in den Ohren bohren oder miteinander mittig auf der Hauptstraße plaudernd auf ihren Motorrädern im Zeitlupentempo einherfahren, als ob nur ihnen die Welt gehört. Was habe ich eben auf dem Weg zur Mittagspause gehupt. Na, die sind vielleicht gesprungen. Meine Hupe hat aber auch ein Organ, wunderbar dunkel, dominierend im Ton, fast wie eine Schiffssirene! Aber um nochmals auf den Punkt zu kommen, lächeln können die Brüder wahrhaftig, und hier natürlich besonders charmant die Damen des Landes.

Und heute geht es nach Sapa, in den Norden Vietnams. Ich bin wohl die Einzige an der Botschaft, die Ausflüge in derartig einfacher Manier unternimmt. Mit fröhlichen, jungen Leuten fremdartiger Couleur sitze ich in dem kleinen Bus der »Darling Tour« Richtung Norden. Auf abenteuerlichen Straßen – wir haben noch Monsun-Zeit – geht es durch Schlamm und überflutete Straßen hinauf in die Berge. Sapa, fernab von Hanoi, versteckt in den Bergen, hat heute Markttag. Ein wichtiger Tag. Nicht für uns, sondern für die Bewohner der Region. Denn seit Generationen ist dieser Freitag auch ein Tag des Kennenlernens, des Freiens, ein Heiratsmarkt. Noch ist es still im Dorf, als wir eintrudeln und uns in bescheidenen Bleiben niederlassen. Doch am nächsten Morgen strömen sie aus den umliegenden Dörfern herein. Ein unglaubliches Gemenge und frohes Aufeinandertreffen hauptsächlich junger Menschen in fantastischen Trachten und alsbald ist ein reges Handeln und Austauschen von Gütern dort am Markt im Gange. Und man sieht sie, zwischendurch, die verstohlenen Blickkontakte, den Austausch von zarten Gesten und Worten. Dort die Gruppe von jungen, mit prachtvollen Trachten und Kopfbedeckungen herausgeputzten Damen, die verlegen kichernd auf die Ansprache der drei schmucken Burschen reagieren. Oder oben am Marktrand, dort, wo die kleinen, drahtigen Pferdchen abgestellt wurden, der junge Mann, der mit flott gebundenem, rotem Halstuch und verwegenem Hut seiner wohl scheuen, mit gesenktem Blick lächelnden Angebeteten, den Hof zu machen scheint. Sicherlich wären uns diese kleinen Nuancen der Begegnungen entgangen, hätte man nicht gewusst, worauf es an diesem Tage ankommt. Doch auch der Marktverkauf floriert. Nicht nur die jungen Herrschaften sind unterwegs. Hier wird fast alles angeboten, Gemüse, Obst, Haushaltsartikel, Ferkel und kleine Hunde, Stoffe, Wolle, Reis und viele weiteren Nahrungsmittel. In den kleinen Garküchen wird geschmort, gegrillt und geschmaust.

Jedermann ist beschäftigt und so kann man wunderbar die herrlichsten Momente und Situationen auf die Kamera bannen. Im Focus habe ich das kleine Bergmädel mit dieser unglaublichen erfrischenden Aura und einem Lächeln, das touchiert. Und sie spielt mit mir, taucht auf, taucht ab und leider erwische ich sie immer nur versteckt mit verschmitztem Lächeln hinter dem Menschenpulk. Okay, letztendlich gewinnt die kleine Madame. Ich hebe Abschied nehmend die Hand, lächle ergeben und geselle mich wieder zur kleinen Truppe von »Darling Tour«.

Unsere Gruppe marschiert hinüber zu einem Dorf am Bergrücken. Es regnet in Strömen und wir waten da durch Lehm und Reisfelder und erreichen nach Stunden das kleine Gehöft der Familie Hung, Verwandtschaft unseres jungen Reiseleiters. Ein paar Ziegen meckern uns irritiert im Hof entgegen und der kleine, weißschwarze Hund bellt seine Warnung. Trotz all dieser Kargheit und Armut empfängt man uns voller Freude, schenkt uns ein wärmendes Lächeln des Willkommens, bietet uns einen Tee an und wir dürfen erfahren, wie es im Alltag dieser Menschen zugeht, und der ist hart und unerbittlich. Und in solchen Momenten wird es mir wieder einmal klar, wie dankbar ich doch meinem Schicksal sein muss.

Der Rückweg. Und es regnet noch immer. Der Weg hinauf durch die Reisfelder zum Ort ist beschwerlich. Mein Gemütszustand leicht traurig ob der Begegnung und inzwischen hat auch meine Kamera den Geist aufgegeben. Wohl die Batterie. Ja und dann, quelle surprise, oben am Feldrain werde ich erwartet. Da stand meine kleine Freundin, die sich partout vorher nicht fotografieren ließ, mit scheuer Freundin, grinste fröhlich und bot sich als Fotomodell an. Ich war platt, doch entzückt, musste den Kleinen jedoch klar machen, dass nunmehr eine Fotosession nicht mehr stattfinden konnte. »Sorry, Süße, mein Apparat streikt.« Ich zeigte die Kamera und machte eine Geste des Bedauerns. Doch dann kam mir eine Idee, ich lud die Beiden zum Mitkommen ein. Hatte vor, in der Stadt einen Fotoladen aufzusuchen. Und die Beiden trabten also hinter mir her. Wir passierten die kleine Pension, in der ich logierte, und so lud ich kurzerhand zu einer erfrischen Cola ein und dann marschierten wir gemeinsam zum Markt, wo sie einkaufen durften. Inzwischen hatte ich ihre Namen erfahren. Meine kleine Kecke hieß Tuyet und ihre Freundin Anh Phuong. Phuong trug kaputte Sandalen, also bot ich beiden an, hier am Markt neue zu kaufen. Tuyet machte mir klar, dass die Sandalen ihrer Maman kaputt wären, ob sie dafür welche kaufen könne. Ihre eigenen seien noch in Ordnung. Das wurde beschlossen, sowie auch noch ein Paar Sandalen für Tuyet. Die Schirme der Beiden waren zerfranst und zerrissen. Glücklich wählten sie nach Aufforderung neue, buntfarbene, mit Schmetterlingen und Blumen versehene kleine Schönheiten aus. Und da wir nun einmal im Kaufrausch waren, führte ich meine kleinen Freundinnen noch zu dem Stand mit den T-Shirts. Und dort wählten sie mit Eifer und langem Hin und Her ihre Lieblingsmodelle. Gibt es etwas Schöneres als das Strahlen von Kinderaugen?

Anschließend fanden wir den Laden mit Batterien und Tuyet und Anh Phuong standen alsbald, bereitwillig lächelnd, für wunderbare Fotos parat. Der Abschied nahte, ich begleitete sie bis fernab zur Wegkreuzung, von wo aus der weite Weg hinab ins Tal zu ihrem Dorf führte. Spontan kam Phuong auf mich zu und umarmte mich scheu. Beide Mädchen drückte ich nun feste zum Abschied und traurig flossen kleine Tränen.

Inzwischen hatte ich mich ja entschieden. Der rote Suzuki eines dänischen Kollegen aus Saigon, der zum Verkauf stand, sollte es sein. Und ich beabsichtigte, ihn von Ho-Chi-Minh-Stadt nach Hanoi zu überführen, und hatte als Fahrer Mr Dong, einen Übersetzer und Allround Man der Botschaft, auserkoren, der im Süden Verwandte hatte und bereit war, mit mir dieses Abenteuer zu bestreiten. Wir würden nach Saigon fliegen und den Wagen auf der Küstenstraße über Dalang, Wolkenpass, Hoi An, Phan Thiet, Hue nach Hanoi überführen. Leider lassen sich meine Vorhaben nur mit Schwierigkeiten verwirklichen. So also hatte unser Verwaltungchef Bedenken und es gab ein Hin und Her, bis die Fakten hin zum Positiven standen.

Angekommen in Saigon, Dong hatte inzwischen seine Familie aufgesucht, lernte ich auf einer Tour durchs Delta eine junge Australierin kennen, die nach Hanoi trampen wollte. Ihr bot ich an, uns zu begleiten, sie war begeistert und es sollte eine frohe und beschwingte Rückreise mit ihr bis Hoi An werden. Dort wollte sie einige Tage verweilen, wir jedoch, termingebunden, mussten weiterfahren. Doch später in Hanoi sollte es ein fröhliches Wiedersehen geben.

Der Taifun Zia hatte schlimm gewütet und es wurde eine echte Strapaze, den Wagen durch diese Wassermassen zu fahren. Übernachtung am Wegesrand in einer Poststation. Alles war dunkel und das Haus mit blindem Funzellicht erleuchtet. Dong hatte diese Herberge ausfindig gemacht. Bevor wir nun in dieser spärlichen Unterkunft Schlaf fanden, suchten wir noch im Dunkel der Nacht, im Tastschritt und im strömenden Regen eine Essecke auf. Unglaublich, was man erleben kann. Da saßen fröhliche Gesellen, schon mächtig dem Freund des Vergessens, dem Alkohol, zugetan, in einer kleinen Baracke und freuten sich auf den plötzlichen Besuch von Fremden. Und wir bekamen neben einer fröhlichen Gesellschaft noch eine heiße, schmackhafte Suppe serviert. Stockdunkel der Weg zurück und die Nacht verging unter rauer Decke im Eisenbett irgendwie. Im Hof der Gastherberge gab es einen Brunnen und eiskaltes Wasser. Okay, Vorteil, man war anschließend hellwach.

Und dann kam auch wieder die Sonne hervor. Und nach Überquerung des Wolkenpasses nahmen wir unseren Imbiss an herrlichem Sandstrand. Was mich erstaunte war der kleine Verkehr. Irgendwie waren wir immer alleine en route. Doch hielt man an, schwups, waren die Kinder da. Woher auch immer. Doch stets eine fröhliche Unterbrechung.

Halt und Übernachtung in Hue, der Kaiserstadt, war wieder ein Highlight. Und all diese Exkursionen spielten sich ab in fast völliger Einsamkeit. Es gab nur Weite und freundliche Vietnamesen und keine Touristen.

Ja, und dann waren wir wieder in Hanoi.

Birma – Myanmar

Und immer noch stationiert in Hanoi wollte ich noch vor meiner Versetzung nach Afrika Burma kennenzulernen. Saß also wieder mutig auf einer der in die Jahre gekommenen Maschinen der Vietnam Airlines Richtung Bangkok, Umsteigehafen für Rangun, damals, im Jahre 1999, noch die Hauptstadt Burmas. Diesem, wie ich alsbald feststellen durfte, so anmutigen, romantischen Land aus Licht, Gold und Blüten, das vom Geist des Buddhismus mit all seinen wunderbaren Tugenden wie der Höflichkeit und Bescheidenheit, der Herzensbildung und Gastfreundschaft getragen wird. Unzählige Pagodenträume lassen hier die reale Welt vergessen. Eine Welt, die aber leider für den Großteil der Birmesen auch harter Lebenskampf unter der Knute des Regimes bedeutet. Doch das empfindet man als Besucher nicht, jedermann ist aufgeschlossen und entgegenkommend, vielleicht auch, weil der Birmese so abgeschottet von der übrigen Welt leben muß. So mag auch Neugier ihn beflügeln. Viele junge Mönche lernen Englisch, sind voller Wissbegier und auch sehr ehrgeizig. Vermehrt kamen interessante Gespräche mit ihnen zustande. Sie zeigten mir ihre Studienzimmer und ihre Diplome, posierten stolz für Fotos, die ich ihnen später zuschickte. In ihren rotfarbenen Roben sind sie aus dem Straßenbild nicht wegzudenken. Zumeist in kleinen Gruppen, behangen mit einer leichten Sacktasche und großem schwarzen Regenschirm eilen sie dahin. Doch auch Muße ist dem Birmesen gegeben, Geduld und Hingabe. Und ein wunderbares Lächeln. »Wenn du jemanden ohne Lächeln siehst, gibt ihm deins«, sagt ein birmesisches Sprichwort.

Sylvia, eine reizende Kollegin an unserer Botschaft verhalf mir zu einem tollen Reiseverlauf. So ganz nach meinem Gusto, per Auto, Zug und Flugzeug sollte ich Myanmar kennenlernen.

Auszug aus einem meiner Briefe vom 16. März 1999 an meine Eltern:

»Die Reise war phantastisch, obwohl auch sehr anstrengend, da ich 15 Stunden mit einem Zug unterwegs war, 12 Stunden auf dem Boot und 12 Stunden im Auto. Sah Land und Leute, Pagoden und Mönche mehr als genug. Aber was für ein Land! Es ist wohl eins der besonderen Länder Asiens, vielleicht, weil es noch der Außenwelt so verschlossen ist. Die Leute sind reizend und ich hatte nur nette Erlebnisse. Von der Hauptstadt Rangun war ich fürbaß erstaunt. Eine richtige Großstadt mit 6spuriger Autobahn und Autos in großer neuer Zahl. Keine Mercedes, BMWs und Ferraris, aber die japanischen Mittelklassewagen in guter und exzellenter Ausführung. Welch ein Unterschied zu Hanoi, wo die Fahrräder, Rikschas und Motorräder die dominierenden Fahrzeuge sind. Wenn man nach dem Äußeren urteilt, würde man sagen, den Birmesen geht es gut mit ihrer Militärregierung. Jedenfalls ist Ordnung und Sauberkeit in der Stadt, aber auch große Armut auf dem Land. Doch irgendwie ist die Armut dort nicht so offensichtlich und trübselig wie in Vietnam. Vielleicht weil das Wetter freundlicher ist? Auch das Lächeln der Menschen kommt mir liebreizender vor. Vielleicht auch weil der dortige Mensch völlig vom Buddhismus durchsogen ist? Hier werde ich an Bali erinnert, auch dort traf ich auf eine heitere, frohe Note im mitmenschlichen Umgang sowie im Umfeld der herrlichen Natur. Obwohl, nur anderthalb Wochen unterwegs, gab es Ereignisse und Abenteuer in Hülle und Fülle.

Und so war es seit den Tagen von Rudyard Kipling, dem britischen Schriftsteller, zu dem sein Gefährte sagte: »Dies ist Burma, und es wird sein wie kein anderes Land, das du kennst.«

Meinem Flugticket entnahm ich, dass ich um 17.45 h von Bangkok kommend in Rangun landen werde. Sylvia traf ich später am Abend in meinem kleinen Hotel. Dort gab sie mir alle notwendigen Auskünfte und händigte mir die Tickets und Vouchers für die Fahrt ins Landesinnere aus. Doch dann die Überraschung. Für den nächsten

Tag, des Besuchs von Rangun, werde ich VIPmäßig betreut. Sylvia ist meine charmante Reisebegleitung. Ich bin entzückt und wir genießen einen wunderbaren Tag. Auch die Sonne strahlt. Entlang geht es an imposanten, leicht maroden Häuserfassaden, Zeugen reicher verflossener Jahre, durch duftende, blühende Gärten und Parkanlagen, geschmückt mit exotischen Pflanzen und Sträuchern, vorbei an unzähligen Pagoden, die wie kleine vergoldete Juwelen das Landschaftsbild prägen. Und hin zum prunkvollsten Bau, der goldglänzenden Shwedagon-Pagode, dem Nationalsymbol des Landes. Mit und in welch tiefer Gläubigkeit der Birmese lebt, beeindruckt und macht sich besonders im Umfeld dieses Prachtbaus kund.

Ein neuer Tag. Heute steht die Zugfahrt nach Mandalay auf dem Plan. Ich fühle mich versetzt in antike Zeiten. Der Bahnhof, die alte Eisenbahn, die Bahngleise, das Bahnpersonal. Ein Pfiff, wie in allen Ländern der Welt und der Zug rollt los. Ich sitze auf meinem Fensterplatz und verfolge nun vom gemächlich ratternden Zug aus die Umwelt. An den kleinen Bahnhöfen, laufen sie auf, die Kinder und Frauen mit ihren Früchten, Öl- und Fettgebackenen, Eiern und vielem mehr. Doch ich fürchte, verkaufen tun sie nur wenig. Und trotzdem lächeln sie, lächeln einfach bezaubernd, auch in meine Kamera.

Ankunft in Mandalay. Allein der Name klingt fremd verlockend. Mandalay, die Stätte des Handwerks, jede Zunft hat hier ihr festes Gebiet. Laute Hammerschläge dröhnen aus der Blattgoldwerkstatt. Mit klobigen Steinhämmern schlagen die Männer auf kleine verschnürte Päckchen ein, in ihnen das 24 karätige Gold, sorgsamst in Leder gewickelt, und sorgfältig zwischen Bambus- und Reisstrohpapier geschichtet ist. Neun Stunden währt diese Prozedur für eins dieser 25 Gramm schweren Goldstücke. Und dann zaubern die Männer hier heraus diese hauchdünnen Goldblättchen, die in der Luft zu schweben scheinen. Und wie groß der Bedarf der Birmesen an diesem hauchzarten Gold ist, zeigen die tiefschimmernden Pagoden, Stupas und Buddha Statuen. Vom Gold verzaubert, erstand ich mehrere dieser kleinen Päckchen, um sie an den mir besonders geeigneten Stellen anzubringen. Vielleicht dankt es mir der eine oder andere Buddha auf seine Weise.

Wir wandern durch das nächste Viertel. Hier werden Buddha Statuen aus Marmor gehauen. Lächelnde, meditierende, sitzende, liegende – für jeden der Entsprechende, der ihn hin zu seinem Nirwana führen kann. Dort zerschlagen und polieren Männer in geschürzten Longhis (Lendentüchern), Blöcke aus Jade. Eine Farbskala vom rauchig dunklen bis hin zum durchscheinend seegrünen, vom erdfarbenen bis hin zum lehmgrauen Ton. Junge Mädchen ziehen ihre goldenen Fäden durch verwobene riesige Stickereien und drüben schnitzt eine Familie aus edlem Teakholz Tierfiguren.

Wir fahren hinunter zum Fluß und machen eine Rast, laben uns an Reisnudeln, süßem schwarzen Tee und Banana pancakes. Und schauen dem dortigen Treiben zu. Der Irrawaddy die Lebensader Burmas durchfließt das Land von Nord nach Süd, ist Handelsweg, Wäscherei und Büffelbadestelle gleichermaßen »Road to Mandalay« nannte ihn Kipling. Bald werde ich auf ihm in Richtung Bagan unterwegs sein. Aber vorher bringt mich Padu nach Sagaing Hill, eines der buddhistischen Zentren des Landes. Malerisch gelegen in den grünen Hügeln über dem Fluß bilden dort Hunderte von Stupas, Klöstern und Meditationsstätten ein Bild von unendlicher Poesie. Tausende von Mönchen, Nonnen und Klosterschülern dienen hier Buddha. In Amarapura, der »City of Immortals«, im größten Kloster des Landes, im Mahagandayon Kloster, sind über 1000 Mönche zu Hause. Es ist die Stunde des Luncheon. In endlos langer, schweigsamer Prozession passieren die Mönche mit ihren irdenen Töpfchen die Frauen und Mädchen, die hier den Reis und das Brot ausgeben. Und auch anschließend im großen Saal herrscht das totale Schweigen, wo die

Männer eng aneinandergerückt auf schmalen Holzbänken an schmalen Holztischen ihr Mahl einnehmen. Und auch wir, die Fremden, die Besucher, – es sind wenige, – verharren stumm und reglos.

Und jetzt schwimme ich auf dem Irrawaddy, dieser mächtigen Lebensader Burmas. Unglaublich, wie im Fluß und hier an den Ufern das Leben pulsiert. Riesige Bambusflöße gleiten den Strom hinab, Wasserbüffel ziehen Baumstämme aus dem Fluß; Hausboote und flache bepackte Kähne gleiten vorbei, und Frauen, gehüllt in bunte Tücher, tauchen ihre Wäsche ins gelbbraune Wasser des Flusses. Nähert sich das Boot einem Dorf, die Häuser auf Pfählen gebaut, um so dem Monsun und den Fluten zu trotzen, scheinen alle Kinder und Frauen des Ortes herbeizuströmen, um Obst und Erfrischungen anzubieten, entweder auf ihren Köpfen durch die Fluten balancierend oder von ihren winzigen Booten aus.

Stundenlang waren wir auf dem Fluß. Und dann erreichten wir Bagan. Bagan, die erste und wohl auch schönste Hauptstadt des Landes. Ein eigenartiger wundersamer Zauber liegt hier über dieser alten versteppten Kulturlandschaft mit den über 2000 erhaltenen Sakralbauten aus Ziegeln. Die Vielfalt der Pagoden an Größe und Form, – einfach überwältigend – und fährt man bei Sonnenuntergang durch diese unwirklich anmutende, fast menschenleere Märchenwelt, wo nur ab und zu ein Eselskarren den Weg kreuzt, oder sitzt auf einem dieser Stupastufen, dann glaubt man sich fern von allem Irdischen und so, wie die hauchdünnen Goldblättchen scheint man im Licht der untergehenden Sonne zu schweben. Und in der Shwezigon-Pagode, dem Urtyp aller goldenen Pagoden, vergolde ich den Arm eines kleineren etwas abseits stehenden Buddhas, und er scheint zu lächeln.

Das Gefährt von Padu ist schon in die Jahre gekommen, doch es rollt stoisch dahin. Und jetzt hin zum Mount Popa. Übrigens ist Padu ein freundlich, lustiger Geselle, der stets fröhlich lachte und mit dem die Fahrt großen Spaß machte. Er hielt nicht nur an vielen interessanten Orten an, sondern machte mich auch mit den Einheimischen bekannt, wie zum Beispiel mit der Mon-Familie, die draußen im Land vom Verkauf ihrer Kokosnüssen lebt, den Webern, dort in dem entlegenen Dorf, die an antiken Webstühlen die wunderbarsten Muster hervorzaubern, den Blumenverkäuferinnen und Marktfrauen, die die dicksten selbstgerollten Zigarren genussvoll schmauchen, den Steinmetzen und nicht zuletzt mit den weltoffenen Mönchen in ihren Klöstern.

Mount Popa, Berg der Geister, ist ein erloschener Vulkan und Wohnstätte der Nats, der Schutzheiligen Birmas, südöstlich von Bagan, der mystischen Tempelstadt, erstreckt er sich auf eine Höhe von 1.518m. Interessant sein Entstehen. Durch ein Erdbeben im Jahre 442 v. Chr. schob sich der Berg 1000 Meter aus der Ebene. Fruchtbare Vulkanerde inmitten öden Umfeldes brachte unzählige Blumen in allen Farben hervor. Das Sankskrit Wort für Blume ist Popa, also nannte man den Berg entsprechend. Eine überdachte Treppe führt hinauf bis hin zur Pagode Tuyin-Taung. Vorbei geht es an den für das Land typischen Ständen mit traditionellen Speisen, lebensverlängernden Arzneien, und immer begleitet von quicklebendigen, neugierigen Meerkatzen, diesen putzigen kleinen Affen, die vor nichts und Niemandem Respekt haben. So steigt man und steigt hinauf zu den Tempeln und Schreinen auf den Gipfel des heiligen Berges und trifft dort oben auf die Frauen und Männer mit ihren Käfigen voller kleiner Vögel. »Für jeden freigelassenen Vogel ein goldener Strohhalm im Lebensbuch Buddhas«, so die Erklärung meines Begleiters. Wahrlich großzügig der Preis für die Freiheit eines Vögleins. Ich biete ein paar Scheine und jauchze innerlich, als ein Schwarm voller Überschwang piepsend dem Bauer entweicht. Doch, wie lange mag ihre Freiheit wohl währen?

Immer wieder wunderte ich mich über die lehmverschmierten Gesichter der jungen Mädchen und Frauen, denen man begegnete. Ob dort auf dem Markt, dort an den Webstühlen, oder hier beim Holztragen. Und dann erfuhr ich des Rätsels Lösung. Es handelt sich um Tanaka, einer Rindenpaste, die man als Sonnenschutz auf das Gesicht aufträgt. Interessant, also verstaute ich auch alsbald dieses Bioprodukt im Reisegepäck, nur, ich gebe es zu, benutzte es nie. Es liegt heute noch als ungebrauchtes Souvenir im Schrank. Denn beim bloßen Gedanken, hier, in deutschen Gauen und Auen, am benachbarten Baggersee mit dieser Verzierung aufzutauchen, würde wohl ungläubig- staunendes Grinsen, versteckt oder auch offen auf den Gesichtern werter Mitmenschen hevorzaubern und meine Freunde höchstwahrscheinlich zu wenig schmeichelhaften Äußerungen veranlassen.

Ankunft am Inle See. Es war spät und stockdunkel. Und keine Menschenseele schien auf mich zu warten. Da lungerten wohl so einige Leutchen im kleinen Hafen auf ihren Booten herum, aber nichts und keiner gaben auch nur den geringsten Anschein, jemanden hier noch mehr als zwei Stunden über den nächtlichen See zu einem Inselhotel schippern zu müssen. Na, wunderbar, irgendwann musste ja ein Knall kommen. Mein freundlicher Padu verhandelte nun mit einigen Gesellen, lang und zäh, und siehe da, irgendeiner war dann bereit, natürlich nur gegen entsprechendes Entgelt, mich hinüberfahren. Und alsbald verstaute mich Padu mit Sack und Pack in einem kleinen Boot, das glücklicherweise über einen bescheidenen Außenbordmotor verfügte, – denn ich sah mich bereits selbst an einer Ruderstange kleben. Dann die Überfahrt. Ich hatte das Gefühl, überall lauerten Wassergeister und Dämonen. Die Nacht war pechschwarz, nur die kleine Funzel am Bug des Schiffleins flackerte trübsinnig vor sich hin. Nun, tröstete ich mich, irgendwann wird auch dieser Spuk ein Ende nehmen. Doch er dauerte an, und leider kam auch Wind auf, und die Wellen rauschten und bauschten sich hoch. Und ich umklammerte immer fester die Bordkante.

Doch unbeirrt stand mein junger Captain Ahab in der Brandung und dann lief er ein in die kleine Bucht. Am Fuße des Seehotels. Da kam auch schon jemand angerannt und wollte uns doch wahrhaftig wieder hinfortscheuchen. Na, der war aber an die Falsche geraten, ich gebot meinem Fährmann zu verbleiben und hielt diesem uniformierten, hochnäsigen Typen meine Buchung unter die Nase, versuchte aus dem Boot zu klettern und beharrte auf einer Unterkunft. Doch dies schien diesen Mister nicht zu beeindrucken. Es täte ihm leid, sie hätten leider keine Buchung für mich empfangen. »Wunderbar«, entgegnete ich, »wollen Sie mich nun vielleicht wieder auf den See zurückscheuchen?« Dann änderte ich urplötzlich meine Taktik und versuchte es mit Diplomatie und deutscher Botschaft, schlechtem Image und so weiter, und das schien zu wirken. Immerhin ließ er mich aus dem Boot aussteigen und führte mich hinauf zum Hotel, nachdem ich den jungen Schiffer fürstlich entlohnt hatte. An der Rezeption erfuhr ich dann, dass man, durch unerwarteten Besuch einer französichen Reisegruppe, nicht die entsprechende Unterkunft parat hätte. Ob ich denn einverstanden wäre, diese eine Nacht in einem der Dienstbotenzimmer zu nächtigen. Na, was für eine Frage, was blieb mir denn anderes übrig? So wurde ich in ein enges Hinterzimmer über der Küche einlogiert, eingeräuchert von Schwaden und Dämpfen der unter mir arbeitenden Kochtöpfe. Am nächsten Tag sollte dann der Komfort auf meinem kleinen Inselparadies beginnen. Zum Abendessen, obwohl ich partout keinen Hunger verspürte und auch schon absagen wollte, lud mich der Hoteldirektor persönlich ein. Und quelle surprise, ich wurde an einen speziellen Tisch gebeten. Plötzlich war ich trotz Hinterzimmer VIP Gast. Und das Dinner war ausgezeichnet.

Unglaublich, fürbaß, wie auch Franzosen schwätzen und laut sein können. Vielleicht klingt es nur immer ein bisschen verhaltener und vornehmer für den Rest der Welt, bedingt durch die nasale französische – ohne Zweifel charmante – Aussprache.

Für den nächsten Tag hatte man für die französischen Gäste die für diese Region typische Regatta auf dem See organisiert und ich war eingeladen. Nun, fürwahr eine tolle Vergeltung fürs Dienstbotenzimmer. Faszinierend nun anzusehen, wie diese Burschen, wie auch jeder normale Fischer am See, das Ruder mit einem Bein in spezieller Pose einklemmt, und so davonrudert. Die Fischer machen es, um die Hände zur Kontrolle der riesigen Netze und Reusen frei zu haben. Und die Teilnehmer der Regatte aus Sportsgeist. Welch ein Spektakel, als die beiden langen, schlanken Boote mit ihren jeweils dreißig Ruderern durch das Wasser preschten, angeheuert durch die johlenden und schrillen Pfiffe der Beifahrerboote ihrer Fans. Es waren zwei rivalisierende Dörfer, die hier um ihr Prestige, um den Sieg die Wellen durchpflügten. Die »Blauen« siegten letztendlich über die »Weißen«. Und groß war das Hallo und meine Freude erst, denn die Franzosen waren nun alsbald entschwunden und ich durfte in mein Domizil einziehen. Pittoresker Kontrast zur Bleibe über der Küche. Hier schwebte ich romantisch auf Streben in einer kleinen Luxuskabana meines Balkons über dem Wasser. Himmlisch. Gestern noch erstickte ich in der Butze über der Küche mit Blick aus kleinen Kammerfensterchen auf den winzigen Hühnerhof und heute schon bietet sich diese weite mondüberflutete Aussicht über den See. Kontraste erst scheinen das Erleben intensiver und füllender zu gestalten. Doch auch alle Romantik schmilzt dahin, hört man uplötzlich die Fischerboote mit ihren heulenden Motoren. Und das hallte hier wahrlich laut am Inle See, der von allen Seiten von Hügeln eingerahmt ist, und zwar im doppelten Echo wider. Die Bergkuppen, verbrannt und verkokelt, wie übrigens fast überall in Asien, schienen echte Schallleitern zu sein. Leider ein trauriges Kapitel. Und da hier noch die Geburtenrate positiv verläuft, vermehrt sich der Mensch entsprechend und braucht demnach Platz zum Leben, zum Reisanbau, zum Essen.

Die ›Söhne des Sees‹ haben sich mit ihrer Kultur auf das Leben in dieser Gebirgsoase eingestellt. Häuser, Klöster und Pagoden stehen auf Pfählen, Gemüse wird in den »schwimmenden Gärten gezogen, sonstige Nahrung aus dem See gewonnen.

Meine Ausfahrten rund um den Inle See boten Faszinierendes, wie die Erkundung eben dieser schwimmenden Gärten, der ebenfalls schwimmenden Märkte, der Besuch im Kloster der artistisch angehauchten Katzen, die spektakuläre Sprünge durch hochgehaltene Ringe meisterten, wie auch der Besuch der Dörfer der Shan, der größten ethnischen Minderheit in Birma, die im 7. Jhd aus China unter Bewahrung ihrer alten Tradiditonen, ausgewandert waren.

Der Tag der Abreise. Der See liegt im Dunst und reflektiert in schaukelnden Wellen die Strahlen der Morgensonne. Im leichten Katamaran gleiten wir hinüber zum anderen Ufer. Die Fischer, in der Ferne, werfen ihre Netze, ihre Ruder fest am Fuß verankert. Wie verschmolzen mit ihrem Boot stehen die ›Söhne des Sees' im silbrigen Licht, umgeben von glitzernden weitauslaufenden Perlenketten, die beim Berühren der Wasserfläche ihre Kreise ziehen.

Von Heho, dem kleinen lokalen Flughafen aus, geht es zurück nach Yangon. Und hinter mir, in den Wolken, versinkt ein goldener Traum.

Dass wir Dinge nicht sehen, nicht anfassen und nicht fühlen können, beweist nicht, dass es sie nicht gibt.

Amadou Hampèté Bè

Guinea

2001–2006

Ich war zurück im wahren Herzen Afrikas. Und erinnerte mich an die Weissagung der alten, halbblinden Marabu dort im fernen Sudan. »Sie kommen zurück«, meinte sie, damals im Jahre 1971, und ich konnte darauf nur leise schmunzeln ob derartiger Worte. Meine Pläne lockten mich damals in neue Welten, fernab von Wüsten und Tristesse.

Dieses Conakry nun, im Jahre 2001, war keine Stadt, sondern ein großes Dorf. Zur Monsunzeit begann mein Dienst und so präsentierte sich erst einmal wieder alles grau, nass und trübe. Und noch schlimmer: Keiner schien zu lächeln. Weder die Einheimischen in den Straßen, was nach meinem Dafürhalten völlig antiafrikanisch ist, und auch nicht die verehrten Botschaftsmitglieder, – nun letztere lächeln sowieso selten.

Einquartiert wurde ich in ein wunderschönes Hotel am Stadtrand, was so gar nicht ins Stadtbild passte. Luxuriöser Kasten mit riesigem, azurblauem Schwimmbad, grünen Rabatten und Tennisplatz, direkt am Meer gelegen. Ein Fünf-Sterne-Refugium. Wollte man mir den Aufenthalt in Guinea vielleicht schmackhaft machen? Und hier sollte ich nun drei Monate wohnen, da der Umzug aus Hanoi endlos lief. Doch ich genoss die Tage, einen nach dem anderen, ohne ein bitteres Ende zu erwarten. Doch das sollte kommen. Letztendlich wurde mir nur ein kleiner Teil der Kosten vom Amt erstattet. Fazit: Mein Konto raste auf null hinunter und dann sogar mit Sturm in die »Roten«. Doch irgendwie plagte es mich nicht allzu sehr. »Es kommen sicher auch wieder bessere Tage«, raunte ich mir Mut zu. Gibt es da nicht das

Gleichnis in der Bibel, nach sieben mageren Jahren die sieben fetten, doch hélas, ich hatte mich wohl verzählt. Trotz alledem versuchte ich, mir die Zeit so abwechslungsreich wie möglich zu gestalten und mich nicht von mieslaunigen Kollegen beeinflussen zu lassen. Derer gab es leider so einige. Lag es am tristen Dienstort? An der Arbeitsüberhäufung, bedingt durch häufige Krankheits- und Urlaubsausfälle? Am Nichtbesetzen von Planstellen? Vielleicht daher das Bonbon der Fünf-Sterne-Unterkunft, um Wogen zu glätten und zu werben? Vor Ort wurde mir eine Wohnung offeriert, die mir partout nicht zusagte. Weit außerhalb der Stadtmitte gelegen, weitab der Botschaften und der Ministerien – völlig vergittert hinter einer großen Mauer mit winzigem Schwimmbad und noch winzigerem Garten. Ein riesiges, leeres, für wohl hiesige Verhältnisse luxuriöses Haus, das mich aber beim bloßen Gedanken, hier meine letzten Dienstjahre verbringen zu müssen, erschauern ließ. Und so bat ich um Nachsicht in der Botschaft und auch in der Zentrale in Berlin. Seitens der Vertretung war man wenig bereit, hier einzulenken, denn ein Vertrag war bereits abgeschlossen und der Vermieter nicht zum Austritt bereit. Mit Engelszungen warb ich um Verständnis bei Eigentümer und Makler, schrieb nach Berlin und, nicht ganz die feine Art, drohte mit Abreise. Und das war wohl der ausschlaggebende Faktor. Die Götter waren mir gewogen, der Makler fand einen neuen Vermieter und die Autorität aus Berlin gab grünes Licht und wünschte sogar der Kollegin alles Gute für den weiteren Aufenthalt. Hallo, war Conakry etwa ein Problemposten?

Noch im Hotel lebend und erpicht, endlich das Landesinnere zu erforschen, unterhielt ich mich diesbezüglich mit einer jungen Hotelangestellten, und wir vereinbarten eine Autofahrt mit ihrem Cousin, einem Taxifahrer, hin zu den Cira-Wasserfällen, ein Ziel, das ich einer Postkarte als erstrebenswert entnommen hatte und dessen Entfernung mir aber natürlich nicht bewusst war. Das Taxi selbst war abenteuerlich, äußerlich und im Motorensound, und auch die Fahrt durchs Land sollte dementsprechend werden. Die Straßen waren bucklig, eng und winklig und führten durch tiefste Natur. Auch passierten wir zahlreiche Polizeibarrieren, die mich anfangs nicht allzu sehr irritierten, da, obwohl immer wieder minutiös durchsucht und ausgefragt nach Grund der Fahrt und dem Wohin, wir nach Vorlage meines blauen Passes passieren durften. Dann aber kamen wir an eine Sperre, die wohl voll in der Hand einer Polizeimatrone lag. Diese Lady war unerbittlich, wir wurden in das Zelt am Straßenrand gebeten und auf Herz und Nieren ausgefragt, es schien einem Verhör bedenklich nahe. Und nicht nur ich wurde nervös. Meine Begleiter zitterten längst und ich erfuhr, dass der werte Cousin meiner jungen Freundin ohne offizielle Erlaubnis sein Taxi in diese fernab von Conakry gelegene Region gelenkt hatte. Mit blumigem Gerede, und natürlich auch mit entsprechendem Bakschisch, versuchte ich, diesen Fauxpas zu entschuldigen, erwähnte meine erst kürzliche Ankunft in ihrem so schönen Land, die Freude, in Afrika arbeiten zu dürfen und folglich das Land auch erkunden zu wollen, und dass ich bisher keinerlei Schwierigkeiten hatte, vorherige Sperren zu passieren. Und, quel bonheur, Madame hatte ein Einsehen, wir durften die Fahrt fortsetzen. Und kamen dann auch schlussendlich im Anbeginn der Dämmerung an der Kreuzung an, die uns rechts hinüber zu den Fällen führen sollte. Doch noch einmal saßen sie am Wegesrande, die Granden und Offiziellen der Region, um Wegezoll zu kassieren, und hier auffallend die im rotsamtenen Sessel thronende buddhaähnliche Gestalt. Ich stöhnte wohl zu laut auf: »Halleluja, schon wieder ein Stopp!« – Nun, er hob leicht irritiert sein Haupt, hörte dann unser Begehren und winkte uns großzügig durch. So erreichten wir sie dann auch, die beeindruckenden Wasserfälle, abgeschirmt von einer unglaublich hohen Bambuswand und stolzen Palmwedeln. Im letzten Tageslicht wurden noch einige Fotos geschossen, die einsame holzverarbeitende Künstlerklause besucht, dort noch ein paar herrliche Skulpturen erhandelt, um dann umzukehren, denn der Heimweg war nicht kürzer.

Auf der Höhe der Kreuzung nach Conakry thronte Herr Pascha

noch immer in gleicher Pose im gleichen roten Sessel und beim Vorübergleiten hörte ich ihn seinen Mannen zurufen: »Laissez-la passer, c-est encore la sainte!« (Lasst sie passieren, das ist wieder die Heilige.) Ich winkte huldvoll und später hielten wir uns die Bäuche vor Lachen.

Nach Ankunft des Containers aus Vietnam und den botschaftsseits erfolgten Sicherheitsvorkehrungen am Haus zog ich ein in meinen Naturpalast an der Meeresbucht. Verwunschen lag der kleine Bungalow, in einem Gartenparadies mit Avocado-, Mangobäumen und Bananenstauden, umrankt von Bougainvilleen und Frangipaniblüten. Meinem Hausstand gehörten neben Diallo, Boubacar und Barrie, den Gärtnern und Hütern des Hauses, auch noch Emilie, die wunderbare Küchen- und Hausmamsell, Violette, die adoptierte Hundewaise, sowie verschiedenes Federvieh, das ich auf abenteuerliche Weise auf dem kleinen Markt im hiesigen Stadtteil Ratoma erworben hatte, an. Stellte es mir doch so recht romantisch vor, am Morgen mit einem fröhlichen Kikeriki geweckt zu werden und in Mußestunden dem beruhigenden Gackern von glücklichen, freien Hühnern lauschen zu dürfen. Oh weh, ich kannte zu dieser Zeit noch nicht die Gewohnheiten dieser Zunft in Afrika. Außerdem kaufte ich noch zwei afrikanische Perlhühner, nicht ahnend, welche lauten, unmelodischen Schreie diese ausstießen, waren sie erregt oder riefen einander etwas zu. Doch ich sollte es kennenlernen. Der Transport vom Markt zum Haus im Wagen war robust. Man packte nämlich alle Kreaturen mit Fußfesseln in einen Sack und hinein ins Auto und ab zum Haus. Das Gekrächze und Gegacker auf dieser 20-minütigen Fahrt hätte mir eigentlich schon Warnzeichen genug sein müssen. Doch ich schrieb dies der zeitweiligen Not und Enge als Gefangener im Sack zu. Meine Mitbewohner begrüßten den Zugang freudig, warteten und hüteten sie vortrefflich und so hatten wir alsbald eine Menge Nachwuchs. Nur leider mehr männlichen und das sollte alsbald in lauten Kikeriki-Schreien am Morgen in wenig melodiösem Einklang enden, so also mussten die Hähne das Terrain verlassen. Ich überließ es Diallo und Barrie, Markt oder Kochtopf. Bezüglich Romantik hinsichtlich Federvieh hatte ich inzwischen so einige Abstriche vorgenommen. Doch die Eier von Fatimah, Emma und Aisha bereicherten lukullisch mein Frühstück. Den beiden Grauen, Grozilla und Wotan, musste stets das Gefieder gestutzt werden, da sie sonst fliegend das Weite suchten. Und Barrie hatte es heute leider versäumt, hier rechtzeitig tätig zu werden. Fazit: Madame Grozilla flog plötzlich davon hinüber in Nachbar's Garten. Und Barrie, behände, jagte hinterher. Doch Grozilla, nicht faul, entschwand munter weiter von Garten zu Garten und Barrie immer keuchend hinterher. Nach langen, bangen vierzig Minuten erschien er wieder atemlos mit der Entfleuchten unter dem Arm im Hof. Und nun schwups, wurden ihr die Flügel gekürzt. Tja, so brachte ein jeder Tag Neues.

Ab sieben Uhr Gongschlag am Abend erschien ein Wächter des von der Botschaft beauftragten Sicherheitsdienstes, der nun bis zum Morgen uns zu bewachen hatte. Das war sein Job, doch leider, und ich wurde oft Zeuge, schliefen diese Herren selig auf ihren Liegen ein und träumten die Gefahr einfach hinweg. Eines Nachts, von kuriosen Geräuschen geweckt, suchte ich draußen nach dem Wächter, – und wo fand ich den werten Herrn? Drunten in der Waschküche, wohlig schlummernd auf einer Matratze. Nun, den habe ich nicht allzu sanft geweckt, wie man sich leicht vorstellen kann. Und er flog aus seinem Posten, natürlich hochkant.

Und an diesem Morgen, es war ein Samstag, war Violette verschwunden. Aufregung pur. Wir alle riefen und suchten nach ihr voller Verzweiflung. Diallo lief die ganze Dorfstraße ab, aber nirgendwo war eine Spur von ihr. Ich ging zurück in den Garten hinunter zum Pool und kam vorbei an der Waschküche. Und irgendwas veranlasste mich, da zu verharren, aber ich hörte nichts, öffnete jedoch die Türe und – da stand Madamchen schwanzwedelnd vor mir. »Mamma mia, Violette, warum bellst du nicht?« Sie guckte jedoch nur stumm und lief dann freudewedelnd hinter mir her hinauf zum Haus, um auch die anderen zu begrüßen. Heißa, waren wir alle froh.

Diallo Nakuma, der junge Wächter aus der Nähe von Nzezegore, war ein fröhlicher Geselle. Er liebte meinen Hund, die Violette, und er war einfach angenehm. Nach seinem Urlaub kam er leider nicht mehr zu mir zurück, da marschierte ich hin zum Büro der CENO und konnte es bewerkstelligen, dass er wieder zu uns kam. Interessant erzählte er von seiner Mutter und von seinem Dorf, lachte immer fröhlich und versprühte einfach gute Laune. Violette liebte ihn, kam er zum Dienst, rannte sie zur Begrüßung wie eine Irre durch den Garten, hinauf über die ellenlange Terrasse und wieder zurück zum Hof. Und dieser junge Mann machte mir einmal, ohne es zu wissen, ein großes Kompliment. Ich spielte Klavier und er war der Meinung, das Radio spielt!

Ich kam vom Tennisspiel. Mahmoud, mein Coach, hatte mir versprochen, mich später zu einem Vorort Conakrys zu bringen, in dem abends ein Marabout, in anderen Regionen auch Schamane oder Hexer genannt, die Straßen unsicher machen würde. Es handele sich um eine hohe, verhüllte Gestalt, die auf Stelzen an den Häusern entlang stolzieren und den Anwohnern Angst einflößen würde. Auf das Baby seines Freundes wäre ein Anschlag verübt worden, folglich wäre die Bibi, die Ehefrau, mit ihrem Kind zurück ins Dorf ihrer Eltern geeilt. Dies kam mir alles sehr utopisch vor, doch, es gäbe den Beweis, und zwar hätte der Freund die blutgetränkten Sachen des Babys in Händen.

So fuhren wir zum Haus des Freundes in der Vorstadt. Schmale, ungepflasterte Gassen, kleine Häuser, wenige, hohe zerzauste Platanen. Der Bekannte von Mahmoud zeigte uns dann ein winziges Strampelhöschen mit einem noch winzigeren roten Flecken. Ehrlich, ich wusste nicht, was ich davon halten sollte. Hielt mich aber mit Einwänden zurück. Man zeigte mir eine kleine Luke, durch die der Angriff erfolgt sein sollte. Äußerst mysteriös. War es vielleicht ein zorniger Nebenbuhler, der hier Rache schmiedete und Hühnerblut verspritzte? Meine Erkenntnisse behielt ich für mich.

Später erzählte mir Mahmoud, dass draußen auf dem Land ein

Bauer seine Kuh vom Medizinmann besprechen ließ, damit kein Dieb sie unbedarft entführen konnte. Sollte jener es trotzdem versuchen, würde er an Ort und Stelle tot umfallen. »Und«, fragte ich, »ist das eingetroffen?« Nun, die Leute wären wohl dermaßen verschreckt gewesen, dass sie es gar nicht wagten, hier zu stehlen. Auch eine Erklärung! Und eine weitere Begebenheit, die uns in der Botschaft betraf. Einer der Ortskräfte, Kamau, wäre von einem Zauberdoktor mit einem bösen Fluch besprochen worden. Er könne nichts mehr essen, sich nicht mehr bewegen. Er wurde sogar krankgeschrieben und keiner konnte wirklich sagen, was ihm fehlte. Letztendlich hätte seine Mutter mit viel Geld einen Gegenzauber erwirkt und Kamau wäre langsam wieder auf die Beine gekommen. Als der junge Kollege Wochen später wieder in der Botschaft erschien, war er erschreckend blass und abgemagert.

In Conakry geschah eigentlich jeden Tag etwas. Unruhe in der Bevölkerung, Streik, Stromausfall, Benzinknappheit, Generatorschaden und, und, und …

Man war immer gefasst auf eine Unliebsamkeit. Viel wurde in der Nachbarschaft eingebrochen und auch hässliche Scharmützel zwischen Militär, Polizei und Zivilpersonen gehörten zum Alltag, denn das Volk rumorte und muckte auf gegen den Despoten im Präsidentenamt. Zwar anfangs noch hinter der Hand, da von Regierungsseite aus das Zepter noch feste geführt wurde. Der erzkranke, alte Präsident lebte und lebte. Doch die Nation lechzte nach einem Neuanfang unter einer neuen Ägide. Die Engpässe in der Strom- und Wasserversorgung nahmen rapide zu, die Preise für Brot und Reis stiegen immens, so gingen voller Frust die Leute auf die Straße, streikten, demonstrierten, zündeten Reifen an, verbarrikadierten Straßen und Plätze. Ein tief beunruhigendes Gefühl, fährt man alleine durch eine aufgewühlte, wütende Schülerschar, die mit trommelnden Fäusten auf dein Auto donnern und dich hasserfüllt anblicken. Froh war man dann, sicher im Compound gelandet zu sein. Und die Gefahr stieg, wir fuhren ab sofort nur noch im Konvoi zum Dienst.

Nach Tagen hatten Polizei und Militär die Massen auf drastische Weise zur Raison gebracht, das Ausmaß der Straßenschlachten war verheerend. Ganze Steinabgrenzungen waren aufgerissen und den Verhassten entgegengeschleudert worden.

Und wieder hatte man in meinem Stadtteil das Wasser abgestellt. Auch der Tank im Garten war fast leer, so blieb nur die Alternative, den Trinkwassercontainer zu bestellen.

Immer wieder bekniete ich meinen Vermieter, einen Brunnen bohren zu lassen. Was letztendlich ein Abenteuer, eine Mammutarbeit wochenlang für ein einzelnes, kleines, ausgemergeltes Männlein wurde, der da täglich hinab in die Tiefen meines Hofes tauchte, bis endlich eines Tage einige Tropfen Wasser sprudelten. Unglaublich auch, mit wie wenig Lira der Mann entlohnt wurde. Eine Schande, bedenkt man den Reichtum meines Vermieters, der da große Bauxit und Diamantminen sein Eigen nennt. Diese Herrschaften bewohnen riesige Häuser, leben mit allem erdenklichen Luxus, doch zeigen absolut kein Gespür für ihre ärmeren Volksgenossen. Und werden wohl auch nie ihr Verhalten und ihre Einstellung ändern und somit kann auch nie ein harmonisches, gemeinsames Afrika erwachsen, obwohl, auch hier in Guinea, der Erdteil so reich an Naturalien, Erzen, Gold und Diamanten ist. Macht und Geld sind auch hier die Zauberworte. Den tapferen Brunnenhelden entlohnte ich fürstlich und er dankte es mir mit einem seligen Lächeln.